光影阅读

站在时光的顶端，

采撷这似水流年中的每一片斑驳。

散落成忆。浮光掠影。

那年那月

时光碎语系列

辛立华 著

天津出版传媒集团
天津人民出版社

图书在版编目（CIP）数据

那年那月 / 辛立华著. -- 天津 : 天津人民出版社, 2018.1（2025.4重印）
（时光碎语系列）
ISBN 978-7-201-12458-2

Ⅰ. ①那… Ⅱ. ①辛… Ⅲ. ①中篇小说—小说集—中国—当代②短篇小说—小说集—中国—当代 Ⅳ. ①I247.7

中国版本图书馆CIP数据核字(2017)第288875号

那年那月
NANIAN NAYUE
辛立华 著

出　　版　天津人民出版社
出 版 人　黄　沛
地　　址　天津市和平区西康路35号康岳大厦
邮政编码　300051
网　　址　http://www.tjrmcbs.com
电子邮箱　tjrmcbs@126.com

责任编辑　张　凯
特约编辑　李　路　吴珊珊
封面设计　侯　建
排版设计　西橙工作室

制版印刷　三河市天润建兴印务有限公司
经　　销　新华书店
开　　本　880×1230毫米　1/32
印　　张　9.5
字　　数　210千字
版次印次　2018年1月第1版　2025年4月第3次印刷
定　　价　45.80元

目录

那一年我们十三岁

中篇小说

尽管那时的我们狂野得令人头疼，
可这些是我们的真实写照，
好多事情的来龙去脉，
现在想起来仍是那么清晰、那么记忆犹新。

20世纪70年代初，十三四岁的我们正处于一生中最得意最自由的年纪。

那时候的我们四个人，也正处于人嫌狗不待见的年龄。我们在村里狂野得如同四只天不怕地不怕的石猴孙悟空，时常把村子搞得乌烟瘴气鸡飞狗跳。

铁蛋、伏天儿，
傻五、侯三儿，
白天上树撒尿，
晚上堵烟筒塞儿。
村外瓜地摸瓜，
村内光屁股撒欢儿，

不是装神弄鬼，
就是四处扬烟儿。

这是村人给我们总结出的几句顺口溜，也是我们十三岁时的真实写照。毫不夸张，毫不戏说。从这几句顺口溜上，就足以说明当年的我们四个人是多么令人讨厌，多么令人头疼了。想打，对我们这几个只有十三岁的孩子下不了手，再说也抓不着我们；想躲，却又不大容易，不知什么时候我们就像鳔胶一样黏你一下子，不疼不痒的让你急不得恼不得，只有唉声叹气的份。那个时候的我们，真是到了连狗见了都冲我们龇牙的地步了。

尽管如此，可那时的我们仍是整日活得无忧无虑潇潇洒洒，仍是在人多的地方挺起胸膛人五人六，或是在人们集中开会的时候学几声那惟妙惟肖的狗叫和驴叫，以此吸引人们的注意力来显示我们的存在。可悲的是，我们的努力换来的赞许和笑声太少了，往往换来的是谩骂和白眼儿。可我们不在乎。

那时的我们觉得整个世界都是我们的，其实就是我们的，只是那时的世界给我们的太少太少了。甭说家家有电视了，我们十三岁那年，村里才买了一台18英寸的黑白电视机，不但频道少，节目更少，更要命的是每晚几乎都停电，跟没有这台电视差不多。想学的东西学不着，想当兵岁数又不够。那时我们为了看电影，几乎跑遍了全公社（就是现在的乡）的每个村子，那几部黑白故事片的内容，直到现在我们还能倒背如流。一句话，那时候供我们翱翔的空间太小了。正因为如此，不甘寂寞的我们才自寻其乐的。不这样，我们还能干什么呢？

其实我们也没干什么，所干的事纯粹是为了开心。我们曾经把人家的猫尾巴上绑上一挂鞭炮，点燃后猫就在噼噼啪啪的爆炸声中四处乱窜。就在我们欢天喜地的时候，猫的主人发现了我们的恶作剧，不等他来到我们的面前，我们早逃之夭夭了。我们曾经在夜里往一只老鼠的身上泼上煤油，点燃后看跑地灯。谁想那老鼠一头钻进了一家的柴火垛，那家的一大堆柴火便就化成了灰烬……我们干不了别的，更没有别的什么事情可干，也只能干些这种纯粹是寻开心找刺激的讨厌之事了。

一

那年的春天，我们在离村子十里远的一家工厂看了一场叫《昆仑铁骑》的电影，影片中那些英勇的骑兵彻底地让我们折服了。在看完电影往回走的夜路上，我们四个人就立下了誓言，长大后一定去当兵，而且就当骑兵。

第二天放学后，我们每人就用木板削了一把马刀，还在刀把上系了红布条。接着，每人又用木棍做了一杆小马枪。武器备齐了，缺的就是战马了。傻五说，骑兵没有战马，那叫什么骑兵？我们就把目光对准了侯三儿。侯三儿是我们的军师，一切行动计划都是出自他之手，且每次都会达到理想的效果。侯三儿不负众望，很快就想出了主意。

星期日这天中午，我和侯三儿来到了饲养院，大大方方地走进了饲养室。虽说村人非常地讨厌我们，可饲养员老孙头儿却很喜欢我们。老孙头儿无儿无女光棍儿一人，吃住都在饲养室。平时，我们实在没事干的时候就来饲养室听老孙头儿给我们讲聊斋故事，有时还跟他一起到村外的草坡放牲口。老孙头儿一直让我们管他叫爷爷，可我们很少这么叫他，除去我们求他给我们讲鬼故事时我们才不得不这么叫他外，一般就叫他老孙头儿。我们这么叫他他并不恼，总是笑嘻嘻地边拍我们的脑袋边说："瞧我这几个大孙子。"满脸的慈爱与幸福。

老孙头儿一见就我和侯三儿两个人，咧开缺了门牙的大嘴刚要乐却又合上了，说："不对呀。你们这四大金刚，除去吃饭睡觉不在一起，连拉屎撒尿都凑一块儿。那俩小子呢？"

侯三儿说："傻五跟他妈串亲戚去了，铁蛋跟他爸爸到集上买小猪去了。就剩我们俩了，闲得难受，就找您来了。"

老孙头儿这回乐了，说："闲得难受？也是，大春天的，树上没桃，地里没瓜，河里又洗不了澡。我的大孙子啊，还是听爷爷给你们讲《鬼话狐》吧。"

侯三儿从兜里拿出了一包旱烟叶子递给了老孙头儿，说："孙爷爷，给您。"

老孙头儿乐得嘴咧得更大了，说："好孙子。不过你要小心，千万别让你爷爷给逮着，不然的话，那老东西该跟我没完了。你爷爷不像傻五他爷爷那么好说话，你爷爷是瓷公鸡、铁青蚝，玻璃耗子、琉璃猫，一毛不拔还要倒粘别人一把的主儿。让他知道了，不但跟我没完，你的屁股也得肿。好，我现在就给你们说。古时候啊，有……"老孙头儿给我和侯三儿讲起了他那不知说了多少遍的聊斋故事。我俩根本就没有心思听，但也得假装认真地听着。心，却早跑到铁蛋和傻五他俩身上了。

十分钟后，我们听到了几声布谷鸟的叫声。这是铁蛋和傻五给我们发出的信号，意思是让我俩赶紧离开老孙头儿。侯三儿眼珠一转，不满意地对老孙头儿说：“您讲的都是什么呀，这故事都讲了八百遍了。没劲，真没劲。”

我也趁机对老孙头儿说：“就是，您就不会讲点儿新鲜的？”

老孙头儿刚要说什么，被侯三儿拦住了。他腾地站了起来，不耐烦地冲我一挥手，说：“走，不听了。没劲，太没劲了。”说着就向外面走去。我也一连说了好几句没劲，就跟侯三儿走出了饲养室。老孙头儿在后面冲我俩喊道：“下回你们来，我保证给你们讲新鲜的。哎，这几个嘎小子。”

我和侯三儿很快来到了村后的小树林边，此时，铁蛋和傻五每人牵着一头驴已在那里等上了我俩，每人手里还提着两把木制的马刀和小马枪，一脸的洋洋得意。侯三儿冲着他俩伸出了大拇指，学着电影《地道战》里伪军司令的口气说：“高，实在是高。”

傻五嘿嘿一笑：“那是。这回，我们可要过足骑兵瘾了。”

铁蛋却叹了口气，说：“可惜我们骑的是驴啊。要是依着我，就牵出两匹马来，那多神气啊。骑驴，那跟《地雷战》里偷地雷的鬼子不是差不多了吗？”

侯三儿瞪了铁蛋一眼，说：“我也想骑马，行吗？先别说那马根本就拉不出来，单就说我们骑，就骑不了。就我们这样的，也就骑这驴过过瘾算了。要想骑马，就得等我们长大了，参军，当骑兵。现在我们骑驴，就是为将来当骑兵打基础。来，谁先骑？”

傻五说：“驴是我俩牵出来的，当然是我俩先骑了。”傻五说着话，一蹿就蹿到了驴背上。他得意地对铁蛋喊道：“铁蛋，你快骑啊。快！”

铁蛋学着傻五的样子也想蹿上驴背，可蹿了好几次也没蹿上去，逗得我们几个哈哈大笑。最后，还是在我们的帮助下，才使铁蛋骑在了驴背上。侯三儿笑着对铁蛋说：“你还想骑马啊？驴你都骑不上去。”

傻五不失时机地说：“他也就配骑兔子。”说着一挥手中的马刀，大喊一声：“冲啊——”用脚一磕驴肚子，驴就在还没播种的地里跑了起来。铁蛋也学着傻五的样子挥着马刀大喊一声，驴是跑了起来，可他却一头栽了下去。铁蛋爬起来想再骑上驴背，那驴却一头向别处跑去。侯三儿喊了一声不好，拔腿就向那驴追了过去。侯三儿在我们学校里是跑得最快的一个，每年的全县中小学生秋季运动会他都能给学校争得荣誉，一直是体育老师的骄傲，也一直最受体育老师的喜爱。此时的侯三儿甩开快腿没追几分钟就追上了那驴，捡起缰绳一拽，那驴就站住了。侯三儿顺势一蹿就蹿上了驴背，挥刀大喊一声：“冲啊——”驴就撒开四蹄跑了起来……

我们轮番骑着驴跑啊喊啊，狂野得完全忘了自我忘了时空，就觉得自己已经是一名英勇的骑兵了。胯下的驴就是战马，手中的木板就是马刀，地里的小粪堆就是敌人。我们满头是汗，周围狼烟四起，加上我们的喊杀声，真就有了战场的气氛。

就在我们狂野得近乎要疯的时候，我们猛地看到从村里跑出一群人来，领头的是队长范大钢。从他们的叫骂声和愤怒的样子上看，肯定是冲着我们来的。这时我们才明白过来，该是下午上工的时候了。正是春耕的季节，这驴还得干活呢。侯三儿望着向我们越跑越近的范队长他们，果断地冲我们一挥手，喊道："跑，快跑。"接着就带着我们钻进了小树林。

骑兵瘾我们是过足了，可我们每人都挨了家长一顿打。挨打是我们的专利也是我们的强项，所以打就打了，根本不往心里去。我们都是属耗子的，撂下爪儿就忘，屁股还没消肿呢，该干什么还干什么。让我们感到内疚的是，老孙头儿挨了范队长的好一通训，气得老孙头儿当着我们的家长和好多村民的面跳着脚骂了我们老半天。我们的家长只好低三下四地给老孙儿头赔礼道歉，不然的话，我们也不至于挨打的。为此，侯三儿说我们得找个机会向老孙头儿赔罪，老孙头儿对我们那么好，几句好话他就会原谅我们的。

又到了星期日这天。吃过早饭，等家长都到生产队劳动去了，我们就拿着筛子来到了离村子十里外的小沙河。我们把裤腿绾起老高，轮流站在一尺深的浅水里捞河虾。尽管此时已经春暖花开，可河里的水仍是冰凉刺骨，在水里待不了几分钟就得上来暖和暖和。就这样你上来我下去的一直到了临近中午，我们才捞了有一斤多的河虾。我们每人生吃了几个，就拿着这些虾来到了饲养室。

当我们把这些河虾送到老孙头儿的面前时，没容得我们向他老人家谢罪，老人家就已经湿着双眼把我们揽在了怀里，哽咽着对我们说："哎哟，我的好孙子们哎。"眼泪就流了出来。

待了一会儿，老孙头儿的情绪稳定了下来，他先是咧开没了门牙的大嘴哈哈乐了一阵，接着又愠怒地对我们说："你们这几个人嫌狗不待见的嘎小子啊，你们知道吗？差一点儿，你们就捅了大娄子啊。”

我们听后都吓了一跳，侯三儿挠了挠脑袋，问老孙头儿：“孙爷爷，我们，差一点儿捅了什么娄子啊？”

老孙头儿说：“你先坦白，这骑驴的馊主意是不是你出的？”

侯三儿嘿嘿一笑，说：“是。”

老孙头儿“咳”了一声说：“主意倒是不错，可是，你们不该拉走那头灰驴啊。你们知道吗，那头灰驴怀上驴崽儿还不到一个月，是最容易流产的时候。就你们那么一通折腾，我一直提溜着心啊。真要是被你们折腾得流了产，队里就得扣你们每家仨月的工分。我呢，最少也得扣俩月的。”

我们一听全都傻眼了，都傻愣愣地望着老孙头儿。

老孙头儿挨个儿看了我们一眼，说：“好在危险期已经过去了。唉，你们这几个嘎小子啊，真好比是四只刺猬，让我是捧着扎手，扔了又可惜啊。虽说我喜欢嘎小子，可你们也太嘎出圈了。再怎么嘎，也不能惹祸啊，是不是？站树上拉屎撒尿，偷瓜摸枣捅马蜂窝，这都没关系，顶多挨顿骂，旁人一听还是乐儿呢。可真要是捅出娄子来，那就不是小事了。要是听你们孙爷爷的，往后呢，就少干这些悬事，也省得让我为你们着急，”

我们几个点了点头，就回家吃午饭去了。

二

麦收季节到了。为了使村民有足够的精力搞好麦收，村里按人口分给了每户一定数量的粮食。这个时候，我们的肚子相应地就比平时饱了许多。肚子一饱，我们就闲不住了。

又是一个星期日的午后，我们闲得实在难受，就头顶用牛皮纸袋做的日本鬼子军帽，脑后呼扇着几根纸条，肩上扛着用玉米秸秆扎成的大枪，跺着脚来到了打麦场。我们一边跺着脚，一边在嘴里哼着电影中日本鬼子进村的音乐。打麦场上人很多，都在紧张地打着麦子。我们见人们根本没拿我们当一回事，心里就很不满意，脚跺起来就没了劲头。这时，侯三儿眼珠一转，冲着人们大喊一声："哑地给——"接着就趴了下去。我们立即学着他的样子也趴在了地上，冲着人们做开枪射击的动作，嘴里还叭叭地响着。人们还是不理我们这一套，仍是专心致志地在打麦子。我们真的不高兴了，在侯三儿的指挥下，抓起旁边的土坷垃就向人们扔了去，嘴里还学着手榴弹的爆炸声。这回人们注意我们了，开始对我们指指点点，有人还哈哈大笑。我们受到了鼓舞，劲头更足了。

就在我们狂野得忘了自己是谁时，我们每人的屁股分别挨了重重的一巴掌。我们回头一看，是范队长，他吹胡子瞪眼地就把我们赶走了。望着趾高气扬的范队长和哈哈大笑的人们，我们感到自己的自尊心和人格受到了极大的污辱。用现在的一部喜剧小品中的台词来说，就是：太伤自尊了。

我们站在离场院不远的一棵洋槐树下，先是冲着场院的人们愤愤地撒了一泡尿，接着便一齐向范队长做射击动作。同时，心里在琢磨着报复的办法。这时，侯三儿的目光对准了队部西墙阴凉下的两只水桶。我们望去时，正看见两个社员在喝绿豆汤。我正在怀疑猴三儿是不是口渴了的时候，侯三儿却把嘴一撇，接着脸上便露出了得意的微笑。他这一撇一笑，我们心里立即有了底。果然，猴三儿冲我们一挥手，就带着我们离开了打麦场。避开了人们的视线，他向我们说出了报复的办法。

第二天中午，大人们都在歇晌，我和侯三儿、傻五却悄悄地来到了老孙头儿的饲养室。每年的麦收，为了防暑，队里都要给社员熬绿豆汤喝。熬汤的地点就在饲养院那口给牲口煮料的大铁锅里。早上熬，上午喝。中午熬，下午喝。负责熬汤的就是老孙头儿。

老孙头儿见到我们，自然是很高兴的。可他一见没有铁蛋，就非常警惕地问我们道："铁蛋那小子干什么去了？不会又是拉驴去了吧？"

我们都笑了。侯三儿说："他不是拉驴，他是拉稀。拉得肚子都疼了，在家趴着哪。"

老孙头儿乐了，说："你们这几个小子，准是偷队里的黄瓜吃来的。铁蛋，那是黄瓜吃得太多了，对不对？"

侯三儿赶忙就坡下驴，说："可不是嘛，就数他吃得多，要不也不至于拉稀。"

老孙头儿又乐了，说："昨天你们可真够闹的，学日本鬼子不说，还往人群里扔土坷垃。你们这几个嘎小子啊，恨不得把村子翻个个儿心里才美是不是？"

傻五说："可恨的是那范队长，我们没招他没惹他，他凭什么打我们一巴掌？还像赶狗似的把我们赶走了？哼，这个仇，说什么我们也得报。"

"报仇？得了吧你们。你们要是不往人群里头扔土坷垃，队长还能打你们？还能赶你们走？再说了，你们几个毛孩子，懂什么叫仇啊？”

傻五的拧劲儿上来了，不服气地说：“毛孩子？您就瞧着吧，我们……”

侯三儿赶紧拦住了傻五的话，说：“行了你。我们干什么来了？还不是听孙爷爷讲故事来了，说那些没用的干什么？”侯三儿直冲傻五使眼色。

傻五心领神会，马上改口对老孙头儿说：“对，侯三儿说得对，我们是来听您讲聊斋的。”

老孙头儿说：“这就对了嘛。就你们昨天干的事，我要是队长，照样也饶不了你们。行了，还是听爷爷给你们讲《鬼话狐》吧。”老孙头儿喝了两口水，开始给我们讲开了聊斋故事。

此时，铁蛋正在执行着他的任务。他像只大虾一样弯着腰，悄悄地摸到了大铁锅边，把一包巴豆倒进了刚刚停火的绿豆汤里。为了不让人们看出来，我们把巴豆砸成了和绿豆一般大小的碎渣。巴豆是村里医务站种的，卫生员是铁蛋的老姑，他也就很容易地偷出了这些巴豆。

铁蛋很顺利地完成了任务，可就在他要离开现场时，他看见了墙脚下盘着一条蛇。蛇很大，盘在那儿足有锅盖那么大。在我们四个人中，只有铁蛋最怕蛇。所以他一看见这条蛇后，吓得全然不顾了自己刚刚干完了什么，便撞上鬼似的叫了一声，声音又大又怪，使正处于鬼怪故事气氛中的我们着实吓了一大跳。待我们明白了事情不妙时，老孙头儿已经拉开屋门跑了过去。侯三儿低声地说道：“不好。”而后冲我和傻五一挥手，就一齐跟在老孙头儿的后面跑了出去。

让我们既开心又没有想到的是，快六十岁的老孙头儿竟也怕蛇。他跑到大铁锅前一见是铁蛋，刚要问铁蛋怎么会在这里时，也一眼看见了那条蛇，吓得大喊一声：“妈呀！”拔腿就往回跑，一下子和侯三儿撞了个满怀。老孙头儿气急败坏地冲着侯三儿就骂：“好你们这……这几个兔……兔崽子，知道我最怕……怕长虫，还……还拿那么大一……一条来吓……吓唬我？快……快把它给我弄……弄走。”老孙头儿说话都结巴了。

侯三儿眼珠一转，立即对傻五说道：“别闹了，快把这条蛇弄死吧。”

任何一条蛇，只要让我们这些十几岁的男孩子碰上，大都是逃脱不了厄运的。只见傻五不慌不忙地走到蛇跟前，一伸手，就抓住了蛇的尾巴，提起来狠劲地抡了几圈，手一撒，那蛇就飞了出去，正好挂在了电线上。老孙头儿望了一眼电线上的蛇，不满地对傻五说：“咳，你把它挂……挂在了那儿，我……我这么多活儿还……还怎么干？快把它给我弄……弄下来，扔……扔远远的去。”

傻五正要去找秫秸捅电线上的蛇，被侯三儿拦住了。侯三儿从兜里拿出了弹弓，装上泥球，抬手一拉，叭的一声，那条死蛇就被打了下来。傻五提起了死蛇，说：“喂猪吧，猪吃了长大个儿。”说着就向生产队的猪场走了。

老孙头儿这才不怎么害怕了，他冲着铁蛋点了点头，愤愤地说：“你不是肚子疼在家趴着吗？趴出一条大长虫来了是不是？你们这几个捣蛋鬼呀。”

铁蛋眨了眨眼，竟对老孙头儿说：“我……我什么时候肚子疼来着？我……”

侯三儿赶忙拦住了铁蛋的话，说：“行了你，你不是说要给你老姑逮条蛇做什么药引子吗？谁想到你也这么怕蛇。”接着又对老孙头儿说：“孙爷爷，铁蛋是被那条蛇给吓糊涂了。是这样的，他老姑要我们给她逮条蛇，说是做什么药引子，没想……”

老孙头儿哼了一声，说：“谁知道你们又要什么鬼把戏呢？走，赶紧走吧。今儿个，我什么也不给你们讲了。”说完这话，气哼哼地回了他的饲养室。

我们相互看了看，赶紧溜之大吉。

下午，人们都上了工以后，我们四个人悄悄地爬到了离打麦场不远的一棵老槐树上。这次，我们不是要在树上撒尿，是要看人们喝了放有巴豆的绿豆汤后到底有没有反应。老槐树枝繁叶茂，我们藏在上面是很难被人们发现的。而我们，却能把打麦场上人们的一举一动看得清清楚楚。

人们三三两两地到水桶边喝绿豆汤，又陆陆续续地回去继续打麦子。不一会儿的工夫，就有人开始往厕所跑了。接着，人们就像喝绿豆汤那样，两点成一线地一个接一个的往返于打麦场和厕所之间。这么多人同时闹肚子，立即让肚子也开始不舒服的范队长提高了警觉。他首先想到的就是绿豆汤出了问题，就赶紧叫来了老孙头儿，劈头盖脸就是一句：“怎么搞的这是，啊？这么多人拉稀跑肚的，是你的绿豆汤没熬熟呢？还是别的什么原因？”

老孙头儿傻了，支支吾吾地说不出所以然了。

范队长急了，冲老孙头儿吼道：“三夏是虎口夺粮。在这节骨眼上你弄出这种事来，老孙头，你可要吃不了兜着走。”

老孙头儿连急带怕，结结巴巴地说：“我……我凭什么兜……兜着走？绿豆，我洗……洗了又洗。火……火烧得都把绿……绿豆快熬……熬成粥了。我……”老孙头儿一歪头，正好看见幸灾乐祸的我们从老槐树上爬下来鬼鬼祟祟地跑走。老孙头儿一愣，立即想到了这事可能与我们有关。联想到中午我们的异常行为，心里有了底，便把脖子一梗，愤愤地对范队长说：“你少跟我来这套。让我兜着走？姥姥。走，你先跟我走。”

“跟你干吗去？”

“让你看看到底是怎么回事。”老孙头儿带着范队长来到了大铁锅旁边。

老孙头儿指着锅里剩下的粥样的绿豆，说：“你仔细看好了，都熬成粥了，说明不欠火。”

“那是什么原因？”

老孙头儿没说话，而是捞起一把煮烂的绿豆仔细地看。这一看不要紧，就看出了里面的巴豆渣子。他指着巴豆渣子对队长说：“就是这巴豆闹的。”

“什么？”队长火了，“这是什么人干的？我这就派人去派出所报案，这是有阶级敌人在搞破坏。”在那个年代，人们对阶级斗争这根弦绷得是相当紧的，发生什么事，都爱往阶级斗争上靠，总想到是有阶级敌人在搞破坏。

老孙头儿一听要去派出所报案，吓得脸都白了，急忙对队长说：“使不得，使不得啊。就这么点儿小事，不值得呀。要我说，就算了吧。”

“算了？你什么意思？难道这巴豆是你放的？”

“哎呀队长，你这是说哪儿去了？我一个三代贫农，我能干这种事吗？”

“那是谁干的？”

“这……”

“你也别这了。看来，你心里是有底的。我实话告诉你吧，你要是不说出来这是谁干的，我立马就派人去派出所报案。”队长说得很铁。

老孙头儿“唉”了一声，只好说出了我们的名字，又把中午的异常情况细细地说了一遍。

队长一听就更火了，说道：“这几个王八蛋，他们为什么要这么干？”

“还不是因为昨天你打了他们一人一巴掌？恨你呗。”

“可那么多人招他们了还是惹他们了？”

“是没招他们也没惹他们，可他们不是看了笑话了吗？”

“嘿。好你个老孙头儿啊，还替他们找理由是不是？好。这几个王八蛋，也太狂了，也太野了。再不好好治治他们，早早晚晚，他们得把天给捅个窟窿。这回，说什么也得让派出所的人治治他们。”队长说到这儿转身就走。

老孙头儿急忙拦住了队长，说：“我说，你这是要干吗？”

“干吗？派人去派出所。”

“这么说，你真的要让派出所的人治这几个孩子了？”

“再不治治他们，你知道他们还能闯什么大祸呀？”

老孙头儿立即赔上了笑脸，哀求队长说：“老叔求你了，你千万别让派出所的人来插手管这事。不管怎么说，他们还是一帮人嫌狗不待见的混蛋孩子。再说了，他们的父母都是街里街坊的好邻居，不合适啊。”

“不合适？”队长怪怪地看着老孙头儿，“我是看出来了，全村，也就你拿这几个捣蛋鬼当宝贝儿，是不是？”

“我喜欢他们。”

“你就是他们的亲爷爷，这回我也饶不了他们。”队长说着还要走。

老孙头儿一把拉住了队长，继续哀求地说：“得了队长，我再一次求你了，看在我的分上，你就饶他们这次吧。我担心啊。”

“担心什么？”

“这几个孩子正是什么都不懂的年龄，又是天不怕地不怕的浑球儿，只知道胡闹，不想后果。就是派出所的人来了，又能拿他们怎么样？他们要是犟起劲犯起浑来，倒起反作用了。”

“那你说怎么办？这事不能就这么算了吧？”

老孙头儿一看有好转，赶忙说：“当然不能就这么算了。要我说，把他们的家长叫来，当着他们家长的面，你好好教训教训他们。你把这事的性质说得越邪乎越好，让他们和他们的家长知道知道后果的严重性。你还告诉他们，如果往后还干这种事，就让派出所的人来抓他们。这么一来，他们就老实了。说不定，他们和他们的家长还因为你没报告派出所而感谢你呢。家长再管管他们，也许他们就老实了。”

队长想了想，“唉”了一声骂道：“这几个王八蛋，真是天王老子拿他们也没办法呀。就这么着，晚上叫上他们的家长，好好治治他们。对了，我说老孙头儿，往后，你少跟他们近乎。拿臭狗屎堆着他们，看他们还美哪儿去。”

“是，是。往后，我还真得别宠着他们了。”

三

绿豆汤事件以后，人们更加讨厌我们了。连我们的家长，在痛打了我们一顿后都说我们是癞狗扶不上墙——完了。我们在人们的心目中已经成了一堆臭狗屎，谁见着我们都用一双鄙视的目光对待我们，嘴里还说些不三不四的话。

而最让我们伤心的是，老孙头儿是彻底的不喜欢我们了。我们不止一次地去找他，请求他原谅我们，却都遭到了他的斥责。最后一次，老孙头儿跟我们急了，他气恼地骂我们：“滚，都给我滚。不争气的东西，我不待见。再拿你们当人，我就得死在你们手里。滚，快给我滚吧。”我们清楚地看见，老孙头儿竟伤心得流出了眼泪。那天，我们头一次感受到了受人冷落的滋味儿。这么喜欢、疼爱我们的人都对我们这样了，说明我们确实臭不可闻了。头一次，我们的心被触动了。

我们终于猛地觉醒。

觉醒后的我们认识到，要想让人们重新认识我们，要想让人们改变对我们的看法，唯一的办法就是我们得干几件让人们喝彩的事来。可是，我们干什么呢？我们又能干什么呢？于是，十三岁的我们，开始琢磨该干些什么惊天动地的大事。

我们再也不狂了，再也不野了，有空就坐在一起，苦苦地想着办法。我们幻想着发大水，大水大得最好连村子都淹了。那个时候，我们就可以大显身手，凭着能在水里畅游无阻的功夫去救人。先救谁呢？对，先救李奶奶。李奶奶是烈属，他儿子是在抗美援朝战争中牺牲的，救这样的人，更能让人佩服……

我们幻想着谁家的老人突然病倒在半路上，正好让我们碰见，我们就把老人送到村里的医务站。那么该是谁家的老人呢？对，最好是范队长的爸爸，救了队长的爸爸，队长能不对我们好吗？队长对我们好了，全村的人也就对我们好了。不对呀，队长的爸爸头好几年就死了。那救谁呢？对了，最好是老孙头儿。对，那样一来，老孙头儿肯定又会喜欢我们了……

我们还幻想着在上学的路上捡到几十块钱，我们就一起把钱交到老师的手里……我们想到了打仗。对，最好是打仗。一提打仗，我们立即来了精神。侯三儿激动地说："我们说了半天，哪样也没有打仗最能显示我们的了。只要一打仗，我们就像电影《小兵张嘎》中的张嘎子那样去找县大队。"

我们一听侯三儿说县大队，都乐了。铁蛋说："你别露怯了，现在哪儿还有县大队啊？早就叫解放军了。"

侯三儿眨了眨双眼，不服地说："我知道，县大队，就是民兵团。听我堂叔说，村里有民兵连，公社（就是现在的乡或镇）有民兵营，县里，就是民兵团，也可以叫县大队。我说去找县大队，有错吗？"

侯三儿把我们唬住了，一时都没了话。半天，铁蛋说："这又不是战争年代，就是打起仗来，就我们这么大的孩子，人家也不要我们呀？”

侯三儿说：“只要打起仗来，就是战争年代。全民皆兵，这是毛主席说的。战争年代，谁都有权力打击敌人。”

铁蛋说：“可是，我们没有枪，拿什么打击敌人？”

傻五说：“夺。我们不会从敌人手里夺吗？张嘎子都能用木头手枪夺了一把撸子，我们就不会？对了。”傻五说到这儿认真地说：“要我说，我们应该马上做木头手枪，要不，真的明天仗一打起来，我们现做可就来不及了。”

仿佛明天真的就要打仗一样，我们又开始了怎么才能把枪做得跟真的一样的讨论。讨论来讨论去，我们也没有拿出理想的方案。最后，还是侯三儿把我们又拉回了现实。他说：“打不打仗的，我看不是容易的事，也不是我们想象的那么简单。就是真的打起来了，县大队我们也找不着，人家早进山了。要我说，我们还是想办法干点儿露脸的事吧，哪怕一件也行啊。我们都好好想想，我们能干什么事呢？”

我们想啊想啊，把一切能改变我们形象的事都想遍了，可是一连过了好几天，哪件事也没让我们碰上。我们不由地抱怨道：“想要让人们重新认识我们，怎就这么难呢？”

几天后的一个晚上，小学校的操场上挂起了白白的电影银幕，村里要放电影了，说是南斯拉夫片子《桥》。打仗的，特过瘾。尽管我们在别的村子看了好几遍了，可我们还是想看。当即我们就商量好，吃完晚饭我们一起看电影。

吃过晚饭，我们如约来到了侯三儿家房后的老槐树下。侯三儿家在村子的最后，往北就是大片的庄稼地。这是我们俗成的规矩，平时，不论我们干什么，都是在这棵老槐树下碰头。

侯三儿见我们都到齐了，便十分兴奋地对我们说：“有了，我想出好主意了。”

“什么好主意？干什么去？”铁蛋问。

“是啊，什么好主意？”我和傻五也问他。

侯三儿有些不乐意了，说：“你们忘了，我们不是要干几件露脸的事吗？”

我们这才想起来，便催他赶快说。

侯三儿这才神秘地对我们说：“今晚村里不是放电影吗，我想，趁着人们都看电影的机会，我们把队里的那头花牛拉出来藏到一个谁也找不着的地方。”

性急的铁蛋马上反对，说：“那我们不是又干讨厌的事了吗？让队长知道了，我们就彻底地不是人了。”

我和傻五也冲侯三儿投去了不满的目光。

侯三儿说：“你们等我把话说完好不好？我是说，当队里找不着牛的时候我们再把牛拉回来，我们不就等于是干了一件了不起的事了吗？”

傻五说：“这个主意倒是不错，可是，我们要是没弄好露了馅，那可就像铁蛋说的那样，我们就彻底地不是人了。”

侯三儿坚定地说：“你们放心，只要是我想的主意，百分之百的没问题。”

我们一想也是，便同意了侯三儿的主意。

当电影演到快一半的时候，我们悄悄地摸到了饲养院。侯三儿让我们先藏好后，他一个人摸向了老孙头儿的屋子。很快，侯三儿就回来了，他兴奋地对我们说："老孙头儿的屋子上着锁呢，看来，他准是偷着看电影去了。快，趁这个机会，我们赶快行动。"

按侯三儿部署好的，我们分头执行着自己的任务。铁蛋负责监视饲养院出口，我负责监视饲养院的进口，侯三儿负责开、关牛棚的门，傻五负责牵牛。一旦发生什么情况，我和铁蛋就学布谷鸟叫，只要他俩听到布谷鸟叫，就立即停止行动。而我和铁蛋听到布谷鸟的叫声后，就知道他们已经将牛从出口牵出去了，就立即绕道追上他们。

我趴在饲养院进口外的一丛蓖麻秧子下，双眼紧紧地盯着路的两头。此时，从小学操场的方向，不断地传来阵阵的枪声。从枪声和喊叫声中，我就知道电影演到哪儿了。听着阵阵的枪声，望着身边的蓖麻秧子，想到自己此时的样子，我真的就有了一种侦察兵的感觉。心中，也就有了些许的激动，便就想到，手里要是有支真手枪就好了……就在我想入非非的时候，我听到了两声布谷鸟的叫声。我一激灵，看看路的两旁没有人影，就赶紧爬了起来，向预定的方向悄悄跑去。很快，我就追上了牵着牛的侯三儿他们。我们谁也不说话，心里很是紧张地牵着牛向村东的旧砖窑走去。

村东的旧砖窑离村子有五里路，要穿过一大片一人多高的玉米地。我们走在玉米地中，心里不由得想起了老孙头给我们讲的鬼怪故事，头皮就开始发麻，连自己的脚步声听着都那么瘆得慌。

我们终于来到了旧砖窑。这个旧砖窑是我们经常来的地方，砖窑的东边有个挖土制砖坯留下的一个大坑，里面盛满了水，是我们常来洗澡的地方。这天中午，我们还在这大坑里洗了一回呢。这个旧砖窑，同样也是我们常玩耍的地方。侯三儿拧亮了手电筒，我们轻车熟路地把牛牵了进去。我们从砖窑的旁边拔了一堆草放在了牛的旁边，又用一些烂树枝将窑的洞口堵好，我们就回家了。在回家的路上我们问侯三儿，要是牛真的跑出去丢了怎么办？侯三儿说："夜里，牛是不会动的，关键的是明天天亮以后。这样吧，明天上午，我和伏天儿不去上学，在这儿看着牛。下午，铁蛋和傻五看着。天黑后，我们一起将牛拉回去。"

中午，我和侯三儿从旧砖窑回家吃饭，刚一进家，就听爸爸说队里的大花牛丢了。

早上，老孙头儿喂牲口，一眼就发现大花牛不见了。因为昨天晚上他偷着看了一会儿电影，可巧又让几个村民看见了，所以他没敢声张，先自己一个人悄悄地找了一遍。当上工的钟声敲响时他还没有找着牛的时候，他才做贼心虚般地告诉了队长。队长一听就火了，当即就冲老孙头儿骂道："牛棚就在你的眼皮底下，那牛又不是一只小鸡子，你怎么就没看见呢？是不是昨天夜里上哪儿找野娘们去了，啊？我可告诉你，这牛要是找不回来，我就让你去拉车。"队长猛地想起了什么，又问道："对了，昨天夜里，你是不是偷着看电影去了？说，到底去没去？"

老孙头儿不敢撒谎，就说只是看了一会儿。

队长更火了，冲他吼道："你这是失职。告诉你吧，牛要是真的丢了，你得赔偿损失。弄不好，还得吃几天号儿饭。你就等着吧。"队长狠狠地瞪了老孙头儿一眼，急火火地组织人找牛去了。

当年，村里的牲口都是有户口的，不论是怎么死的或是受了什么重伤，都得上报有关部门，还得查出具体原因，该负责任的还得负一定的责任。丢了，就更麻烦。再有，在当时，村里的一头牛要比现在的一辆汽车还要珍贵还要顶事。耕地、拉车，样样农活儿都离不开牛，何况丢的又是一头母牛。母牛就更金贵，除去干各种农活儿外，还能生小牛。

队长是又生气又心疼再加上着急，牙床子立马就肿了，火就往老孙头儿身上发。老孙头儿因为心里有愧，也只好忍着。他盼望的，就是赶快把牛找回来。可是，十多个人整整找了一天，也没找着一根儿牛毛。天黑后，当最后一个找牛人也是空着手回来时，队长便感到实在是没有指望了。队长长叹了一口气，捂着肿起老高的脸正要连夜去派出所报案的时候，我们牵着牛十分得意地站在了大伙儿的面前。

大伙儿惊诧了有五分钟，这才一起向大花牛围了上去，上上下下左左右右地看了大花牛好几遍，确认不是在做梦后，才把同是惊诧的目光对准了我们。他们像刚才看牛那样又上上下下左左右右看了我们几遍后，才先后说出了一句相同的话：这牛是你们找着的？

侯三儿点了点头，说："是。"

队长高兴地摸着侯三儿的脑袋问："你们这几个王八蛋，这回可干了一件可人疼的事啊。快说说，你们是在哪儿找着这牛的？"

侯三儿一本正经地说："我们是中午放学回家吃饭时，听大人说队里的牛丢了，一直还没找着。当时我们就下了决心，如果等我们晚上放学还没找着牛，我们就帮助队里找。吃完午饭我们去东大坑洗了一会儿澡，在旧砖窑附近发现了牛脚印，我们就怀疑这牛就在旧砖窑的附近。因为要上课了，我们就赶紧跑回了学校。放学后我们没有回家，就直接去了旧砖窑。我们顺着牛脚印一步一步地找，最后在旧砖窑里找到了这牛。队长，就是这头牛吧？”

“是，是。”大伙儿异口同声地说。

队长挨个儿拍了我们每人一下，说：“好。这回，我要在全体社员大会上好好表扬表扬你们。”

听队长这么一说，我们心里都美滋滋的。

我们自然是得到了全村人的赞许，更是得到了学校的表扬。一时，我们就得意得有些飘飘然了。每每和同学们说起找牛的经过时，我们竟然感到那牛真的就是我们找回来的了。

四

通过找牛这件事，老孙头儿又喜欢上了我们，还一个劲地夸我们。可我们却从老孙头儿的眼神里，看到了一种让我们心虚的目光，这种目光不得不让我们想道：老孙头儿会不会对这件事持有怀疑的态度呢？毕竟，他是十分了解我们的，更了解他的牛。我们的心，也就更不踏实了，总感到不定哪一天，我们的事情就得败露。

果不其然，几天后一个星期日的上午，我们来到老孙头儿的屋子里没待几分钟，老孙头儿就一脸严肃地对我们说：“你们这几个嘎小子，本事确实不小啊。”

一听这话，我们的心跳就开始加速了，便想到我们一直担心的事就要发生了。我们不知道该怎么回答老孙头儿的话，只能你看着我我看着他地犯愣，都是一脸的等着挨打的可怜相。此时我们心里都是一个想法，老孙头儿若是揭穿我们的真相后骂我们打我们，我们也得忍着。

老孙头儿挨个儿看了我们几眼后，笑了，说："怎么都属秋后的茄子——蔫了？"

我们还是没有话，都把头低了下去。

老孙头儿又笑了，但只笑了两声便猛地绷起了脸，表情严肃地对我们说："我今天没别的要求，只希望你们给我一句实话。头几天的夜里，是不是你们把大花牛藏起来的？"

"是。"我们几乎是异口同声地回答，而后又都低下了头。

半天，老孙头儿才说："都把头抬起来。"他见我们都把头抬起来了，便语重心长地说："我清楚你们的心思，也了解你们的苦心。可是，你们不能这么干啊，孩子们。要想让人们重新认识你们，不要总想着干什么大事。再说了，就你们几个小玩闹，能干什么大事？不招灾不惹祸，就算你们是好样儿的了。今儿个爷爷跟你们说句实话，藏牛的事，我决不跟任何一人再说了。往后呢，你们该玩还玩，该闹还闹。但是，像偷着骑驴呀，往绿豆汤里撒巴豆呀，藏牛呀，这种悬事就别干了……"

老孙头儿没把这事捅出去，我们打心里感激。当着他的面儿，我们几个全都哭了。我们一哭，老孙头儿也受不了了，只好又一个一个地安慰我们，还打着哈哈对我们说："就你们玩的这种小把戏，还想瞒我？也就是队长他们那些大傻蛋，全信了你们。"

那天晚上我们刚把大花牛牵回来，老孙头儿就起了疑心。这么老实的一头牛，怎么会跑到离村子五里多远的旧砖窑呢？那么多大人整整找了一天都没找着，这几个坏小子怎么就能轻而易举地找到了呢？联想起我们一系列的所作所为，老孙头儿猛地想到，这丢牛的事会不会也跟这几个坏小子有关呢？一连串的问号，让老孙头儿下了要搞清事实真相的决心。

他先是在第二天的早上对牛棚从里到外进行了一番细致的勘查，结果，他先是在牛棚门外和牛槽边发现了不少小脚印（这是侯三儿和傻五留下的）。接着，他又在牛槽里捡到了一把弹弓（傻五的弹弓总爱别在后腰上，准是解牛缰绳时被牛槽帮一剐掉进了槽里）。仅这两样发现，就使老孙头儿心里有了底。为了掌握更确凿的证据，老孙头儿又悄悄地去了一趟旧砖窑。除去在旧砖窑洞口发现了我们和牛的脚印外，还在窑洞里发现了一堆牛屎和一些牛吃剩的草。这些情况足以让老孙头儿肯定了丢牛就是我们搞的鬼。证据确凿了，可老孙头儿又犯开了难。这事情的真相，到底是告诉不告诉队长呢？告诉吧，这几个坏小子肯定是惨了。不告诉吧，自己这失职的黑锅就得背一阵子。老孙头儿左想右想前思后虑，最后决定还是自己背着这黑锅吧。虽说这几个坏小子干的这事确实把自己坑得不浅，可他们的目的还是蛮可人疼的嘛，比起往绿豆汤里放巴豆来说，本质还是大不相同嘛。一句话，还是他们太小，考虑问题太简单了……

就这样，老孙头儿把事情的真相咽到了自己的肚子里。可他为了让我们知道他的良苦用心，更为了让我们明白怎么才能做一个好孩子，就把真相给我们揭穿了。

我们为有这么好的一个孙爷爷而感到高兴，同时又为我们自己这么不争气还尽给他老人家添麻烦而感到内疚。于是我们暗暗下了决心，一定要做个好孩子让人们看看。

几周后的一个深夜，我被好长一阵轰轰响的汽车声惊醒了，在汽车的声响中还夹杂着一两句的说话声。声音不大，有口音，听不出说的是什么。那时候，村里是很难见到汽车的，又是在深夜，听声音又是那么多的汽车，所以我的睡意立即随声而去。我想爬起来到外面看个究竟，却见爸爸已从他的屋里走了出来。他只看了我一眼就明白了我要干什么，便严厉地对我说："睡觉，天不亮决不能出去。告诉你吧，说不定，要出什么大事了。"爸爸说完这话，转身回了他的屋子。

我只好又躺在了炕上。睡是睡不着了，双眼只能望着黑黑的屋顶发呆。回想着爸爸说的话，我心里开始激动起来。能出什么大事呢？我心里做开了各种奇妙的幻想与某种希望。

好不容易熬到了东方发白，家里的大公鸡也叫了第三遍，我便以上茅房为借口悄悄溜出了院门，向侯三儿家房后的老槐树方向跑去。此时天刚蒙蒙亮。来到侯三儿家房后的老槐树下，侯三儿、铁蛋和傻五已在此等候了。我们嘀咕了几句后，便一起向村街走去。

走近村街，我们头一眼就看见了树下站着两名解放军战士，个个挺胸抬头，威武庄严地注视着我们。头一次在现实中看到这种场面，加上刺刀尖儿上发出的闪闪寒光，我们的心不由得全都开始嗵嗵地跳了起来，同时感到真的要出什么事了。侯三儿这时小声地对我们说："你们看。"说着用手一指。

我们顺着侯三儿手指的方向一看，便看见了村街两边的树干上搭上了好几道皮线。红的、蓝的、白的、黄的、绿的，顺着村街两边的树一直向村西延伸而去。我们的心，自然是又增加了一层兴奋与猜想。我们见这两名解放军战士没有对我们表示什么，便在侯三儿的带领下装作一副无所事事的样子，顺着这些五颜六色的皮线走去。我们每走四五十米，就会看到两名解放军战士，都是挺胸抬头，威武庄严地持着上了刺刀的钢枪。这就使我们的兴奋与猜想逐级上升，身上就有了一种说不出来的东西在膨胀。铁蛋望着战士手中的钢枪，伸着大拇指说："真棒。我们什么时候要是也能扛上这真家伙，那多美啊。"

侯三儿捅了铁蛋一下，说："少说话。"

我们顺着这些皮线一直来到了村西的玉米地时，天也基本亮了。此时的玉米地边已经站了不少看热闹的村民和孩子。我们挤进一看，心里不禁更加兴奋与紧张，双手不由得就握成了拳头。一人多高的玉米地里，一辆辆军用卡车并排停在一起，我用眼睛迅速地一数，整整二十辆。旁边，还有三辆中吉普。上百名解放军官兵在紧张地忙碌着，都是一脸的严肃与庄重。而最让我们激动的，是那屹立在玉米地中间的一排高射炮，整整二十门。炮筒斜斜地扬起，一齐对着西北天空。

我们痴痴地望了足有二十分钟。这二十分钟的时间里，我们的脑海里一直出现的都是电影中那炮火连天的场面。我们的心，也随着脑海中的枪炮声冲上了战场……

眼前的一切让我们立即想到了什么。傻五捅了侯三儿一下，激动地问他："是不是要……要打仗了？"

"对，要……要打仗了。"侯三儿同样是很激动地说。

"打仗好啊，只要仗一打起来，我们就像电影《小兵张嘎》里的张嘎子那样，也干点儿英雄的事来。让村里人都看看，我们是什么样的人。”铁蛋说得一身豪气。

“对。”侯三儿说，“最好缴获几支枪。”

“再抓几个俘虏。”我说。

“对。到了那个时候，我们就是英雄了。”傻五说。

侯三儿说：“光当英雄不行，我们还要参军，参加正规部队。你们说，怎么样？”

“好。”我们异口同声地回答。

我们又看了一会儿后，便万分激动地一路小跑回了村子。分手后，我一口气就跑进了家门，冲着全家人喊道：“要打仗了，要打仗了。”当我把看到的一切又夸张地向全家人描述了一遍后，全家人便是好一阵的紧张。奶奶的手一抖，半碗粥就撒在了桌子上，颤抖着说：“天……天呐，怎么说打……就打……打仗了呢？”

那时我们和苏联的关系正紧张，珍宝岛一战的硝烟在人们的脑海里尚未消散。加上毛主席他老人家的“要准备打仗”的指示刚刚发布不久，现在猛地出现这种情况，是足够让人们紧张、让人们浮想联翩的。然而，一直胆小怕事的爸爸此时说的几句很有底气的话，倒是稍稍起到了稳住全家人心的作用。爸爸说：“有什么可怕的？有毛主席他老人家给我们撑着，有那么多解放军住在我们村里，谁也不敢怎么着我们。”

那时的人们特别信服毛主席，只要一提毛主席，心里就有底，就踏实。

村里的大喇叭响了，要全村的大人立即到小学操场开紧急大会，并同时转播了中小学校的通知，通知全体中小学生暂时停课，什么时候开学另行通知。喊喇叭的是村主任，平时，不论是在大喇叭里还是当着全村人的面，他讲话都是滔滔不绝、妙语连珠。可此时，他却把话说得结结巴巴、语无伦次，像是有人用枪顶着他的后腰。

我们一听学校停课了，高兴得差一点儿跳起来。说实话，学校就是不停课，我们的学也上不好，一天得有多半天儿逃学。那么多的高射炮在吸引着我们，我们的学能上得踏实吗？

人们比开任何一个大会到得都齐、到得都快，几乎是在大喇叭刚喊完的同时就全赶到了会场。到场的人个个都是一脸的严肃与紧张，相互说的话都是同样的内容：要打仗了？要打仗了。不少年轻的小伙子（那时全是基干民兵）倒是一脸的兴奋与激动，都说这回可要扛上真枪了，能不能上战场先搁一边儿，这辈子能扛上几天真枪也算没白活呀。

我们手里也痒痒的，都一个劲儿地感叹自己才十三岁而失去了一次摸真枪的机会。此时，一直让我们看不起的那些个基干民兵，眼下却因为他们就要扛上真枪了又让我们羡慕得不行。猴三儿悄悄告诉我们，从现在开始，我们要和那些民兵套近乎。没别的意思，他们要是能扛上枪，我们也好借此机会过过瘾。我们都点了头后，就一起钻到了土台子跟前，盼望着大会马上开始。

大会开始了。村主任刚往土台子上一站，人们立即都住了嘴，双眼直直地盯向了村主任。往常开大会，要想让人们静下来，村主任不大喊一阵、不大骂几句根本不管用。现在如此这般，让村主任很是感动。

村主任一改往日开大会时的嗯嗯啊啊装腔作势，也没了东拉西扯穷白话，而是开门见山地说："大家都听好了，我喊大喇叭时，是刚刚开完公社（就是现在的乡或镇）武装部的紧急电话会（那时凡是紧急会议或通知，大都通过电话传达，既简便又快）。现在，我就把紧急会议的精神传达给大家。"

村主任说到这儿停住了，望了望眼前的村民和一帮孩子，声音有些抖地说："要打仗了。中央军委昨天下午下达的一级战备的命令。为了保卫党中央，保卫毛主席，凡是我们北京的郊区，基本上都进驻了部队。大家也看到了，我们村西的玉米地里，已经支起了一排高射炮，都是冲着西北的天。西北是谁？是苏修社会帝国主义。当然了，人，他们轻易是到不了咱们这个地方的，主要是飞机。飞机那玩意儿咱们都见过，在咱们头顶上，嗖的一下子就是几十里。要是战斗机，更快，从苏联到咱们这儿，用不了几袋烟的工夫，快得很啊。村西的那些高射炮，就是对付苏联的飞机的。为此，上级指示我们，在一两天之内，全村要挖几个大型的防空洞，各家还要挖一个能容下全家人的小型防空洞。散会后，一家留一个男劳力，挖集体的防空洞，其余的都回家挖自己的防空洞。基干民兵在大队部集合，准备到公社武装部领枪……大家不要怕，苏修社会帝国主义没什么了不起的，珍宝岛一仗，就充分证实了这一点。有毛主席他老人家在，任何敌人都是我们的手下败将。日本鬼子不就是被我们打跑的吗？在朝鲜，美国鬼子不也是被我们打败的？苏联鬼子，同样不是我们的对手……"村主任又讲了防空洞的挖法与要求后，大会就散了。

人们开始往家走，没了往日的说笑，没了往日的逗趣。人人是一脸的紧张与茫然，并不时地将目光投向西北的天空，努力地分辨着云朵中的黑点儿是飞机还是鹰。一种久违的战争气氛，无情地笼罩住了整个村子。

战争的气氛，使我们感到自己一下子长大了。离开会场，我们又聚在了侯三儿家房后的老槐树下，望着西北的天空，一本正经地商量着一旦战争真的打响了，我们到底该怎么办。商量来商量去，商量了半天，也没有商量出具体的方案来。最后，我们决定还是应该先帮助家里挖防空洞，挖完防空洞就去看民兵的紧急训练，看完训练再商量。

爸爸到村里挖集体的防空洞了，家里只剩下妈妈一个人了。奶奶岁数已大，两个妹妹又小，头一次，我感到了自己肩上的分量。平时，妈妈是轻易不让我干这种累活儿的，现在也不顾这些了。我平时也不爱干活儿，现在同样也顾不得了。战争二字，使我的身上增添了一股无穷的力量。我紧握铁锹，狠劲儿地挖啊挖啊，很快，我的双手就磨出了泡，每挖一下都钻心地疼。尽管如此，我仍是一声不吭地挖着，并不时地抬起头望望西北的天空，既害怕又希望发现什么异常的情况。奶奶和妹妹们也不闲着，她们搬木头抱秫秸，也忙个不停。

我家的防空洞就设在了大门外的空地上，和左右邻居家防空洞也就间隔二三十米。我发现，平时有隔阂有矛盾的邻居，因为战争，现在也相互关心起来。送根木头或是一小车砖的比平时要好的邻居还要近乎。我家旁边的张家和李家，几年前因为一只鸡闹得一直不说话，一挖防空洞，张家主动让二小子去帮助人手少的李家去挖，感动得李家女人直掉眼泪。我就想，是不是在灾难面前，人心总是很容易连在一起呢?

太阳快落山的时候，我家的防空洞终于挖好了。说是防空洞，其实就是一个长方形的能容下六七口人的大坑。两米多深，上面横几根木头，木头上边铺上玉米秸秆，玉米秸秆上再盖上厚厚的一层土，朝南开个能进能出的斜坡隧道。与其说是防空洞，不如说是一个讲究些的白薯窖。苏联的飞机若是真的飞过来，甭说炸弹，就是投下一块石头砸在上面，也不见得能保证里面的人身安全。尽管如此，在当时的人们心中，这防空洞就是生命的保证。

挖好了防空洞，人们的紧张与恐慌并未减少，尤其是经过战争的老人们，脸上更是多了一层惊恐与绝望。虽说他们总是说自古以来不论什么战事也打不到北京，可现在说的是防备飞机。奶奶说：“飞机那玩意儿一眨眼的工夫就是十里八里的，说不定几眨几眨的就眨到头顶了。不然的话，干吗那么多的高射炮指着天？干吗这么急火火地挖防空洞？真要是落下一颗炸弹来，水缸那么大，我的天……”奶奶一说到这儿就哭。

大人和老人们如此这般，我们却不知死活地盼着西北天边传来飞机的声音。那样，村西的那二十门高射炮就会怒吼起来。哇，那可是一种奇观啊，那可是一种亲历的快感与幸福啊！我们想象着那些高射炮怎样地射出一串串的炮弹，敌机怎样地一架架冒着黑烟怪叫着扎进东大坑，把东大坑里的水溅起多高。我们甚至想到了敌人的飞行员若是跳伞的话，我们就用木头手枪将其俘虏。嘿，那该有多么神气啊！到那时候，我们可就……可能战争就是为男人设计的，所以我们才这么兴奋、这么激动，才这么想入非非，才这么不知天高地厚。

吃完晚饭，我们又聚到了侯三儿家的房后。侯三儿神秘地对我们说："民兵的枪取回来了，听我堂叔说，他们每人一杆，大半新的，都上着刺刀。"

我们一听心就开始痒痒，恨不得我们手里也马上有一杆。

傻五说："我们是不是先去看看？"

侯三儿说："走，看看去。"

我们来到了大队部，看见民兵连长正要给民兵讲话，旁边，还站着两名解放军战士。民兵们的队列显然站得很糟，远远不如我们上体育课时站的队列。然而他们手里有枪，真正上着刺刀的钢枪。加上肩上斜挎的子弹袋（当时我们认为里面全是子弹，后来才知道全是空的）和一脸的正经，就有了好多的威严与了不起。

民兵连长是半年前从部队复员的军人，在部队时是班长。他叫侯志刚，是侯三儿的堂叔。此时，他已完全进入了战前的状态，举手投足完全是一个标准的军人，使得那两名解放军战士都不时地向他投去敬佩的目光。

民兵连长说话了："同志们，目前的形势非常严峻，自珍宝岛事件发生后，我国北方的边境一直处于紧张的局势。中苏两军早已是刀出鞘、弹上膛，战争，已是一触即发。为了保卫党中央，保卫毛主席，中央军委在发布一级战备的同时，命令我们民兵立即武装起来。为了使我们民兵尽快地掌握武器的性能和适应战争的需要，驻军首长派了两名优秀的战士来指导我们训练。从现在开始，我们就要吃在一起，住在一起，一切从实战出发。现在，我们以热烈的掌声，欢迎王山同志和齐小兵同志。"民兵连长说完这话，便和全体民兵一起鼓起了掌。

我们都看呆了，心里更是痒痒的。望着民兵们手里闪闪发亮的钢枪，侯三儿对我们说：“看人家，多神。”

铁蛋说：“是啊，我真想过去摸摸那枪。哎，跟你堂叔说说，让咱们摸摸那枪，怎么样？”

侯三儿瞪了铁蛋一眼，很有些装腔作势地说：“那怎么行？枪，哪能随便让小孩子摸呀？要是走了火，怎么办？”

傻五说：“不打起来，枪里也装子弹？”

“对。”侯三儿挺内行地说，“听我堂叔说，只……”

铁蛋打断了侯三儿的话，说：“别一口一个你堂叔了，平时，他是最讨厌我们的人之一了。你也最恨他。现在他神起来了，你又称他堂叔了。说真格的，你到底说不说？”

侯三儿被铁蛋说得没了话，只好点了点头，说：“等他有空了，我好好跟他说说。”

枪，我们自然是没有摸成，还挨了侯三儿堂叔的骂。但我们没有灰心，而且更加信心十足。有空就黏着你们，总会有机会的。

五

民兵训练的场地就是村西的一块空地，离高射炮阵地也就半里地的距离。第二天早饭后，我们就来到了这里。此时，民兵们还没有正式训练，都坐在地上擦枪。仨一群俩一伙儿的擦得挺认真，有说有笑的，神气的样子让我们嫉妒得真想上去踢他们几脚。我们的目的就是想摸摸枪，所以得想办法。找侯三儿的堂叔肯定没戏不说，弄不好还得挨他一顿骂，不值。怎么才能摸到枪呢？我们真有些抓耳挠腮了。

这时，侯三儿指着一个叫强子的小伙子对铁蛋说："哎，那强子不是正跟你老姑搞对象吗？你去跟他说说，看在你老姑的面子上，他敢不让咱们摸？"

"行吗？"铁蛋问。

侯三儿对铁蛋鼓励道："肯定行。他对你老姑那么好，你带着我们去求他，这点儿面子，他会给我们的。"

铁蛋在我们的一再鼓励下终于增强了信心，便满怀信心地带着我们走到了强子的面前。强子见了我们先是一愣，接着对铁蛋很客气地说："你们干什么来了？"

铁蛋嘿嘿一笑，说："叔叔，你真神啊。"说完，我们都冲他伸出了大拇指。

"那当然。"强子自豪地说。

铁蛋又是嘿嘿一笑，接着就哀求地对强子说："叔叔，我们……我们想摸摸你的枪，行吗？"

强子赶紧将枪抱在了怀里，警惕地看了我们几眼，说："你们可别胡闹，这可不是闹着玩的。要我说，你们赶快离开这里吧。"

我们几乎是异口同声地对强子说："我们只摸一下。求求你了，我们只摸一下，行吗？"

强子一下变了脸，冲我们大喝："不行！走，赶快给我走。"

这时，众民兵和那两位解放军战士的目光便一齐对准了我们。当即，我们便有了当众被扒光了衣服的感觉。我们感到我们的自尊心受到了前所未有的侮辱，一股怒火在我们心中油然而起。铁蛋的脸涨得像块红布，他恼怒地盯了强子两眼，猛地对强子说：“你有什么牛的？甭美，有你哭的时候。”说完冲我们一挥手，带着我们就走。

我们怀着一肚子的遗憾与怨气毫无目的地走了一会儿，侯三儿站住了，说：“我们不能就这么瞎走啊，得找点儿事干啊。”

我们看着侯三儿，一齐对他说：“你发话吧，干什么都行。”

侯三儿望了一眼高射炮的方向，说：“干脆，我们到高射炮阵地看高射炮去，怎么样？”

我们一听就来了精神，便跟着侯三儿向高射炮阵地方向跑去。等我们跑到高射炮阵地时，才知道事情并不像我们想象的那么简单，高射炮阵地的周围，早已围上了铁丝网。甭说进里面了，就是在紧挨铁丝网的外面站着都不让了。

我们刚走近铁丝网，哨兵就冲我们摆手，让我们赶快离开这里。除去态度比强子他们好些外，其余的和强子他们没什么两样，都是一副盛气凌人的架势。我们只好沮丧地离开了铁丝网，站在远处望着高射炮发呆。此时，我们真的希望天空出现几架敌机，看看这些高射炮到底是怎么把敌机打下来的。让我们失望的是，我们扬着脖子在天空寻找了老半天，甭说敌机的影子了，连老鹰的影子也没出现过一次。

我们揉着发酸的脖子，请我们的军师侯三儿出主意。侯三儿想了半天，眼睛猛地一亮，说：“有了。”接着他问傻五：“你家有几只羊？”

“九只。你问这个干吗？”傻五不解地问。

侯三儿没理他，接着问铁蛋："你家有几只鸭子？"

铁蛋说："十七只。"

侯三儿没容铁蛋问什么又接着问我："你家有几只兔子？"

我已清楚了侯三儿的目的，便直截了当地说："放心吧，我能拿出两只来，每只都在三斤以上。"

侯三儿佩服地冲我伸了伸大拇指，说："我拿两只鹅。"接着对铁蛋说："你拿两只鸭子。"

"干吗？"铁蛋也不解地问。

侯三儿没理他，对傻五说："你拉一只羊。"

傻五还是没有明白，又问侯三儿："你这到底是要干吗呀？"

"慰问解放军叔叔。这样一来，我们还愁摸不上高射炮吗？等我们和解放军叔叔混熟了，不但能摸上高射炮，我们还可以给他们递炮弹。得空儿的时候，我们兴许还能开上几炮呢，要是再打下一架敌机来，嘿，我们可比他们民兵还牛呢。你说，这是不是天大的好事？"

傻五这回明白了，可他不满地对侯三儿说："好事是好事，可是，你们三个人拿的东西加一块儿，也没有我的一只羊多啊？再说了，要是让我爸知道了，还不打死我呀？"

我们全笑了。

侯三儿止住了笑，对傻五说："我们几个人的家里，就你家跟别人家不一样，什么都不养专养羊。那怎么办？你总不能什么也不拿吧？"

傻五没的说了，眼珠转了转说："要不，我拿烟叶，把我爷爷的烟叶全拿出来，行不行？"

侯三儿瞪了傻五一眼，说："解放军不抽烟。说痛快的，你到底是拿不拿一只羊？要是舍不得就算了。我还告诉你，要是我们跟他们的首长混熟了，我们没准儿还能当上兵呢。到时候，你后悔都来不及了。"

傻五一听这个，马上一拍胸膛，坚定地说："拉。不就是一只羊吗，你说，咱们什么时候把这些东西给解放军叔叔送去？"

侯三儿说："得等中午，趁着大人歇晌的时候，我们再……"

下午一点钟左右，我抱着两只兔子悄悄地来到了侯三儿家的房后。此时，抱着两只鹅的侯三儿和抱着两只鸭子的铁蛋已经在此等候了。我们等了半天还不见傻五把羊拉来，就说，傻五是不是变卦了？侯三儿说："不会，一只羊那么大，弄出来不是那么容易的。别着急，再等一会儿。"

我们又等了足有半个小时，傻五才拉着羊鬼鬼祟祟地从右边的小河沟里爬了上来。我们一看他拉来的这只羊，气就都顶上了脑门。那是一只长也就60厘米，高也就40厘米的小山羊狗子。这是一种长到死也长不了二十斤重的土羊，而且肉又老又膻，难吃得很。侯三儿气得踢了那羊一脚，不满地对傻五说："你怎么没逮一只耗子来啊？这是羊吗？"

傻五不服气地说："不是羊是什么？你能叫它猫吗？"

侯三儿说："你们家那么多只羊，没有再比这只小的了吧？"

傻五不干了，把嘴一撅，赌气地大声说道："生产队的驴大，你们怎么不拉一头去啊？你们还别嫌这羊小，不然，我还拉回去，怎么样？"

我和铁蛋刚要说什么，被侯三儿拦住了。他冲傻五笑了一下，说："行了，说你的羊小，并没说不行。再说了，这羊再小也是羊，不能说是兔子是不是？"侯三儿说到这儿冲我眨了眨眼，那意思是我别在意。

我理解侯三儿的意思，他是怕傻五一犟劲把我们这事给搅黄了。于是我嘿嘿一笑对傻五说："就是，你的羊再小，也比我们拿的多。走，我们走吧。"说完这话，我捅了铁蛋一下。

铁蛋也明白了，也冲傻五一笑，说："侯三儿说着玩的，你别往心里去。我们走吧。"

傻五这才有了笑脸，说："我们不能顺着大道走，要走小道儿，这样才能不让人看见。"他一指右边的小河沟，说："我们从小河沟过去。往北，穿过玉米地中的小道儿，再从高粱地边儿往南绕，就能绕到高射炮阵地的大门前了。"

侯三儿对傻五说："好，就听你的。走，我们走吧。"

傻五拉着羊在前，我们在后，越过小河沟，往北走了二百米左右，就一头钻进了一人多高的玉米地……我们左拐右绕了足有一个小时，终于浑身是汗地绕到了解放军的高射炮阵地。我们擦干了脸上的汗，稳了稳激动的心，又背了一遍该说的话，这才大摇大摆地向高射炮阵地的大门走去。

哨兵把我们拦在了门外，望着我们手里的东西，不解地问："你们这是干吗呀？"

侯三儿冲哨兵一笑，说："我们是慰问解放军叔叔的。"

"是谁让你们来的？"

“谁也没让我们来，是我们自己要来的。”

哨兵看了一眼傻五拉的那只山羊狗子，要乐却没有乐出来。他想了想，抓起电话摇了几下，说：“报告张连长，我是门卫赵东。门外来了四个小孩儿，说是慰问我们的。拿了，有两只兔子，两只鸭子，两只鹅，还有一只羊。问了，他们说是他们自己要来的。好。”哨兵放下了电话，对我们说：“你们稍等一会儿，我们高炮团警卫连的张连长马上就到。”

十分钟后，张连长来到了我们面前。他先做了自我介绍，接着便十分和蔼地问我们：“你们谁是头儿啊？换句话说，是谁出的主意来慰问我们的呀？”

侯三儿往前站了一步，说：“连长叔叔，是我。”

连长笑了，说：“好，好啊。孩子们，你们的这种想法，很好啊。可是，我要问你们，你们拿了家里这么多的东西，你们家长知道吗？”

侯三儿摇了摇头，说：“不知道。我们是偷偷拿出来的。”

连长笑了，说：“这可不好啊。不征得家长的同意就往外拿东西，不好。再说了，我们是人民的子弟兵，要执行‘三大纪律八项注意’，是不能拿群众一针一线的。好孩子，听话，赶快把这些家畜拿回去吧，啊。”

我们一听就傻了，都把目光对准了侯三儿。

侯三儿明白我们的意思，便哀求地对连长说：“连长叔叔，您就收下吧。请您放心，我们家长知道了也会支持我们的。”他说着冲我们使了个眼色。

我们明白了，便一齐把手里的鸭子、兔子和鹅往连长怀里塞。

傻五抱起那只山羊狗子就往哨兵怀里塞，急得哨兵直往一边闪。一时间，情景就有些乱。

连长一下子变了脸，严厉地喊了一句："胡闹。"

我们吓了一跳，都一时愣住了，双眼怯怯地望着连长。

连长挨个儿看了我们一眼，严肃地对侯三儿说："既然你是头儿，那我就问你，说实话，你们的真正目的到底是什么？"

侯三儿眨了眨眼，一本正经地说："报告连长，我们想当兵，您能收下我们吗？"

连长又笑了，显得有些动情地说："孩子，想当兵是好事啊。可是，你们还小啊，等长到了十八岁，才有当兵的资格呢。"

铁蛋说："可是，我们现在才十三岁啊，什么时候才能长到十八岁啊？"

连长说："快，你们很快就会长到十八岁的。"

傻五说："那……叔叔，我们……我们能进里面摸摸那些高射炮吗？"

听傻五这么一说，我们几个就缠上了连长，非要进去摸摸高射炮不可，并且要往里跑。

连长又一次变了脸，比上次更严厉地说："这是阵地，不是你们胡闹的地方。我可告诉你们，现在是一级战备的紧要关头，任何时候都有战斗打响的可能。一旦战斗打响，你们的生命就会受到威胁。"连长见我们被震住了，态度变得和蔼了许多地对我们说："好孩子们，听话，这里不是你们玩的地方，赶快回家吧。晚上，全村还要搞防空演习呢。说不定什么时候，战争就打起来了。听话，赶快回到家人的身边吧……"

一听防空演习，我们的心就又激动了起来。看到我们的计划彻底没戏了，我们也只好拉着羊抱着这些家畜怏怏不乐地回去了。

吃晚饭的时候，家家都飘出了饭香、肉香。我家的饭桌上，一盆儿鸡肉，一盆儿兔肉，一大盆白面馒头。要知道，在那个年代，村人的生活还是很艰苦的，像这样的好东西只有到了春节才能吃上两三顿。现在不年不节的如此食用，足以证明当时的人们是一种什么心态了。大人们是没有食欲的，只是我和妹妹们大饱了口福。望着美美地吃着的我和妹妹，奶奶竟流了泪，并喃喃地说："吃吧，吃吧。到底是孩子，知道什么呢？唉！过得好好的，招谁惹谁了？干吗要拿飞机吓唬我们呢？哪儿的事呀这是？"听奶奶这口气，仿佛吃完这顿饭天上就要下炸弹了。

爸爸挺烦地对奶奶说："别说了您。甭说敌机没来，就是来了，咱村西的那些高射炮是干什么的？再说往北不知还有多少高射炮呢，到不了张家口，就全给打下来了。"

我也大人似的安慰奶奶说："奶奶，您甭害怕。现在的中国，可不是任人欺负的中国了。我们有大炮，有飞机，有导弹，还有那么多的解放军，谁都不怕。敌人的飞机就是真的到了咱们这边儿，咣咣咣，一阵大炮，就全给他们打下来。到时候，我就……"

我的话没说完就被爸爸打断了，没好气地说："小孩子家懂得什么？快吃，从今晚开始，不定什么时候就搞防空演习。警报器一响，咱们就往防空洞里钻。"接着，爸爸做了钻防空洞的具体安排。爸爸背着奶奶在前，我和妈妈拉着两个妹妹在后，并要求我们不喊不叫。

一提防空演习，我的精神立即又来了。我一边啃着鸡大腿，一边想象着警报响后的情景，全村那么多的男男女女老老少少，都争先恐后地往防空洞里钻，一定是很好玩的事。想到这儿，我就想去找侯三儿他们，可我还没走出院门，就被爸爸喝了回来。没办法，我只好老老实实的在家等着警报器的响声了。此时，天已基本黑了。奶奶双眼痴呆呆地望着窗外，浑身在紧张地哆嗦着。

防空演习，使本来就紧张到了极点的人们又增加了一层临战前的恐慌。明知是演习，可都认为不是演习，总认为警报一响就有真情况，飞机就会真的飞到头顶。所以，人人都已整装待发，只等警报一响就往防空洞里钻。有的人家为了安全，干脆提早就钻进了防空洞。

警报是夜里两点左右响的。此时，大部分人家都已熬得人困马乏而和衣躺下进入了梦乡。迷迷糊糊中，警报就鬼哭狼嚎般响了起来。警报器是对着麦克风嚎的，又是开到了最高的音量，所以大喇叭的声音就比平时提高了好几倍。那声音比金属划在玻璃上传出的声音还要刺耳还要难听地立即就响遍了村中的任何一个漆黑的角落，打着旋儿往人们的耳朵里钻。顿时，人们便开始扶老携幼地往防空洞里钻。

整个村子立即乱成了一锅粥。孩子哭大人嚷，鸡也鸣狗也叫，连麻雀们也都叽叽喳喳、无比惊慌地在黑黑的天空中乱飞乱撞。

爸爸跑得太急，天又黑，在就要钻进防空洞时脚下一滑摔倒了。等爸爸爬起来扶奶奶时，奶奶死活不起来了，并抖抖地说：“我不钻了，你……你们快……快钻吧。”

爸爸急了，几乎是在吼：“不行。”接着便连搀带拽就把奶奶拖进了防空洞。待我们全家都钻进防空洞里后，警报器还在一个劲儿地嚎。上边有规定不许点蜡不许打手电，说是丁点儿的亮光就会引来敌机，于是一家人只好摸着黑在洞里待着。谁都不说话，但都能听见对方咚咚的心跳声和急促的喘气声。奶奶尿湿了裤子，一个妹妹吓得拉了一裤子屎，一股股的臊臭味儿在洞里来回地转，就是不肯出去。

我趴在防空洞的洞口，环视着四周朦胧的房子、大树和天空，听着还在嚎叫的警报器，脑子里便转开了电影中那敌机轰炸的场面，浑身不禁开始颤抖起来……

二十分钟后，警报停了，大喇叭也下了解除警报的通知。

六

第二天吃完了早饭，爸爸终于放我出去了。我像一只跳出羊圈的山羊，按照昨天的约定，一路向侯三儿家房后跑去。老槐树下，侯三儿和铁蛋已经在此等候了，见着我的头一句话就说傻五家的那只山羊狗子死了，傻五的爸爸不但打了他一顿，还不让他出来了。我愣了一下，问侯三儿：“昨天那羊不是好好的吗，怎么会死了呢？什么时候死的？”

侯三儿说：“昨天他把那只羊拉出来不一会儿，他爸爸就发现那只羊不见了，就开始找，一直也没找着。后来，他把那羊拉回家时正好让他爸爸看见，他爸爸就问他拉羊干什么去了。开始，他说拉出去放来着，可他爸爸不信，一巴掌上去就让他说了实话。他爸爸一听更火了，就暴打了他一顿。他窝了一肚子火没处撒，就把火撒在了那羊身上。两脚，就把那羊给踢死了。他爸爸又打了他一顿，还说肉一点儿都不给他吃，也不让他出来。”

我和铁蛋直乐。

侯三儿还要说什么，只见傻五一溜烟儿跑了过来，气喘吁吁地对我们说：“我……我是偷……偷着跑出来的。”

铁蛋说：“那你不怕你爸爸还打你？”

“爱打不打，反正我……我也不怕。”傻五摸了摸脑袋上那个被打的大包，说，“夜里防空演习，你们都……都害怕没有？”

侯三儿嘿嘿一笑，说：“说实话，我还真有点儿害怕了。那警报器的声音，跟鬼叫似的，太难听了。要是有敌机在别处飞，冲那警报器的声音，也得把敌机给招来。”

“可不是嘛！”铁蛋说，“警报器一响，我就想撒尿。”

我说：“我倒是没想撒尿，就是怕敌机真的来了。我一想起电影里那敌机轰炸的情景，我就害怕了。”

侯三儿说：“关键的是我们手里没有枪，要是有一杆真枪，或是高射炮什么的，我们就什么也不怕了。”

铁蛋说：“可是，我们上哪儿弄真枪去啊？”

“没地儿弄去。”我和傻五异口同声地说。

侯三儿愣了一下，说：“对了，我们有两天没去老孙头儿那儿了，是不是看看去？”

“对，看看去。”我们三个人都说。

我们来到老孙头儿的饲养室时，老孙头儿正在煮料，见我们来了，脸上立即露出了笑容，笑骂着对我们说：“你们这几个小兔崽子，这两天上哪儿野去了？”

“您猜。”我们几乎是异口同声地说。

老孙头儿哈哈一笑，说：“还用猜吗？你们这几个嘎小子，一撅屁股，我就知道你们要拉什么屎。还能去哪儿？一个是民兵的训练场地，一个是高射炮阵地。我要是说错了，改姓。”

我们几个都笑了。侯三儿说：“真让您给猜着了。孙爷爷，您说，这仗能打起来吗？”

老孙头儿的脸一下子沉了下来，说：“难说啊。看这架势，八成儿得打起来。”

“太好了。”我们又几乎是异口同声地说。

“好什么好？”老孙头儿瞪了我们一眼，说：“打仗可不是好玩的，要死人的。你们说好，好在哪儿了？”

侯三儿说：“只要一打仗，我们就可以从敌人手里夺枪，像电影《小兵张嘎》里的张嘎子那样，干出让村里人看得起的事来。到那时，我们就拿着缴获的枪去参军，当真正的解放军，多神气！”

老孙头儿乐了，说：“你们这是异想天开啊。你们也不想想这是什么年代了。现在不是以前——只要愿意打鬼子，是人就能当兵了。对了，这两天，是不是都让民兵手里的枪和那些高射炮给迷住了？”

一听这个，我们脸上都露出了不快的神情。傻五说：“迷住了管什么？我们想摸摸民兵的枪，他们都不让。想摸摸那些高射炮，人家连铁丝网的大门都不让进。烦死了。”

老孙头儿又笑了，说：“你们还想干什么？还想开它几炮是不是？人家不让你们进，是怕你们把那些大炮给弄响了。就你们这几块料，什么事干不出来？什么事不敢干？”

侯三儿一本正经地对老孙头儿说："孙爷爷，这回，我们不是瞎闹的，是想干出几件大事来，好让人们真正地看得起我们。"

老孙头儿挨个儿看了我们一眼，微笑着点了点头，说："好啊，你们这种想法是好的。可是，你们的想法不切合实际啊。虽说你们的胆子不小，可仗要是真的打起来，你们就知道什么叫残酷了，什么叫希望和平了。"老孙头儿见傻五老是摸头上的包，就走近傻五看。一看这么大的一个包，就乐了，问道："这包，是怎么来的？"

我们几个就乐。

接着，傻五就把挨打的前前后后说了一遍。老孙头儿听后唉了一声说："你们呀，真是又可爱又可气啊。可爱的是，你们难得有了这种积极上进的心。可气的是，你们的行动还是没离开恶作剧。从家里往外偷羊偷鸭地去慰问？你们想想，是事吗？再说了，要想干几件让人们对你们刮目相看的事，除去像你们说的什么从敌人手里缴获武器了，什么给人家递炮弹了，什么又要带着枪参军了，这些都是不着边儿的事啊。小子们，只要看准了道儿，任何时候任何时间都能干出让人们刮目相看的事来的……"

老孙头儿的一番话，头一次让我们明白了好多道理。

人们在经历了多次不论黑夜或白天的防空演习后，逐渐从紧张与恐慌中走了出来，但是战争的阴影仍是笼罩在人们的心头，大家仍会警惕地注视着西北的天空。对于我们来说，最大的收获就是有了更加自由的空间。这样就足够了，因为我们就可以去干我们想干的事了。我们想干的事很多，但哪一件也不给我们机会。

虽说我们已经认识到战争不是好玩的，可枪和高射炮对我们的诱惑仍是有增无减，并且我们更加强烈地认识到，越是战争，枪和炮越是男子汉的象征。此时的我们，已经不满足于仅仅是摸一下枪和高射炮了（尽管我们什么也还没摸着），我们想的是紧紧地握着它们，想的是用它们向空中的敌机射击，将敌机一架一架地击落。像电影里演的那样，让敌机冒着烟扎进东大坑。我们这么想着，手就一阵阵地发痒，就时常一声不吭地坐在民兵训练场地的旁边，望着他们手中的钢枪浮想联翩。或是趴在高射炮阵地不远处的土坡上，望着那些高射炮发呆……那些天的日子里，我们完全被枪和高射炮给迷住了，至于战争的无情与残酷，我们根本不去想了，我们想的就是什么时候我们才能使用这些武器勇敢地面对我们的敌人。

老天不合时宜地下起了大雨，而且下起来就没完没了。这个季节还下这么大的雨实属罕见，而在战争气氛如此浓的状况下下这么大的雨，更是让人烦上加烦。大人们烦的是防空洞里已经开始进水，仗一旦打起来可怎么办？我们烦的是一下雨我们就只能窝在家里。那时的村人很少有雨具的，下雨了就待在家里哪儿也不去，不出去不行了也就披条旧麻袋。

大雨一连下了整整三天三夜也没有停的意思。河水涨得上了岸，沟壕都是水，家家的防空洞也成了蓄水池。到处都是蛤蟆的叫声，比赛般地咯咯咯、呱呱呱，低一声、高一声，谁也不服谁。好几次我都想冒着雨去找侯三儿他们，都被爸爸给吼了回来。没办法，我只好忍着一肚子的积怨冲着满院子的积水发呆。

就在这天后半夜的四点多钟，一阵急促的钟声响了。对于当时的村民们来说，那节铁轨的声音就是命令，号召力不比那类似鬼嚎般的警报器声音差。不论什么时间，只要钟声一响，村民们就会迅速赶到场院。这个时候钟响得又是这么急促，无疑是因为这连下了几天的大雨而发生了什么紧急情况。爸爸和妈妈比防空演习时的动作还要利索，迅速穿好了衣服，每人披块塑料布就冲进了大雨中。我二话没说也穿好了衣服，抓起一顶破草帽扣在头上，顶着大雨向侯三儿家的房后跑去。这是我们的新约定，除去防空演习，不论什么时间发生什么情况，我们都要到侯三儿家房后那棵老槐树下集合。目的，就是要借此机会干些什么。

我们四个人很快就到齐了，侯三儿说："队里的钟敲得这么急，准是有情况。你们说，能是什么情况呢？"

铁蛋说："不会是敌机要来吧？"

傻五说："去你的吧，敌机要来警报器为什么不叫唤？"

"那你说是什么？"铁蛋不服地说。

"行了。"侯三儿挺烦地对他俩说了一句后又说，"不管发生了什么事情，我们得先去看看。走。"他一挥手，便带领我们向场院跑去。

到了场院一看，才知道人们正在紧张地从旧库房里往外抢麦种子。旧库房不但已经进了水，而且房顶已经漏了几个大窟窿，随时都有倒塌的危险。就在我们正不知能干些什么是好的时候，十几名解放军战士在张连长的带领下赶到了，他们二话没说就投入了抢麦种子的行列。侯三儿冲我们说了一句："上。"就率领我们冲了上去。可是，还没容我们上前，就被范队长发现了。他粗暴地冲我们吼道："滚。你们这几个兔崽子，添什么乱？滚，快滚。"

侯三儿也急了，大声地对范队长说："队长，我们不是添乱，我们是学解放军叔叔那样，帮助抢队里的麦种子的。”说着又要往前上。

队长急了，顺手抄起了一把扫帚，边扑打我们边骂：“你们这几个兔崽子，别给我帮倒忙了。滚，快给我滚吧。”

没办法，我们只好怏怏地离开了场院。傻五气哼哼地说：“队长太霸道了，赶明儿有了机会，非得治治他。”

铁蛋说：“治不治他的先撂一边，现在，我们干什么去啊？”

“对了。”侯三儿猛地想起了什么，说，“我们到孙爷爷那儿看看去，说不定他有什么需要我们帮忙的呢。走。”侯三儿就带我们奔了饲养院。

饲养院在场院的最西头，穿过一道墙的小门就是。为了不和队长再发生摩擦，我们绕到了饲养院的后门，从后门走了进去。我们走到马棚前时，都大吃一惊。只见老孙头儿一边骂着一边正在拼命地扒着已经倒塌了一半的马棚，他见我们来了，眼里立即放出了希望之光。他喘着粗气对我们说：“好小子们，快……快扒，大……大白马和它的小马驹儿，还在里面呢。队长这个龟孙子，他……他只想着麦种子，不想着这些命……命根子啊。”

此时的侯三儿就像一名指挥官，鼓着双眼对我们大声地说：“快。我们一定要把大白马和小马驹儿救出来。”说完便带领我们拼命地扒开了。

我们扒啊扒啊，很快，我们的双手就磨出了泡，又很快磨出了血，每扒一下都是钻心的疼。可是，此时的我们把什么都扔在了脑后，什么枪和高射炮了，什么敌机和战争了……此时我们想的，就是赶快把大白马和小马驹抢救出来。

天蒙蒙亮的时候，我们终于把倒塌的碎砖烂瓦扒到了一边，看到了里面的大白马和小马驹儿。老孙头儿攥住大白马的笼头往外拉，可它就是不往外走，那小马驹儿紧紧地靠在大白马的身边，也是一动不动。望着那半间随时就会倒塌的马棚，老孙头儿急得直叫妈。这时，侯三儿果断地对老孙头儿说："孙爷爷，我和铁蛋到里面去推，你们几个拉。"说着就和铁蛋钻了进去。老孙头儿激动地对侯三儿和铁蛋说："孩子，千万要当心啊，千万要当心啊。"

此时，侯三儿和铁蛋用肩膀紧紧地顶住大白马的屁股，一边用劲一边喊："一二三，一二三，一二三……"

老孙头和我、傻五在外面合着侯三儿他俩的喊声，一步一步将大白马和小马驹儿拉出了那半间还没有倒塌的马棚。就在大白马和小马驹刚刚走出那半间马棚时，轰隆一声，那马棚彻底倒塌了。侯三儿和铁蛋，被捂在了里面。

"侯三儿——铁蛋——"我和傻五哭喊着，发疯似的扒着……

老孙头儿"哇"的一声哭了，喊着："我的好孙子哎，我的好孙子哎……"也拼着命扒开了。

好在这个时候，范队长和张连长他们带着人来了，几分钟的工夫，就把侯三儿和铁蛋扒了出来。此时的侯三儿和铁蛋，已经昏迷了过去。

范队长紧紧搂着侯三儿和铁蛋，哭着对张连长说："张连长，快……快救救这俩孩子吧。"那时候，人们不论遇到什么样的困难与危险，只要有解放军在，就把全部希望寄托在了解放军身上。张连长很内行地看了看侯三儿和铁蛋的情况，十分有把握地对队长说："放心吧范队长，这俩孩子交给我了。我保证，这俩孩子什么问题也不会有的。"接着他就命令几名战士，像救护伤员那样，背起侯三儿和铁蛋就向兵营跑去。我和傻五正不知该不该跟着去时，张连长看了一眼我俩满是鲜血的手，心疼地对范队长说："这俩孩子也得跟我走，他俩手上的伤，也得包扎一下。"就这样，我和傻五跟着张连长也来到了高射炮阵地。

正如张连长说的那样，侯三儿和铁蛋确实什么事也没有，只是身上有的地方擦破了点儿皮。到了张连长他们的医务室不大一会儿，他俩就苏醒了过来。

上午十点多，我们四个人在张连长的邀请下，参观了高射炮阵地。让我们兴奋的也是让我们终生难忘的是，我们在张连长的指导下，每个人都坐在炮手的座位上过了一次炮手的瘾。当我坐在炮手的座位上，双手握着发射的把手，右眼的目光透过瞄准器射向天空时，一股热量和神圣感即刻传遍了我的全身。此时此刻，我觉得自己就是一名光荣的解放军战士了……

这次，我们真正是干了一件让人伸大拇指的事。我们不但受到了村里和学校的表扬，还受到了县报记者的采访，县报的记者在临别时告诉我们，我们的英雄事迹不久就要在县报上发表。人们再也不用以前的眼光看我们了，尤其是老孙头儿，简直要把我们捧上天了，见了谁都夸我们。老人家夸我们时的那自豪劲儿，好像是在夸他自己的亲孙子。面对这种突如其来的荣誉，我们竟一时不知如何是好了。本来狂野惯了的我们，一下子感到被什么东西罩住了，说话、走路，举手投足都感到不是自己了。我们的心，被系上了一个无形的扣儿。

我们聚在侯三儿家房后的老槐树下，没了往日那商量如何偷瓜时的神秘，没了商量如何拉出队里的驴当马骑时的兴奋，更没了商量如何能摸到枪和高射炮时的激动……

傻五说："其实，当英雄也不是什么太好的事，想干什么都不好意思干了。"

"可不是嘛。"铁蛋说，"往后，我们再也别想偷队里的黄瓜吃了，再也别想在人们面前装日本鬼子了。"

我说："是不是光屁股在东大坑洗澡都不行了？"

傻五说："干脆，这个英雄，我们不当了，省得干什么都受了限制。我们才十三岁，哪儿就长大了？等我们长到十八岁当了兵，再当英雄，多好。"

一直没说话的侯三儿说话了："要我说，咱们别拿这个英雄太当事了就行，别人爱怎么看就怎么看，爱怎么说就怎么说。我们，还是我们，该干什么还干什么。不过有一点我们要记住，讨人嫌的事，我们还是尽量少干为好。毕竟，我们还是希望人们对我们刮目相看的。"

侯三儿的话，把我们心里的扣儿解开了许多。

几天后的一个夜里，我又被一阵阵的汽车声惊醒。仔细一听，像是一辆辆的汽车开出村子的声音。我一激灵马上想到了什么，便不顾爸爸和妈妈的反对，迅速穿好了衣服就往外跑。打开街门，正好碰上找我的侯三儿、铁蛋和傻五。侯三儿急急地对我说："走了，张连长和高炮团的人，都走了。快，我们赶紧看看去吧。"说着话，我们就向村街跑去。

我们跑到村街，就见一辆辆拉着高射炮的军车正慢慢地向村外开去。我们站住看了几眼，就随着军车慢慢地跑了起来。当我们随着军车跑了有一里路的时候，一辆吉普车停在了我们的身边。我们站住了，双眼一齐盯向了吉普车。车门打开，张连长从车里走了下来。我们一见是张连长，便都迎了上去。傻五哽咽着嗓子对张连长说：“张连长，你们……为什么要走啊？”

张连长挨个儿抚摸了我们一下，说：“这是命令。军人就是这样，说走就走，说停就停。”

“那，你们去哪儿？”侯三儿问。

张连长笑了，说：“这是军事机密，不能说的。孩子们，战争的警报已经解除了，你们也该踏踏实实地上学了。”

“什么，仗不打了？”侯三儿十分惋惜地说。

张连长轻轻拍了一下侯三儿，说：“孩子，战争可不是好玩的，你们没有赶上，那是你们的福气啊。记住，好好念书，才是你们的任务。行了，赶快回家吧，啊。”

铁蛋说：“张连长，您带我们走吧，我们要参加解放军。”

张连长又笑了，说：“我不是早就跟你们说过了吗？参军，得等到十八岁啊。”张连长说着从挎包里摸出了四个小笔记本，边一一递给我们边说：“留个纪念。”说完又十分严肃地对我们说：“再见了。”接着就给我们敬了个军礼，拉开车门就钻了进去。车开起的那一刻，他从车窗探出头来对我们说：“快长吧，孩子们，到时候，你们都是个好兵。再见了孩子们——”

望着越来越远的吉普车，我们都流出了眼泪。望着渐渐消失在夜色中的军车队，我们的心中涌出了阵阵的失落与茫然……

张连长送给我们的笔记本封面上的八个红色的大字是：好好学习、天天向上。

这就是我们的十三岁，这就是在我们十三岁时所发生的一些故事的片断。尽管那时的我们狂野得令人头疼，可这些是我们的真实写照，好多事情的来龙去脉，现在想起来仍是那么清晰、那么记忆犹新。

关于那场防空，不久便有了真正的答案……

多少年后我们提起我们的十三岁时，记忆最深的还是那些高射炮和那位让我们过了一会儿炮手瘾的张连长。说起那场没有打起来的仗，参加过对越自卫反击战的侯三儿总是心有余悸地对我们说：“正如当年张连长说的那样，战争不是好玩的，谁没有赶上，就是谁的福气。”

倒开花

中篇小说

蓦地，

他心里一惊，

便想起了自己村中老人也曾说过的话：

杏树倒开花，要有灾哩，

要死人哩，要死年轻人哩。

倒开花

每年只要一到了秋末冬初的这个季节，双奶子山就会勇敢地卸掉一身的秋装，大胆地将两个饱满的山冈赤裸裸地展现在了人们的面前。

今年却与往年不同。双奶子山不但迟迟不肯卸掉一身的秋装，山坡上那几棵野杏树竟然还开了花，粉嘟儿粉嘟儿，看上去是那么扎眼。就有老人说：杏树倒开花，不是吉祥之兆，要有灾哩，要死人哩，要死年轻人哩。

村里人就有些不安。尤其是年轻人，干什么都开始加上了几倍的小心，生怕自己成为老人言中的对象。

双奶子山腰有两个村子，分东奶子村和西奶子村。两个村子都不大，却相隔十里多的盘山土路，分别坐落在两个奶子山的半山腰。西奶子村的人去镇上或是县城，必得先经过东奶子村中的土路，而后弯弯曲曲地走十多里的盘山土路才到柏油的盘山公路，再顺着公路走二十多里就是县城。从东奶子村到县城，少说也有三十里。双奶子山腰中的两个村子，算是该县最偏僻的村子了。

一

为了这条红色狐狸，确切地说是为了把翠翠娶进家，柏林在双奶子山后的大山里转了两天两夜多了。两天多来，这条红色狐狸就像一个红色的幽灵，引逗着柏林一会儿向左一会儿向右，它一会儿在东山坡消失，一会儿又在西山坡出现。而每次出现后，都是在柏林举枪就要射击的那一刹那又迅速地消失的。这就让柏林不止一次地想：莫非这条红狐就是蒲松龄老先生笔下的狐仙？每每想到这些，他就会联想到双奶子山坡上倒开花的杏树，想到老人说的话，也就不止一次地产生了停止追击这条红狐的念头。可是，一想到苦苦追求了三年的就要和自己成婚的比狐仙小翠还要漂亮的翠翠时，他的一定要抓住这条红狐的决心下得又比开始还大。你就算真的是狐仙，我也要抓到你。

柏林是东奶子村的。三年前，在镇上的集市，他认识了西奶子村的翠翠。一见面，他就被漂亮的翠翠给迷住了，便想尽一切办法追求上了翠翠。为了得到翠翠，三年来，他把全部的精力和财力都花在了翠翠身上，才使得翠翠最终同意嫁给他。可翠翠太过于刁钻，本来柏家已按她的要求将三间新房布置得漂漂亮亮，现代家具也一应俱全，只等着元旦的第二天就把她娶进来了。可是，在离婚期已不足两个月的时候，翠翠又向柏家提出一个要求，要一件纯狐狸全皮领子的绒毛大衣。开始，已经囊中羞涩的柏家不同意，后经不住翠翠的种种威胁，柏家也只好妥协了。然而，当柏林带着翠翠来到县城的皮货店时，价钱高得连翠翠都倒吸了一口凉气。没办法，柏林好说歹说，翠翠才勉强同意买了一件一般领子的绒毛大衣，而纯狐狸全皮的领子问题由柏林亲自解决——进山打一条狐狸。柏林是前几天进山套兔子时发现这条红色狐狸的。眼下说话就到了立冬的节气，各类的野生动物已经换上了御寒的皮毛。按皮货行的说法，这个季节正是开始捕杀猎物剥取皮毛的季节。

柏林是趁着天没亮偷偷进山的。甭说政府早就下了不许捕杀野生动物的禁令，就是他私藏猎枪也是违法的，要是被人发现，也会招来麻烦。所以他临出家门时对爹娘和翠翠说，打得着打不着这条狐狸，他也要等天黑后才能回家。

柏林进山的当天上午就发现了这条红色狐狸。当时，这条红狐正站在不远处的一块石头上冲着双奶子山方向痴痴地望着。那身漂亮的红色狐狸毛，在阳光的照耀下闪闪发光，犹如一团正在燃烧的红火苗，而它那专注的神情，竟使柏林的目光不由自主地随着红狐的目光望向了双奶子山。这一望不要紧，柏林惊奇地发现，站在自己的位置上看双奶子山，竟发现双奶子山的两个乳头上各闪着一圈儿光环，五颜六色的煞是壮观却又有些神怪。柏林心里一动，便赶紧眨了眨双眼。再看那光环，却没了。他心里又是一动，回头再看那红狐，红狐也不知去向了。

柏林立即想到了双奶子山上倒开花的杏树和老人说的话，便认为刚才一闪而逝的光环和红狐就是一种警示，便决定停止追杀这条红色的且很神怪的狐狸。可一想到翠翠，又不得不下了继续追杀下去的决心。就这样，红狐便和柏林捉迷藏般地在大山里周旋了两天两夜，折腾得柏林粮断水尽一身疲惫。直到第三天的下午，他才抓住机会向红狐开了一枪。枪响后，他清楚地看见红狐一歪就倒了下去并发出了一声惨叫。柏林一阵激动，浑身的疲惫即刻一扫而光，便兴奋地向红狐倒下去的地方狂奔了过去。可是，当他来到跟前，却怎么也找不到红狐的影子，最后总算找到了一滴滴伸向大山深处的血迹。这就好，顺着血迹找下去，迟早会找到你的。柏林这么想着，就顺着血迹一路找了下去。

柏林顺着这条时断时续的血迹一直找到了临近黄昏，也未再看到丁点儿的红狐的影子，而且血迹又突然消失。柏林望着两边渐渐暗下去的天空，心中不禁生出汩汩的惆怅与失落，浑身又一下子没了力量，且肚子也有些疼痛地咕咕叫了起来。他呆呆地站在那里，想到了爹娘，想到了翠翠，想到了倒开花的杏树和老人说的话，想到了双奶子山乳峰上的光环和那只拖了他三天两夜的红色的神怪的狐狸……他终于下了决心，回家。

柏林调整了一下方向，照直向双奶子山方向走去。

此时的柏林感到浑身疲惫得不行，每爬一步都要使出全身的力气才行。他这样艰难地走了一会儿，便来到了一条小山谷前。就是在这个时候，他发现了山谷下躺着一个人。他愣了一下，便大胆地爬下了小山谷。来到那人身边一看，是个和自己年龄相仿的已经昏死过去的小伙子。小伙子满脸是血，根本看不出什么模样了。他试了试小伙子还有脉搏，鼻子也有气，便浑身一激灵，一股力量不知怎么又涌遍了他的全身，便毫不犹豫地将小伙子背了起来，爬出小山谷，向家的方向一步一步走去。他在心里对小伙子说：“算你小子命大。不过你别谢我，你要谢那条神怪的狐狸，是它把我引到你这儿来的。”

二

柏林进山三天两夜不回来，家里已经急得乱成了一锅粥。早就听说双奶子山后的深山里有狼了，还有人见过豹子。三天两夜都不回来，柏林的爹娘就想到了柏林会不会让狼或豹子给吃了。又不好求人去找，只好在家里急火火地等着。要不是柏林的爹腿有毛病，他早进山去找柏林了。

翠翠更是担心柏林遇到了意外，急得心都要碎了。可她知道这全是因为自己，所以内疚得只是一个劲儿地默默流泪。这个时候，她才深深地体会到，就是一百张一千张狐狸皮的领子也抵不上一个柏林。没有了他，一切也就不会有了。现在盼的，就是柏林安安全全地赶快回到自己的身边。

尽管柏林的爹娘在焦急中把一肚子怨恨都集中在翠翠的身上，可见到翠翠也已经急成了这样，也就不好再说什么了，也就只有唉声叹气的分了。和翠翠想到一块的，就是柏林千万别出什么事。

柏林把小伙子背回村子的时候，时间已经过了午夜三点。当他家的小黑狗扯着嫩嫩的嗓音汪儿汪儿叫个不停时，翠翠头一个就跑了出去。当翠翠和柏林的爹娘看到柏林背回来的不是一条狐狸而是一个满脸是血的小伙子时，全都惊得张大了嘴巴。直到柏林将小伙子放在了炕上，翠翠才抱住柏林大哭了起来，一边哭一边说：“我不要狐狸皮的领子了，我只要你，我只要你……”

柏林安慰了翠翠几句，就命令全家赶快救人。

柏林的娘指着炕上还在昏迷的小伙子害怕地对柏林说：“林子，这……这是怎么回……回事？说实话，是不是你开枪把……把他给伤……伤着了？”

柏林说：“您胡说什么呀？我是天黑前在双奶子山后的小山谷底发现他的，见他还活着就把他背回来了。”

柏林的娘又说：“他一个人到那么深的山里去干什么？看他穿的衣服又不像咱山里人，不会是……是坏人吧？”

柏林的爹不耐烦了，一边检查小伙子的伤一边火火地对柏林的娘说：“穷啰唆个啥？管他是什么人呢，先救人要紧。快去烧水，把他脸上血迹擦干净。”

对于跌打摔碰的这类硬伤，大凡山里人都会治几下子，而柏林的爹更是精通，是跟柏林的爷爷学的。一家人很有秩序地忙活了一阵子，小伙子的脸被清洗干净了，柏林的爹也查清了小伙子身上的伤。还好，小伙子只是一条腿的小腿骨被摔裂了一个口子，没断。绑上两块夹板儿，有个十天半月的就能下地。脸上只是被划了一条二寸长的口子，没别的伤，但仍是昏迷不醒。凭经验，柏林的爹清楚小伙子是长时间劳累带饿造成的，便让柏林赶快杀只鸡熬汤。待把鸡汤给小伙子灌下后，小伙子一直苍白的脸才渐渐有了血色，可人仍是昏迷着。

这个时候，柏林才向家人讲了他这几天几夜的全部经过。最后说："要不是这条红色狐狸，这小伙子的命就没了。要我看呀，这条红色狐狸不是一般的狐狸。"他见翠翠一直对着小伙子的脸看，便问翠翠："你干吗这么看这小伙子，难道你认识？"

翠翠摇了摇头，说："不认识。可是，我总觉得几天前在什么地方见过他。"她又仔细看了小伙子几眼，脸就猛地变了色儿。

柏林一见翠翠的神态吓了一跳，忙又问她怎么了。翠翠没说话，而是拉着柏林就往屋外走，一直走到街门口才站住对柏林说："我想起来了，我想起来了。"话音竟有些抖。

柏林不解地对翠翠说："别着急，慢慢说。他，到底是谁？"

"是，是公安局正在悬赏捉拿的通……通缉犯。"

"啊？"柏林吓了一跳，忙又问，"是杀人犯？"

"不是。是……是结伙抢劫珠宝首饰的罪犯头头，外号叫……叫疤子。"

"你是怎么知道的？这可是人命关天的事啊。"

"你忘了？头几天咱俩去县城买狐狸全皮领子的大衣，在皮货店大门口的墙上，不是贴着一张通缉令吗？我看了半天，你只看了几眼，还直埋怨我看那么仔细有什么用。没错儿，就是他。不但身高、体重和岁数一样，就连模样儿也跟通缉令上的照片一模一样。最明显的就是他左眉毛上的那块刀疤。没错儿，就是他。"翠翠说得十分坚决。

"可他怎么摔到深山的小山谷里了呢？"

"逃跑呗，还能有指定的地儿？"

柏林点了点头，站在那儿认真地想上了什么。想了一会儿又跑进了屋子，认真地对着小伙子的脸看。终于，他的脸上露出了一股狂喜的神色，马上又把翠翠拉到了屋外的街门边，激动地对翠翠说："你仔细想想，还记得悬赏金是多少吗？"

翠翠想了想说："十万。没错儿，活的，十万。死的，五万。你……你问这个干啥？"

柏林一把抱住了翠翠，有些颤抖地说："天助我也，天助我也呀。明天一早，咱们就把这个人送到县公安局去。到时候，我们不但立了大功，还能白白得到十万元的悬赏金。你说，这不是天助我们吗？我们不是一下子就发财了吗？"柏林紧紧地抱着翠翠，心说："这笔意外之财，都是那条红色狐狸给我带来的呀。要不是它，我能把通缉犯背回家？不把通缉犯背回家，我能得到十万元的悬赏金？这真是有福之人不用忙啊。"他又想起了老人说的那些话，便哼了一声对翠翠说："那些老人真扯淡，说什么杏树倒开花不是好兆头。扯淡。怎么不是好兆头？我柏林不费吹灰之力就要得到十万元钱了，这能说不是好兆头吗？"说着就在翠翠的脸上狠亲了起来。

翠翠推开了柏林，说："你别高兴得太早了，你没想到吗？"

"想到什么？"

"那疤子要是醒过来，怎么办？"

"好办。他就是醒过来也没用，他的腿也动不了。再说了，一会儿，我们要趁他还没清醒过来的时候，就把他的胳膊和腿全都给绑好了。这么一来，一切，他还不是都得听我们的了？"

"可是，就咱俩人，怎么把他弄到公安局去啊？"

"好办。明天一早，你回家把你堂弟柱子叫来，让他跟我抬着疤子。他又会几下武术，碰上事一个人顶咱俩人。"

“就他那几下子架子花，能顶什么事？”

“怎么也比我强吧？对了，千万别跟他亮实底，就说是我的一个表弟，昨天跟我上山摔的，今天抬他去县医院。”

“他要不愿意呢？”

“给他三五百的，准行。”

“那，怎么跟你爹娘说呢？”

柏林想了想，说：“不把真情说给他们，这人，我爹是不会让抬走的。只能实话实说，但不能说悬赏金是十万，说三万就行。”

“你爹要跟咱们去怎么办？”

“他的腿有毛病，不会的。”

“县城离咱们这儿这么远，还不得走一天一夜啊？”

“就是走一个星期，也值。”

翠翠的心也早就兴奋得不行了。十万，白白就得了十万？我的娘哎。翠翠激动地又抱紧了柏林，又是一阵猛亲，亲得柏林真想立即就跟翠翠干些什么。

三

就在柏林和翠翠抱在一起亲吻时，墙外一个人悄悄地离开了。

此人叫达子，是西奶子村的。达子是个惯偷，也是西奶子村出了名的地痞二流子。这夜他和几个同伙儿赌钱赌输了，就独自一人摸到了东奶子村，准备偷几只羊连夜赶到镇上的集市卖了。路过柏林的家门口时，正碰上柏林背着疤子进院子。由于天黑，他也没看清柏林背的是人，认为柏林半夜三更的偷什么回来了。达子自己也不知道出于什么目的，竟趴在墙头偷偷听开了院里的动静。这一偷听不要紧，就把柏林和翠翠在街门边说的话全听进了耳朵，尤其是十万元悬赏金的话，更是让他激动不已。关于公安局悬赏通缉令，他早在好几天前就在镇上看到了。对于这块肥肉，达子真想一口就吞进自己的肚子，无奈自己没这福气，也只好干吧唧嘴了。没想到这块肥肉却掉在了柏林的手上。

“不行，我要趁柏林这小子还没有把这块肥肉吞进肚子里的时候从他手上夺过来。”

对于柏林，达子早就恨在了心上。不为别的，就为了翠翠。对于同村的翠翠，达子一直想占为己有，一直想着法子讨翠翠的欢心，可翠翠就是看不上他。达子并不灰心，整天一副死皮赖脸的样儿围着翠翠转，可转来转去翠翠还是成了柏林的人。现在这块肥肉又要成为柏林口中之物，达子能甘心吗？

达子回到村里，就把常在一起偷东西的顺子和老猫叫到了一块儿，就把这事跟他俩说了。而后达子又说：“我们就是拼了命，也要把这块肥肉从柏林口中夺过来。十万块，十万块呀哥们。每人三万三，够他妈的花好几年的了。”

顺子说：“可是，柏林和翠翠，还有翠翠的堂弟柱子，都认识咱们呀。再说柱子又会武术，咱们，不好夺呀。”

老猫接着说：“是啊，我们总不能明着跟他们抢吧？生人还好办，可这大熟人，又是乡里乡亲的，不好下手啊。再说了，就是真的打了起来，我和顺子两个人也打不过柱子一个人。”

达子说：“明天咱们一律换装，换上头几天从集市上偷来的迷彩服，再把脸蒙上，只露俩眼睛，他们就认不出我们了。我们先冒充武警让他们把人留下。他们如果不留，我们再动手抢。”

顺子说：“要是打起来怎么办？”

达子不耐烦地说：“天生你就是个胆小怕死的熊包蛋。打起来怎么了？打起来就跟他们玩玩。你俩对付柱子，他那点儿武术，花架子，怎么着你们两个也能对付他一个了。我一个人对付柏林，那小子胆更小，一吓唬就熊。”

老猫说：“还有翠翠呢？”

顺子也说：“对呀达子哥，她可是你的……”

达子接过了顺子的话茬儿，愤愤地说：“别提那个小妖精了。她要敢和那姓柏的小子一起对付我，我就……对呀，”达子突地想起了什么，冷冷地说，“不行咱们就拿翠翠当人质，让他们把人给我们留下。”

顺子说：“这倒是个好主意。”

老猫说：“要是他们不吃这一套，跟我们玩命怎么办？他们，也是为那十万块钱啊。”

达子狠狠地说：“玩命？那咱们就跟他们好好玩玩。十万块，玩一次命也值了。”

四

疤子确是公安局正在通缉的在逃抢劫犯，是双奶子山北面的临县人。

六天前的黑夜，下着中雨，还有雷声。这个季节下这么大的雨且还有雷声，就如双奶子山上倒开了杏树花的这种几十年都未曾出现过的反常现象，让人们在不可思议的同时同样也感到将会出事。

就真的出了事。就在这个不该打雷却打起了雷的深夜，疤子和另外两个同伙悄悄摸向了本县一个镇上的珠宝首饰店。他们先将两名值班的保安打昏，而后又堵上了嘴，将他俩反绑在了值班室的暖气管子上，接着就撬开了珠宝店的大门，将价值几百万的珠宝首饰一劫而空，趁着黑夜逃之夭夭了。

没想到人家珠宝店安装了闭路录像系统，人一进店，几台录像机在不同的位置同时工作，将他们的全部作案过程录了下来。公安局几乎没费什么劲，就在第二天上午查清了疤子他们的身份和地址。随即，那两个同伙就被抓获。而狡猾的疤子却携带着自己分得的价值一百多万元的赃物，独自一人趁着天还没亮就悄悄进了大山，使公安局没能及时抓到他。但公安局立即发出了通缉令，并将通缉令在当天的下午就贴满了本县和几个临县的大街小巷。

疤子带着珠宝进山，目的是想从山里溜到柏林所在的县，再从该县乘长途车去省城，再从省城到另外一个省城。那个省城有他的一个表亲开着珠宝店，他想把这些珠宝销售给那个表亲。他认为，在他到达目的地的这段时间内，公安局应还没查出一点儿眉目呢。

由于他走得匆忙，进山时没带吃的又不熟悉山里的情况，等第二天天亮后，他才知道自己在深山中分辨不出东南西北了。他后悔了，后悔自己怎么选了进山这条路。他坐下静了一会儿脑子，弄清了自己首要的问题是如何才能尽快走出这大山，不管是什么方向什么地方，先走出去才有活路。否则，就是饿，也得把自己饿死在这大山中，更甭说碰上狼或是豹子这种能吃人的动物了。拿定了主意，他便背着足有二十公斤重的珠宝首饰在大山里无目的地转开了。所谓的无目的，指的是他不知道往哪儿走才能出山，也就只好听天由命地走了。其结果是，他在这大山里转了足足五天五夜的时间，也没有转出去。好几次，他转着转着又转回了原处。极度的劳累与饥饿，使疤子多次地想到了自己这回算是彻底地玩完了。望着眼前越来越感到沉重的珠宝，疤子几次都想将其扔掉。然而这个决心他一直下不下来，每到这个时候，他就想到自己总会走出去的，就会想到用这些珠宝换回钱后的喜悦与生活……

疤子在大山里转到第五天的时候，他感到自己真的是不行了，就靠在一块石头上休息。就是在这个时候，他突然听到了一声枪响。这一声枪响，就是柏林冲红狐开的那一枪。一声枪响，把疤子所剩无几的精力一下子集中了起来。他头脑里闪出的头一个念头，就是赶快把这些珠宝藏起来。他想：如果是公安局的人，他就把这些珠宝取出来抵罪。如果是进山的猎人，他就先求对方让自己活下来，等自己的体力恢复过来后再想办法取出这些珠宝。眼下自己最最需要的就是碰上人，不管是什么人，只有碰上人，自己才能活，才能继续干自己想干的事。

疤子将珠宝藏在了一个小山洞里，又在洞口外做了记号后，便赶快离开了此地。此时的疤子，精神与体力都比枪响之前强了好几倍。他离开洞口一直往右走，边走边不断地折断旁边的杂树枝或在树杈上夹块石头。走着走着，面前突然出现了一个小山谷。他顿时一惊，心说转了这么多天怎么就没见过这条小山谷一次呢？怪了，就在他站在这条小山谷的谷沿边不知所措时，那条被柏林打伤的红狐突然从他旁边呼地一闪就不见了。他没看清是什么东西，只觉得是一团火光在他眼前一闪而过。他一激灵，双腿便不由得一抖，随即，又觉得眼前一黑，身子一歪便顺着小山谷的谷沿滑了下去。这个时候，柏林正顺着红狐留下的血迹一步一步往疤子滑下的这边一路找来。

五

天刚蒙蒙亮的时候，柏林和翠翠的堂弟柱子，用一副连夜制成的担架抬着仍在昏迷着的已被绑在担架上的疤子悄悄出了村子，翠翠背着干粮和水紧随其后。他们没有顺着村中的土路走，而是出村就拐上了山坡上的羊肠小道。这是柏林他爹的主意。

夜里，当柏林向爹娘说出疤子的身份和公安局的三万块悬赏钱时，老两口惊讶得半天没说出话。柏林的爹稳了半天跳动的心才对柏林和翠翠说："意外之财，谁见了都会红眼。甭提别的，这事要是让村里知道了，他们绝不会让你们把人弄走去领赏金的。一个电话，他们就能把派出所的人给叫来。真要是那样，三万？三千你们要是能拿到就不错了。就是碰上村里的其他人，不管是谁，都能坏了你们的事。为了安安全全、稳稳当当地拿下这三万块钱，你们一定要听我的。那就是不走正道走小道，上山，走羊肠小道。必要时翻山越岭直奔县城方向……"就这样，柏林他们按着他爹的主意拐上了山坡的羊肠小道。

柱子比柏林高出足有一头，所以上山时他得在后边，下山时他又得在前头。而且担架一直就得直接放在肩上，这样才能使担架保持平衡而使两人分担的重量差不多。开始，柱子不愿意接这活儿，后经不住翠翠一个劲地请求和当即掏出的五百块钱，他才不得不同意了。来到柏林家听说不走正道非要走山上的羊肠小道，柱子心里立时就打了个问号。心说："抬亲戚去县医院看病干吗不走正道呢？干吗不借村里的汽车或拖拉机跑一趟呢？就是雇辆汽车也用不了五百块钱啊？看来，这里一定有鬼。"柱子心眼多，又是爱弄清真相的人，所以他什么也没问，便乖乖地跟柏林抬上疤子上了山。

其实疤子在夜里喝过鸡汤后不久就苏醒了过来，只是他没有显示出来。这种人，心眼儿自然是多的，便闭着双眼一动不动地先用耳朵和鼻子辨别自己此时的处境。他先是闻到了鸡汤的余香味儿和叶子烟的烟味儿，便知道自己是被农户人家给救了。接着便又听到了柏林的爹娘低低的对话声，听了半天才听清了柏林娘的一句话："这人到底是干什么的咱们都不知道。这……这总不能老在咱家养着吧？"接着是柏林爹的说话声："我看柏林可能知道这人的身份，不然他怎么碰上他的？为什么又把他背回来？再有，你看柏林和翠翠，一会儿进来一会儿在外面嘀嘀咕咕的，我看这里头有事。"疤子听到这些话的时候，柏林和翠翠正在院外商量怎么向爹娘说出疤子真相的问题呢。

柏林和翠翠回到屋里跟爹娘说出疤子的真相和如何处理疤子的话，同样也让疤子听得一清二楚，也就让疤子感到了事情的严重性。自己虽说是让柏林从饥饿、劳累的死亡线上救了回来，可自己仍是没能逃脱法网。他清楚自己的罪行，不枪毙，也得判个无期。怎么办？疤子闭着眼睛一动不动地想开了主意。

等到柏林和翠翠跟他爹一起在院子里悄悄制作担架的时候，疤子的主意也想好了。他用耳朵听了听屋里没有一个人，才慢慢睁开了眼睛，确认屋里一个人也没有，又轻轻动了一下身子。除去觉得自己的一条腿有些疼又不能动外，其他地方没什么问题。这就好，他想，等到了半路，一切就好办了。

柏林和柱子抬着疤子翻过一道山后，两个人都累得气喘吁吁了。柱子指着一小块平地对柏林说休息一会儿喝口水，就把仍在装昏迷的疤子放了下来。柱子喝了两口水对柏林说："古人说得好：人为财死，鸟为食亡。为了五百块钱，我就甘愿跟你抬一个互不相识的半死人上山又下山的。我图钱，可你呢，图个啥？"

柏林笑了一下，说："我能图啥？他是我姨家的表弟，跟我上山摔成了这样，我能不给他治吗？甭说是亲戚，就是互不相识，也不能见死不救吧？"

"恐怕没这么简单吧？"柱子说完用异样的目光盯着柏林。

柏林一惊，忙警惕地问："你这是什么意思？"

"什么意思？我问你，咱们为什么不走正道偏要走这羊肠小道？还要翻山？"

"这……这不是省时间吗。顺着正道走，七拐八拐的，得哪辈子到县医院？翻山走小道，要近好多呢。早到医院十分钟，对病人就会有天大的好处。你说是不是这个理儿？"

柱子哼了一下，说："要说省时间，就应该找村里，汽车、拖拉机，怎么着也比我们抬着快多了吧？"

"找了，人家说都安排出去了。没办法，才找你跟我抬的。"

“行了我未来的姐夫，用不用汽车、拖拉机的先放一边。你之所以要走小道不走正道，依我看，你是怕碰上熟人，对不对？”

柏林心里又是一惊，双眼便望向了翠翠，眼光里充满了怀疑。

翠翠清楚柏林的目光是什么意思，便赶忙对柱子说：“你别疑神疑鬼的好不好？你不信他还不信我吗？我是你姐，我能坑你吗？你要是嫌钱给得少，完了事再给你加点儿还不行吗？”

柏林也赶忙说：“对，你姐说得对。”

听柏林和翠翠这么一说，柱子更坚信这里有事了。可到底是什么事呢？柱子一时又猜不上来。他想了想对翠翠说：“那好吧，看在姐的分上，我什么也不问了。至于说加不加钱的，往后再说。走吧。”柱子站了起来，和柏林抬起疙子又上路了。他心里在说：“不管这里面有什么鬼，不到关键时刻不能跟他们摊牌。到时候，甭说加几百了，恐怕加几千加几万，他们也得乖乖地给我。这年头儿，为了钱，兄弟能成仇，父子能反目，更甭说我们这个快出五服的堂姐弟了。”

六

柏林和柱子抬着疙子又爬上一道山梁时，天已到了中午，三个人便停下来准备吃干粮。不远处有几棵野杏树，花开得正艳。柱子指着杏树对柏林说：“后天就到立冬节气了，可这野杏树竟然开了花？我活了二十多岁了，真是头一次见过。”

柏林说：“甭说我们年轻人了，我爹五十多岁了，他说也是头一次看见杏树在这个季节开花。”

柱子说："听老人说，这叫倒开花。杏树倒开花，就是不幸的兆头。有灾，要死人，而且是年轻人。"柱子说到这儿指着装昏的疤子说："说不定，你这个表弟，到不了医院就死球的了。"

"不会不会。那些老人说的都是迷信，信不得。杏树倒开花，是因为天气暖造成的。你看今年，天不是异常得暖吗？"

"信不信的，我们还是防备着点儿好，别让你表弟的晦气染上我就行。"

翠翠瞪了柱子一眼，说："又胡说八道了。"

柱子哼了一声把头扭向了一边。蓦地，他的双眼一亮，说："你们看，快看！"

柏林和翠翠顺着柱子手指的方向望去，看见了杏树下站着的红狐狸。红狐狸望了柏林他们两眼，一闪就不见了。柏林兴奋地对翠翠说："就是它。没错儿，就是它。"

柱子狐疑地问柏林："'就是它'是什么意思？难道你认识这条狐狸？"

柏林立马说："头几天我进山套兔子，看见过它。"

"这有什么大惊小怪的，它又不是能变成大美人儿的狐仙。"柱子还要说什么，张开的嘴一下子哑巴了。双眼，有些惊慌地望向了一个地方。柏林和翠翠顺着柱子的目光望去，也惊慌地张大了嘴。三个身穿绿色迷彩服、蒙着面、手提木棒的小伙子慢慢向柏林他们走了来。这三个人，就是达子、老猫和顺子。

达子他们在离柏林他们十米远的地方站住了。达子装着外地口音对他们说："你们听好了，我们是搜山的武警。你们抬的人，正是我们抓捕的在逃强奸杀人犯。请你们把人放下，由我们处理。”

柏林、柱子和翠翠一听，真的以为是碰上了武警，一时不知如何是好了。

达子的这两句不知是什么地方的口音，首先让疤子也认为是遇上了搜山的武警，可达子说他们是抓捕强奸杀人犯，又使疤子立时断定这几个人是冒充的。目的，一是冲着悬赏金，二是冲着自己那些珠宝而来的。要是这样，这两拨人就会有一场恶斗。这也好，自己反倒有机会逃脱他们了。想到这儿，疤子便继续装昏迷一动不动，在等着机会了。

柏林和翠翠正不知如何是好时，柱子轻轻地对他俩说：“先别慌，我要试试他们。”而后他对达子说：“同志，你们搞错了。这人不是强奸杀人犯，是我表哥，上山摔伤了腿。我们，这是抬他去县医院治伤的。”

“少废话，把人留下。”达子仍是用外地口音说，语气很凶。

此时的柱子彻底弄清了达子他们根本不是什么武警，一是他们没有枪，二是他们都蒙着脸。可他们到底是什么人呢？他们为什么对一个半死的人感兴趣呢？难道他们是这人的同伙儿，救他来了？可这又跟柏林和翠翠有什么关系呢？先不管这些了。柱子拿定了主意，便对达子说：“这人确实不是我的表哥。不过，你们确实也不是什么武警。所以，人是不能给你们的。”

达子不再说什么了，而是冲着老猫和顺子一点头，三个人便晃着木棒慢慢向柏林他们走了来。柱子对已吓得不成样子的柏林说：“别怕，有我呢。你好好保护我姐就是了。”说完就从担架下面抽出了七节鞭，呼呼舞着就向达子他们冲了上去。不大一会儿，达子他们三个就被柱子打得四处跑开了。

柏林见状兴奋地说：“你还说柱子是花架子呢，你看多棒。”

翠翠说：“不是柱子有多棒，是这三个人太草包了。真要是武警，三个柱子也对付不了人家一个。”

“那倒是。哎，你说，柱子怎么一眼就认出他们不是武警？”

“是啊。”

为了弄清疤子到底是什么人，更为了弄清这几个人为什么要抢疤子，柱子故意把最后面的一个追出老远又看不见柏林的地方，这才一步上前将这人打倒在地。他上前扯下这人脸上的蒙布，一看是顺子，便惊讶地说：“啊！怎么是你呀，顺子兄弟？”

“是我呀，柱子大哥。”顺子苦着脸说。

“你……你们玩的这是哪一出啊？为什么冒充武警劫个半死的人呢？多亏我没真下手，不然你们就惨了。到底为的什么？”柱子愤愤地问顺子。

顺子唉了一声，就把实情跟柱子说了。最后又对柱子说：“大哥，你……你千万千万别跟柏林和翠翠说是我们干的呀。”

柱子点了点头，让顺子走了。

柱子此时的心情坏极了。他恨达子他们为了钱竟不顾乡里乡亲的来劫持通缉犯，更恨柏林和翠翠为了钱竟然蒙自己跟他们去抬这个半死的人。娘的，眼下这人怎么让钱给弄得都没人味儿了呢？好，好。既然你们不仁，也就别怪我不义了。你们想拿我当傻子使唤？我还想拿你们当傻子耍呢。咱们走着瞧，到时候，这钱指不定还归谁呢。

柱子装作什么事也没有地来到了柏林他们面前，说："没事了，都让我给打跑了。咱们上路吧。"

柏林说："多亏你了柱子兄弟。要不是你……啊，对了，他们到底是什么人？"

"我也不知道。"

"那，你是怎么一眼就看出他们不是搜山的武警呢？"

翠翠也说："是啊，我一直都认为他们就是武警呢。快说，你是怎么看出他们不是武警的。"

柱子："你们也是的，怎么一点儿知识没有呢？武警，有蒙面搜山的吗？武警，有不带枪拿根木棒的吗？"

柏林和翠翠连连点头，并向柱子投去了敬佩的目光。

七

柱子和柏林抬着疤子又翻过一道山梁时，西边的太阳已离山尖儿不远了。柱子要求歇一会儿，便把疤子放了下来。柱子喝了几口水，猛地把脸阴了下来，虎着脸对柏林和翠翠说："你们两个，是不是太黑了？"

柏林和翠翠听了这话都大吃一惊。翠翠看了柏林一眼，继而又把目光对准了柱子，说："你这是什么意思？"

"什么意思？我问你们，我是不是就值五百块钱？"柱子这话说得凶凶的，他要跟柏林和翠翠亮牌了。

其实，自打柱子把达子他们打跑以后，还不知道那三个人是达子他们的柏林，心里就开始犯开了嘀咕。这三个人是谁？他们为什么要冒充武警想把疤子劫走？这三个人又怎么就这么轻易地被柱子打败了呢？难道？……现在柱子又跟自己说这种话，而且是一脸的凶样。所有这些，使柏林顿时感到事情不妙，心想柱子是不是知道了什么，便试探着问柱子："有什么话，好好说嘛，别急。如果你嫌给你的钱少，完了事再给你加几百，怎么样？"

柱子冷冷一笑，说："先甭说这个了，现在我只问你一句话。"他指着疤子，冷着脸说，"你跟我说实话，这个人，到底是怎么回事？实说了，你想做的事可能会一帆风顺。否则的话，就别怪我翻脸不认人了。说，这人到底怎么回事？"

"这……这……"柏林一时不知怎么回答是好了。

翠翠不知道此时的柏林是什么心理，更不知道柱子是什么目的，便冲柱子横横地说："你是不是疯了，啊？人家说了再给你加几百，干吗还不依不饶的，你想怎么着啊你？"

柱子瞪了翠翠一眼，说："告诉你，就冲你和他合着伙儿骗我，你就不配当我的姐。"

"不配当你的姐？"翠翠急了，愤愤地冲柱子说，"好啊，那我也告诉你，你还不配当我的弟呢。滚，你现在就给我滚。没有你，我们两个照样能把人抬到医院去。"

柱子又冷冷地笑了几声，说："现在，你们想让我走我也不走了。别以为我是傻子，挑明了说吧。"他一指疤子，说，"这是公安局正在悬赏通缉的在逃犯。送到公安局，就能得赏金十万。二位，我说得不错吧？"柱子说完这话又冲柏林和翠翠冷笑了几声。

“啊？”柏林和翠翠同时瞪大了双眼。

柱子点燃了一支烟，得意地冲着柏林和翠翠吐着烟圈儿。

半天，柏林才对柱子说：“那你说，这事怎么办？”

柱子说：“好办，钱到手后，咱们三一三十一。”

翠翠不干了，红着眼对柱子说：“你休想。三万三？三千三也不给你。滚，你给我滚，我不用你了还不行吗？”

柏林也虎起了脸，说：“翠翠说得对。要么你马上离开这里，要么你老老实实跟我们干。钱嘛，顶多给你三千。”

柱子把半支烟摔在了地上用脚狠狠地跺了几下，而后凶凶地说：“别把我给逼急了。否则的话，我让你们一分钱也得不到。”

“你敢！”翠翠说着就发了疯般向柱子扑了上去，抱住柱子又捶又打又骂。柏林上前想把翠翠拉开，却被柱子误以为是合伙对付他，便一脚将柏林踢了个仰面朝天。柏林也急了，爬起来哇哇叫着就向柱子扑了上去。因为有翠翠缠着，柱子的脸上挨了柏林重重的几拳。柱子也急了，大骂一声一用力，就把翠翠甩出了老远，“咚”的一声倒在了地上大骂大哭起来。望着哭天喊地的翠翠，柏林双眼冒出了火，抓起一块石头大吼一声就向柱子头上砍去。柱子一闪身躲过了柏林握着石头的手，一伸腿又把柏林绊了个大马趴。柱子上前刚要痛打柏林，一条腿又被翠翠死死抱住。柱子不忍心对翠翠下手，便拖着翠翠和柏林扭打在了一起。顿时，哭声、骂声、喊声和扭打声便在山坡上响成了一片。

“住手。”就在三个人都打红了眼的时候，躺在担架上的疤子猛地大喝了一声。

三个人都吓了一跳，立即停住了手，一齐愣愣地望向已坐起来的疤子。

疤子扔掉手中刚刚解开的绳子，说："告诉你们吧，从你们还没做好担架的昨天夜里到现在，我一直都在醒着。"

柏林这才明白过来，立即又捡起刚才砍柱子的那块石头，举着对疤子说："你别动，动我就砸死你。"

柱子和翠翠也厉声地喊着不让疤子动，并和柏林一起将疤子围在了中间。

疤子笑了一下，说："我不会犯这傻的。请你们放心，我不会跑的，再说我也跑不了。"他说着指了一下自己还被绑着的腿。

柏林问疤子："那你想干什么？"

疤子说："想和你们做笔交易。"

"什么交易？"

"我清楚，刚才你们三个你死我活的干仗，其实就是为了捉拿我的那十万元的悬赏金。那三个冒充武警的蒙面人，目的也是这个。不就是为了钱吗？好，我会成全你们的，而且不只是十万。只要我们合作好了，我保证让你们每个人都得二十万。怎么样？"疤子说得十分认真。

柏林、翠翠和柱子一听这话，眼中立即都放出了光。他们不由得相互看了几眼，又把目光一齐对准了疤子。柏林说："你小子想要花活逃掉，是不是？"

疤子又一次笑了，说："都到这份儿上了，我还要哪家子花活啊？你们应该清楚，你们现在要的是钱。而我，要的是命。以钱换命，两全其美。你们说，对你们对我，值不值？"

柏林忙问："怎么个交易？"

疤子说："兄弟，你很能干，而且是个聪明人。不过，你们得先把我给松开。"

"松开？"柏林哼了一声，"你要是跑掉了，我们还找谁要钱去啊？"

一直没说话的柱子说话了："给他松开，谅他也不敢跑。"

"这位兄弟说得好。就算我这腿都是好腿，单冲这兄弟的功夫，我也不敢跑呀。松开吧，我好和你们谈交易。"

柱子上前开始解连同担架一起绑在疤子腿上的绳子。柏林和翠翠举着石头警惕地看着。

被松开的疤子在柱子的搀扶下慢慢站了起来，试着走了几步又赶忙坐了下来。他清楚自己的腿没什么大问题，但还是装作很疼的样子咧了咧嘴，说："我的这条腿，还有我这条命，全是柏林兄弟给我的呀。这个恩，我是一定要报的。我这人……"

柏林很不耐烦地说："你就别啰唆了好不好？报不报恩的这都是扯淡的事。你就赶快说我们怎么交易吧。"

"好。"疤子要了水喝了几口，接着说，"公安局为什么出这么高的悬赏金来缉拿我，你们应该知道吧？我也就直说了，在一个小山洞里，我藏了价值一百万元的珠宝和金银首饰。我要和你们做的交易，就是取出珠宝后我们四个人平分，而后我们各奔东西，怎么样？"

三个人听后，眼里又一次发出了更强的光，并又相互看了一眼。柏林咽了几口唾沫有些不相信地对疤子说："你……你不会是在骗我们吧？”

“哎哟我的柏林兄弟，我这条命还在你们手里攥着呢。我骗你们干吗？”

翠翠猛地插了一句：“谅你也不敢。”

柱子又对疤子说话了：“既然如此，一会儿我们就抬着你去找那个山洞。见着了那些珠宝，就按你说的，我们四个人平分，而后各奔东西。”说完这话他又望着柏林和翠翠问：“怎么样？”

翠翠对柏林说：“我看就这样吧。”

柏林点了点头。

共同的欲望，又使柏林、翠翠和柱子站在了一起。他们和疤子一起吃足了干粮喝足了水，抬着疤子向山的深处走去。此时的太阳，已被西边的山尖儿吞下了一大半。

八

疤子确实是想真的将柏林他们带到藏有珠宝的山洞的。不是他不贪财，是他不想进公安局，更想要活命。只要不进公安局，钱可以再弄。更关键的是他还有个更阴险的想法：想办法还要让他们互相残杀，而且他们很有可能会相互残杀。因为这一天所发生的一切已让他清醒地意识到：真的把这些珠宝亮在他们面前，他们是不会轻易分给对方的，包括自己。更何况那三个蒙面人也不会就此罢休的，不定什么时候就会扑上来。到时候，你们不互相残杀我也要让你们互相残杀。古人说得好：鹬蚌相争，渔翁得利。这次，我就要当这个渔翁了。

疤子躺在担架上，一边想着如何才能让柏林与柱子再次相互残杀，一边想道："金钱的诱惑力真是太可怕了，可怕得竟使一个舍己救人的柏林转眼间就变成为一个如此贪婪、如此疯狂、如此残忍的人。"还有柱子，还有那三个蒙面人，更让疤子认识到了金钱确实能让人丧失人性的道理。一旦气候合适机会成熟，好人也会变得和自己一样甚至更胜一筹。这就让疤子清醒地想道："哪怕他们相互残杀得只剩下了一个人，在这么多的珠宝面前，会轻易放过自己吗？看来……"

疤子让柏林和柱子抬着自己左转右转，很快就转到了天黑。没等疤子开口，柏林他们就提出了找个山洞夜宿。疤子见时机成熟，便随他们钻进了一个山洞。柏林他们把疤子挡在了里面，便开始休息。疤子这时对柏林他们说："我说一件事，你们可别害怕。"

柏林说："怕什么怕，难道这山里还有鬼？"

"鬼是没有的，不过头两天我在这山里倒是碰上过几条狼。这狼的鼻子特尖，要是趁着黑夜顺着人味上来，我们几个可对付不了它们。"疤子说得挺瘆人。

翠翠害怕了，立即对柏林说："那些狼要是把我们堵在这山洞里，我们可就全完了。柏林，我怕，我真的很害怕。"

疤子不失时机地说："是啊，这狼可凶可残忍了，就我们这几个人，根本不是它的对手。依我看，得在洞口点上一堆火，狼怕火，见着火就不敢来了。"

"对，对。点火，快点火。"翠翠连连说。

柱子和柏林很快找了一些干树枝来，一堆火便在山洞口燃烧了起来。

望着洞外的火光，疤子心里暗暗发笑："这火光就是不把狼引来，也得把那三个蒙面人引来。好戏，不远了。"

火光真的就把达子他们给引来了。

达子他们三个人之所以轻易地就被柱子一人打跑了，一是柱子的功夫，更重要的是怕被柱子他们认出来。跑了之后，达子越想越不是味，越想越觉这十万元说什么也不能让柏林他们得到。而且他还有了新的发现，就对顺子和老猫说："你们说，他们为什么不走正道非要往大山里钻呢？"

顺子和老猫想了半天也没有想出什么来，便一齐摇了摇头说不知道。

达子就骂他们笨，笨得不如狗熊。而后对他俩说："那小子是抢珠宝店的，说不定，几十万，甚至几百万的珠宝就被他藏在了一个山洞里。不然，公安局是不会出十万元的悬赏金缉拿他的，柏林他们也不会这么死死地护着他，还用担架抬着。肯定是那小子告诉了柏林他们藏珠宝的地方。柏林他们为了钱，那小子为了保住命而不进公安局。他们，肯定是在做着一笔以钱换命的交易。不行，我们一定要尽快找到他们，等天一黑，我们再下手。这块更大的肥肉，说什么也得吃到我们的嘴里。"

顺子说："可是，柱子他们已经知道是咱们了。"

老猫说："对呀，这乡里乡亲的，真不好下手啊？"

达子狠狠地说："乡里乡亲的？呸。二十年前我爹死的时候我才六岁。那个时候，村里人谁拿正眼看过我们娘儿俩？村里那些男人，包括翠翠他爹，整日打着我娘的主意。不然，我娘也不至于……我就是为了报复才偷东家的羊毁西家的树的。我就是为了报复，才想尽一切办法想把翠翠搞到手的。可是，翠翠却让柏林这小子给弄去了。现在，一块肥肉又要落入柏林的嘴里？我不干。美事，不能全让他一个人给占了。乡里乡亲？扯淡。眼下的社会，就是亲爹，也没有钱亲。只要你有了钱，只要你有了大钱，你就是爷。告诉你们俩吧，就是死，也要把这块肥肉吞进自己的肚子里后再去死。”

顺子说：“他们为了这块肥肉，我们也为了这块肥肉，争来争去的，弄不好真得出人命的。”

达子狠狠地说：“出人命就出人命。我死了，算他们赚了。他们死了，是咱们赚了。你们两个要是害怕了，我就一个人去干。”

“不，不。”老猫忙说，“大哥说怎么着，我就怎么着。”

顺子也忙说：“对，我们两个人，一切听大哥的。”

“这就好。”达子拍了顺子和老猫一下，说，“天一擦黑儿，我们就顺着他们走的方向去找。等天黑了，他们就得找个山洞休息，准会在洞口点堆火。我们呢，就可以很容易地找到他们了。到时候，我们就不能手软了。一句话，不把公安局通缉的那小子抢到手决不罢休……”

山洞里，疤子是睡不着的，他有一种预感，预感到这个夜里将会发生一场血战。为此他并未感到害怕，反而感到很是兴奋。只有这样，自己的对手才能在相互残杀中减少，减少得越彻底，自己自由的希望就越大。

疤子睡不着，柏林他们同样如此。此时的柏林和柱子的心思是一样的，那就是：若是真的见到了疤子所说的珠宝，怎么才能让自己多得甚至独吞。想来想去，柏林和柱子都暗暗下了决心，两个字：独吞。无毒不丈夫。娘的，不毒，这批珠宝就独吞不了。不毒，自己就得不到那么多钱。百八十万，干什么不行啊？这年头，有钱，就是爷。甭说人了，鬼见着你都得点头哈腰的。柏林和柱子这么想着，翠翠却紧紧偎着柏林，想着该用这些即将到手的钱去干些什么。

初冬的山夜本该是很凉的，可山洞里的柏林他们却未感到有什么凉意，加上火堆发出的热，反倒使他们感到很舒服。到底是劳累一天了，脑子想的事再多，时间一长也都开始有了困意。大约子夜一点左右，柏林他们便渐渐进入了梦乡，做着他们各自的美梦了。

疤子是不能睡的。现在，他已经一连试探了柏林他们好几次，见他们确实是睡熟了，这才又有了新的想法——悄悄离去。然而就是在这个时候，他听到了洞外有轻轻的脚步声。尽管声音不大，他还是听出了这是人走动的声音，而且不是一个人。他心里一激灵，立即断定就是白天的那三个蒙面人，是火光把他们引来的。好啊，好。疤子暗暗高兴，就悄悄地往山洞里面挪了挪，躲在了凸出的一块石头的后面。

疤子的双眼紧紧地盯着洞口，当他终于看见了三个人影的时候，他才想起了正在熟睡的柏林他们。为了不使柏林他们遭到突然袭击而不能出现相互残杀的混乱局面，疤子适时地猛地大喊了一声。这一声大喊不仅使柏林、翠翠和柱子立即惊醒并呼地都站了起来，也使达子他们三个人出现了短暂的惊呆而就那么直愣愣地站在了洞口。这就给柏林他们提供了辨别情况的机会，使他们立即清醒地意识到了危险已逼近眼前。但是，还没容他们做出如何应付的反应，已经清醒过来的达子他们大吼一声就向柏林他们扑了上来，一场拼杀就这样开始了。

尽管柱子会些功夫，但因天黑看不清对方，又因来势凶猛、突然，也就一时没有占上风而被达子扑倒了下去。顺子和老猫也不管是谁，看准一个目标就扑了上去。而柏林和翠翠，也异常凶猛地和对方滚打在了一起。山洞里，骂声、搏斗声、撞击声，立时响成了一片。

躲在山洞深处的疤子，现在真正的是坐山观虎斗了，并暗暗叫好。心说打吧、杀吧，你们残杀得都倒地身亡我才乐呢。

很快就有人惨叫一声倒了下去，紧接着又有人惨叫一声倒了下去……当剩下最后两个人拥抱在一起时，疤子既惊讶又不解地认出，这两个人竟是柏林和翠翠。

九

柏林和翠翠搀扶着疤子立即又躲进了对面山坡上的一个山洞里。火是不敢再点了，只好摸着黑熬着，熬到天亮再继续找那个藏有珠宝的山洞。

此时的柏林心里很乱，是那种喜、愧、忧混在一起的乱。他既为铲除达子他们三个对手而喜，又为柱子死在自己手里而愧。柱子是在杀死顺子后的一刹那，被柏林用石头击在头上而死的，那时，翠翠正从地上往起爬。现在，除去柏林自己清楚柱子是怎么死的，恐怕任何一个人都会认为柱子是被达子他们杀死的。他的愧，就愧在了这里。忧的，就是怕翠翠一旦发现了柱子的死因而使自己不好收场。毕竟，柱子是翠翠的堂弟。然而，他的这种愧和忧，很快就被那很是有诱惑力的珠宝给冲淡了。他想起了柱子说的话：人为财死，鸟为食亡。他笑了，心说："人为财死，可总得有不死的吧？鸟为食亡，也有不亡的吧？这就要看你的命运如何了，就要看老天对你怎么样了。现在，老天偏向了我，我也就有了这个不死的命。你们呢？你们千不该万不该，不该跟我争嘴里的这块肉啊。尤其是你柱子，更不该跟我来争啊。本来就是老天赐给我的，可你们……这就是命啊。"

柏林想来想去又想到了坐在离自己不远处的疤子。想到疤子，他的心不由自主地晃悠了一下，胸口就如被塞进了一团草，既感到麻痒又感到堵闷。为争疤子这张王牌，已先后死了四个人，虽说这张王牌现在可以说是握在了自己的手中，可真的王牌还是握在疤子的手中啊。他不把这张牌甩出来，我还是定不了输赢啊。况且，他会就这么甘心将自己冒着生命危险抢来的珠宝献出来吗？虽说我的对手没了，可他的对手也只剩我和翠翠两个人了，或者说真正的对手也就我一个人了。一对一？不好。人为财死？为了这批珠宝，谁死谁活仍是个未知数啊！为此，更大的恐惧又一次涌上了柏林的心头。

柏林左左右右地又思索了一番，决定和疤子好好谈谈。他清了几下嗓子，对疤子说："兄弟，咱哥俩随便聊聊，怎么样？"

其实疤子也想和柏林好好聊聊，只是一直没有找着合适的机会与话题，现在见柏林主动找话要跟自己聊聊，便挺痛快地说："好啊，聊什么，随你的便。"

“唉！”柏林叹了口气，说，“人都说：人为财死，鸟为食亡。兄弟，你对这句话是怎么看的呢？”

疤子也叹了口气，说：“事在人为。”

“怎么讲？”

“只要你掌握好了度，人为财，人就不会死，鸟为食，鸟也不会亡。你说，天下的人哪个不为财呢？哪只鸟不为食呢？但是，为财而死、为食而亡的毕竟是极少极少的吧？而这些极少极少的，都是因为没有掌握好这个度。就说刚刚死去的那几个人吧，如果他们和你达成了一定的协议，共同分享我的那些珠宝，不是都能快快乐乐地活着吗？亡，就亡在了一个太贪上。”

柏林笑了，说：“兄弟说的还真是条条是道儿句句在理啊，不过我还是要问你一句：既然你对这些这么明白，可你为什么还要走这条道呢？”

“问得好。不过，关于这个问题嘛，一是我很难向你回答，二是根本没有必要回答你。”

“为什么？”

“因为我们现在已经走上了同一条道。”

“那又怎么样？”

“怎么样不是关键的，关键的是……”

“是什么？”

“是我们两个人，包括你的未婚妻，我们一定要争取做到人为财而人不死。”

柏林想和疤子谈的最终目的就是这个，现在见疤子已经和自己想到一块儿了，心里便一下子踏实了许多，便显得有些激动地说：

“怎么才能做到我们都为财而人不死呢？”

疤子说：“很简单，取到珠宝后，我得四成，你们得六成，而后我们各奔东西。怎么样？”

“好，很好。”

一直没说话的翠翠说话了：“只要我和柏林能安安全全地回家，我们要四成都行。我怕，我很怕呀。”

疤子说：“我这人说话算话，我说拿多少就拿多少。翠翠说得对，关键的是我们要活下去。所以，从现在起，我们就该是朋友了，只有这样，我们才能做到人为财而人不死。”

柏林、翠翠和疤子的手紧紧地握在了一起。

然而就在这个时候，一条人影突地出现在了洞口，还没容柏林他们做出任何反应，来人一阵哈哈大笑说话了：“姓柏的，没有想到吧？”来人是达子。

达子并没有死。他在和柱子交上手后，虽说一下子将柱子扑在了身下，可柱子很快又把达子压在了身下，一拳下去正击在了达子的太阳穴。达子的头“嗡”的一声就觉得天旋地转起来，顿时，他就意识到自己绝对不是柱子的对手。硬拼，吃亏的肯定是自己。急中生智，狡猾的达子顺势将头一歪，身子一挺，装死了。柱子果然上了他的当认为他真的是死了，就爬起来向正和柏林、翠翠扭打在一起的老猫和顺子打去。很快，躺在地上的达子就清楚地听见了老猫一声惨叫就倒了下去。不一会儿，他又听到了顺子一声惨叫也倒了下去。就在他睁开眼望去时，正看见一个人举起石头狠狠地向另一个人的头上砸去，那人“啊”的一声便“咚”地倒下去不动了。

听声音，达子听出倒下去的人是柱子，可那举石头的人又是谁呢？直到柏林和翠翠拥抱在一起时，达子才清楚，是柏林用石头砸死了柱子。达子的心立即就是一抖，心说：“这人怎都这么黑呢？为了钱，怎么能对自己未婚妻的兄弟下手呢？况且你们还是一伙儿的啊？可怕，太可怕了。”达子就那么直挺挺地躺着装死，直到柏林和翠翠搀扶着疤子离开了山洞，他才赶忙爬了起来查看老猫、顺子和柱子，见他们几个人确实是死了，这才又悄悄跟上了柏林他们。

达子现在是不想和柏林硬拼了，说白了，他是不想再死人了。自己不想死，也不想再让任何一个人死。他想心平气和地跟柏林谈判，想跟柏林一同协助疤子找到珠宝，而后几个人平分，而后各奔东西。所以他在大笑后说完那句话紧接着又说：“不过请你放心，我是不会再跟你夺了。”

柏林已经愣过了神，说：“少他娘的跟我来这套，跟我争夺一整天了，现在又说不跟我夺了？那你干吗来了？”

达子又笑了一下，说：“想和你好好谈谈。”

翠翠说话了，凶凶地说：“谈什么谈？告诉你达子，想从我嘴里夺食？没门儿，一口都甭想。”

达子平静地说：“你们也别太黑了，价值百万元的珠宝，不让我得一份，你们想想，合适吗？”

“胡说。”柏林听了一惊，忙说，“珠宝？什么珠宝？”

“别装疯卖傻了，刚才你和疤子的对话，我全听见了。疤子拿四成，你们拿六成。对不对？”

翠翠说：“对又怎么着？不对又怎么着？反正是一分钱也不让

你拿到。”

“对。”柏林说，“达子你听着，有没有珠宝，有多少珠宝，不关你的事。最好，你马上离开这里。”

达子换成了冷笑，说：“离开这里，好办。不好办的是，你们不但杀死了老猫和顺子，你柏林还用石头砸死了柱子。”

“胡说，你……你胡说。老猫和顺子是被柱子杀死的，柱子是被你达子杀死的，与我一点儿关系都没有。我没杀人，我没杀人。”柏林急急地说。

“笑话。既然老猫和顺子是被柱子杀死的，那我是被谁最早给杀‘死’的呢？告诉你吧柏林，我被柱子打倒后一直在地上装死的，老猫和顺子被柱子杀死后，是你柏林趁柱子不注意，用一块石头把柱子砸死的。当时，翠翠正从地上往起爬，也就没有看见你的行为。柏林兄弟，事情已到了这个份儿上，我们只有好好合作了，只有和疤子兄弟一起找到珠宝才是上策，平分后我们各奔东西，怎么样？”达子说得十分真诚。

柏林却什么也不顾了，凶凶地对达子说：“既然你全知道了，我就跟你亮个实话，一句话，想得到一粒珠宝，除非你把我和翠翠给杀了。”

“不！”翠翠不干了，发疯似的对柏林哭喊道：“好你个狠心的东西，你为什么杀死我堂弟？你把我堂弟杀死了，我怎么向我叔交代啊？你赔我堂弟，你赔我堂弟啊。”翠翠哭喊着就扑向了柏林又抓又打。

此时的柏林完全失去了理智，他一把推开了翠翠，凶凶地说：“你别逼我，把我逼急了，我……我连你也杀了。”

“什么？你……你还要杀我？好，好。我让你杀，我让你杀！”翠翠发疯似的又一次扑向了柏林，和柏林厮打在了一起。

“都给我住手！”达子大喝一声就冲了上去，一拳就把柏林打倒了。翠翠一见达子打倒了柏林，怪叫一声又向达子扑了上去和达子扭打在了一起。柏林迅速从地上爬了起来也扑向了达子。即刻，三个人便都倒在了地上，厮打声、哭叫声混成了一团。

疤子一看正是机会，心说三十六计，还是走为上吧，便悄悄爬出了洞口。他也不管是什么方向了，把牙一咬便站了起来，忍着还很疼的腿向山下急匆匆地走去。漆黑的夜色中，疤子犹如一头迷失了方向的伤狼，深一脚浅一脚地仓皇逃跑着。他现在最大的奢望，就是尽快甩开柏林和达子他们。只要甩开了他们，就是向公安局自首也比和他们在一起更有生的希望。跑着跑着，疤子突地感到脚下一空便一头滚了下去，“啊”的一声就什么也不知道了。

十

当疤子醒来时，一股强烈的阳光正直直地照在他的双眼上。他想爬起来，才发现自己又被绑在了那副担架上，并感到一条腿疼痛难忍。旁边，坐着柏林和达子，却不见了翠翠。从柏林和达子的神情上看，这两个对手现在已合为一伙了。

这回，疤子想跑也跑不了了。他的那条伤腿，这回是彻底地摔断了。

柏林见疤子醒了，便气恼地对他吼道：“跑啊，你继续跑啊！”

疤子苦笑了一下，说："行了兄弟，什么也别说了。咱们，还是赶快找那个山洞吧。"

"哼。这回，你要是再跟我们耍花活，可别怪我不客气。老老实实带着我们找到珠宝，才是你最好的选择。"

"对。"达子说，"找到珠宝以后，我们三个人平分，而后各奔东西。"

疤子说："就我这腿，还能奔吗？所以我求两位大哥了，珠宝，我只要两成，剩下的八成，全归你们。我只求两位大哥帮我个忙，珠宝分好后，请你们给我找个能治腿的人家秘密给我治好。多少钱，我花，怎么样？"

柏林和达子相互看了几眼，一齐冲疤子点了点头。

按着疤子指的方向，柏林和达子抬着疤子又开始上路了。眯着眼躺在担架上的疤子，此时越想越觉得自己这回是真正的凶多吉少了。从发现柏林的目的到现在，他已领略了这些人的贪婪与凶残。尤其是柏林，为了那还没影的珠宝，不但杀死了自己的兄弟，现在又抛下了不知死活的未婚妻而和对手合为一伙了。"这样的人，当珠宝真的出现在他们面前时，他们不但还会相互残杀，要命的是，还会给自己留条生路吗？就是不杀我，把我往这大山里一扔，自己不也是死路一条吗？可怕，太可怕了。不，我不能死，我不能白白地死在他们的手里，我冒着生命危险抢到的珠宝不能白白送给他们。我还年轻，我要活下去，我一定要好好地活下去……"想到这儿，他才体会到了活着真好，才认识到了只有保住生命才是真正的幸福，才感到了什么是真正的幸福与欢乐。

疤子头一次有了想看看山景的欲望，便睁开了双眼往山坡上望去。目光，正好落在了几棵正开着花的野杏树上。蓦地，他心里一惊，便想起了自己村中老人也曾说过的话：杏树倒开花，要有灾哩，要死人哩，要死年轻人哩。疤子叹了口气，心说："这话真的应验了。可是，人要是不贪，也不至于……"

那条被柏林打伤的红色狐狸又出现在野杏树下，冲着柏林他们叫了两声，一闪又不见了。望着狐狸消失的方向，疤子又拿定了一个新的主意。

当疤子看到了山下的柏油盘山公路时，他让柏林和达子停了下来，说："我们这样走是不行的，这样走下去，把你们俩拖垮了也到不了那个山洞。必须先到公路，顺着公路走三公里左右，再直接下去，爬上对面那座山，就快到藏珠宝的山洞了。"

柏林说："上公路？碰上人怎么办？"

疤子说："碰上谁也不会有人理会我们的，现在的人都不好贪事的。"

达子说："要是碰上公安局的110巡逻车怎么办？"

疤子说："到了公路，你们得把我解开，再用东西把我的脸包上。万一碰上公安局的巡逻车，我们就坐在路边装作休息，等他们过去后我们再走。"

达子说："兄弟，是不是想跑啊？"

疤子咳了一声，说："你们搀着我走都费劲，我跑得了吗？再说了，我往哪儿跑啊？行了二位大哥，别乱想了，要想尽快找到珠宝，这是最好的办法。"

就这样，柏林和达子将疤子抬上了公路，把疤子身上的绳子全解开了。达子从疤子的衣服上扯下了一条布，将疤子的脸包了个严实。而后，抬着疤子顺着盘山公路走了下去。

大约走了半公里路左右，一辆公安局的巡逻车远远地从前面开了过来。疤子嘘了一声，柏林和达子就赶紧将担架放了下来，三个人背向公路装作了休息。

当巡逻车开到眼前时，只见疤子猛地一跃而起就向公路扑去，“咚”的一声就趴在了公路中央。巡逻车“吱”的一声停了下来，立即跳下了两名警察。疤子扯下了脸上的布挥着冲警察大声喊道：“我就是你们要抓的通缉犯……”

斗狗

中篇小说

人们惊愕地看到，
当贝卡和闪电走到一起时，
却见它们把脸紧紧地贴在了一起，
而后，便都流着泪水
相互舔着对方脸上的血迹。

鸡刨猪拱，各走一路。这两年，吴村的三奎，靠斗狗竟也发了财。有钱就折腾。先是买了一辆大摩托，有事没事就往县城跑，进歌厅，泡舞厅，大把地往出甩钱。没多久，摩托后面就多了一个年轻漂亮、比他小十多岁的女人。他老婆不干了，就三番五次地跟他吵架，但都无济于事。亲朋好友也劝，好话赖话能用火车拉，连劝他的人都烦了，可他就是充耳不闻、我行我素。最后，老婆还是在无奈的情况下带着刚上小学的儿子离他而去了。这反倒合了三奎的意，美得他抽空就把大摩托一开，年轻漂亮的女人一搂他的后腰，东一头西一头的可村子显摆。一脸的万分得意和藐视一切。他那条自称常胜将军的给他带来经济效益和漂亮女人的纯种狼青狗，也跟着三奎向它的手下败将们抖威风。人不可一世，狗也狂得不行。

三奎的如此风光和得意，开始，村人是打心里羡慕的。尤其是那位年轻漂亮的女人，更是让不少的已婚男人想入非非。后来，这种羡慕却渐渐地转化成了忌妒。再后来，由于三奎在斗狗上总是连胜不败大把赢钱，且又将结发妻子和儿子一脚踢出门外，人们就从忌妒转化成了憎恨。再望见三奎骑着摩托带着那风骚女人和他的狗招摇过市，人们就都恨得牙根发痒怒火中烧，恨不得三奎的摩托车一头撞在树上，让三奎从此在地球上消失。狗们望见三奎的狗，就都竖起尾巴瞪着一双红眼，恨不得一齐扑上去将三奎的狗扯个粉碎。

三奎和他的狗，从此成了村里斗狗人和狗们的死敌。

这里说的斗狗，不是像西班牙斗牛那样人跟狗斗，而是狗跟狗斗。两条狗互相残杀，哪条狗斗败了，哪条狗的主人就得按事先讲好的价钱，如数把钱付给得胜方狗的主人。当场兑现，不能含糊。

在早，村里养狗的人是不怎么多的，而且养的大都是柴狗，个头不大，什么颜色的都有，蔫头耷脑的见着人老远就跑。夜里看家，贼扔给一块白薯，狗就替贼看着主人了。所以主人就不精心喂，饿得狗就整日可着村子转，见一个小孩儿蹲着，狗就在旁边等着，一副迫不及待的样子。

具体说村人是由什么时候开始兴起斗狗的，怕是谁也说不准。

开始，只是几个闲得无聊的小子为了打发寂寞的时光，经过挑拨，让两条狗在野地里撕咬一番。胜了，也就胜了；败了，也就败了。什么赌注也没有，完完全全的是为了开心。自己的狗斗胜了，顶多高兴一阵儿。自己的狗斗败了，也就骂狗几句。人与人之间，什么也没有，照样说说笑笑亲密无间。狗与狗之间，同样也没什么，仍是追逐嬉闹亲亲热热。

后来，有人发现自己的狗总是赢，就滋生了赌的念头，一说，就有人响应，就开始有了赌注。或一盒烟，或一瓶酒。几块钱的事，谁也不放在心上，输就输了，赢就赢了。可是，当一盒烟或是一瓶酒亲手送到别人手里时，心里就不平衡了，就暗暗下了要找回来的决心。而赢的一方，就有了胜者为王的感觉，拿着战利品，表情就有了异样，走路的样子也不比往常了。这么一来就有了刺激，就拿斗狗当成一回事了。胜的，自是洋洋得意，对狗，就多出了几分爱。输的，自是尴尬沮丧，狠踢自己的狗几脚以此激起狗的斗志伺机再战。这时再看对方的人，目光就有了敌意。狗与狗之间，也会相互叫几声。或不服，或得意。

再后来，斗狗就演变成单纯的赌了，参赌的人和狗的数量也开始逐渐增加，且速度快得惊人。像流行性感冒，像台风登陆。一盒烟或一瓶酒是说不出口了，直接说钱。十块八块不行，最少五十。价钱讲好，双方就把自己的狗拉进了场子。此时的这些狗们，再也不用人们来挑拨了。一场场的搏斗，不管参过战的还是观过战的，都已经从战例中和主人的脸上领略出了搏斗的内涵与胜负后的结果是什么。所以，两条狗的目光一对视，双方的眼中即刻就射出了杀气。哪怕刚才还在一起嬉闹玩耍，只要一被主人拉进这个充满了血腥味儿的场子，就都有了仇恨，就都有了一口将对方咬死的心态。为此，村里的残狗就逐渐地多了起来。这些狗都是在即将被对手咬死的时候，或是战败后要被主人杀掉吃肉的生死关头夺路而逃的。这些昔日的对手在遭到同样的命运后，大都不计前仇地又走到了一起，在茫然之中相互依赖地苦度残生！

随着斗狗愈演愈烈，不但赌注大幅度上升，斗狗的场子也增加了好几个。如此一来，吴村的人便都养起了狗训起了狗，人人说斗狗之事，户户有犬吠之声。再进吴村，便睁眼是狗闭眼是狗了，大的小的、肥的瘦的、黑的白的、公的母的，条条红着一双眼，时时在做着就要厮杀的准备。如果有一条狗叫出声来，便会引起全村的狗一同狂叫，像是当年鬼子要进村。狗一叫，即刻就牵动了吴村斗狗人的每一根神经，浑身刹那间就会亢奋起来，恨不得当即就从别人的兜里把钱掏出来揣进自己的腰包。吴村人的发财梦，鬼使神差般地落在了狗的身上。

面对愈演愈烈的斗狗，有人清醒地意识到，既然斗狗，既然想以斗狗换来一切，光靠狗玩命是不行的。要想常胜不败，就得有一条好狗，就得有一条能征善战、训练有素的且要压倒一切的好狗。而能找到好狗、发现好狗、训练出好狗，还得有比狗更要精明的人。只有这样，人与狗才能合为一个整体。人靠狗威，狗仗人势，人狗一心，才能在斗狗中永远处于不败之地。

村里的三奎，就是在屡次失败的状况下，在输掉了大笔钱的情况下，首先意识到了这个问题的人。意识到了这个问题后，他就一怒之下杀掉了给自己带来如此惨状的两条柴狗，只身一人悄悄地奔了离村子几十里外的狗市。

三奎在狗市上整整转悠了一个上午，临近中午的时候，才经过内行人指点和精心挑选，看上了一条价钱昂贵的名叫闪电的正值壮年的日本狼青狗。绰号叫老屁的卖狗人告诉三奎说，这条日本狼青狗之所以取名闪电，是因为它不仅行动敏捷得快如闪电，更主要的是它特别通人性特别忠于主人，只要主人向它发出攻击的信号，它就会奋不顾身地冲上去拼杀。哪怕对方是头狮子，他也会以死相拼且往往取胜。老屁见三奎将信将疑，就让三奎在几十条狗中选中了一条他认为最厉害的德国黑背，和卖狗人讲好了价钱后，老屁当即就把钱如数付给了那个卖狗人。而后，老屁对三奎说："让我的闪电和这条狗斗，若是我的闪电败了，我自认倒霉，你不用花一分钱，这条黑背就归你了。若是我的闪电胜了，不但闪电的钱你分文不差的给我，那条黑背的钱，你也得如数给我。怎么样？"

三奎连眼都没眨一下就点了头。

老屁没有说大话。三奎亲眼看到，体大魁梧的黑背和身材苗条的闪电斗上没有两个回合，就被行动敏捷的闪电一嘴击中了要害部位，黑背惨叫一声就屈膝投降了。三奎兴奋地高喊一声"好"，当即掏出两条狗的钱，拉上闪电就得胜将军一般回了村子。

取胜心切的三奎在买回闪电的当天下午，就信心十足地把闪电拉到了斗狗的场地，指着闪电趾高气扬地向在场的斗狗人炫耀一番后就开始宣战。不但话说得如此之狂，而且赌注大得惊人，整整两千元。

当时，村里的斗狗经过无数次的决斗之后，已经决出了几条众人公认的冠、亚军狗，而且也斗出了几条比较成文的章法，大体是：不论什么样的狗参加战斗，双方狗的主人必须达成协议，主要内容是自己的狗斗败后不许要赖，更不许指桑骂槐或当众打狗。狗的大小要双方认可，赌注要事先讲妥，而且要有公证人。谁的狗斗败了，哪怕当场被对方的狗咬死，钱也不能少给一分地当即兑现，而且双方的赌注要事先掏出来交给所谓的公证人。胜负决出后，如果有不服的要拿自己的狗跟这条刚刚取胜的狗接着斗，败了后就要多付半倍的钱。如果这条狗又胜了还有人想拿自己的狗跟这条狗斗，那价钱就要多出原价钱的一倍。理由很简单，连续作战，累。两条狗相斗，必须是同性。公狗与公狗斗，母狗与母狗斗。如果公狗与母狗斗，准坏菜。它们可不管当着众人不当着众人的，就会肆无忌惮地做出种种的丑态来，让人们看着尴尬，让狗们看见后就会大大丧失战斗力。

三奎如此狂傲、如此不可一世，即刻激怒了众人，纷纷嘲笑三奎。有的说，你已经杀了两条狗了，就发发慈悲放掉这条狗吧。有的说，就你这条狗，瘦得像一只大个儿的黄鼠狼，还想跟这些狗斗？你这不是草菅狗命吗？有的说，把你那两千块钱收起来吧，再输了，当心你老婆跟别人跑了。还有的说……

面对众人的种种嘲笑和挖苦，三奎只是淡淡地一笑，说："你们不敢就说不敢，扯这些蛋话有什么用？黄鼠狼？懂吗你们？这是纯种的日本狼青，绰号闪电。刚才我不是吹牛皮说大话，说实在的，就你们这些狗，有一条算一条，哪一条也不是我闪电的对手，不然的话，我也不敢下这么大的赌注。我还告诉你们，从此以后，我这闪电就是全村的狗王了。谁要是不服，就把你的狗拉过来，是英雄是狗熊，比呀。"三奎狂妄到了极点，他的闪电也是一副老子天下第一的神态，在不屑一顾地望着周围的狗们。而周围的那些狗们，也同它们的主人一样，不但对闪电充满了鄙视，而且都是一副跃跃欲试的神态。

就有绷不住的了，当即就把他的狗拉到了三奎的面前。

此人叫老猫，斗了有一年多的狗了，连人带狗，也算是久经沙场了。他的这条狼狗串叫赛虎，在屡次的斗狗中一直持领先地位，在村里所有的狗中，也算是亚军级别了。

老猫刚把赛虎拉进场子，赛虎就冲三奎的闪电发出了“呜呜”的警告，一只后爪在狠狠地刨地，即刻便扬起一片狼烟。这是赛虎的一贯战术，往往在一开始就从精神上战胜了对方，也就在频繁的斗狗中一直处于领先地位。然而，此时三奎的闪电却不吃赛虎这一套，不但对赛虎的行为视而不见，还悠然自得地在用前爪挠自己的耳朵。那样子，明显地没把赛虎放在眼里。

闪电的如此表现，首先激怒了老猫，他性急地问三奎，同意不同意跟自己的狗斗？三奎微微一笑地点了一下头。老猫见三奎点头了，就把两千块钱递给了公证人。待三奎也把两千块钱递给了公证人后，老猫便迫不及待地问三奎是否开始。见三奎又点了头，他猛地就冲赛虎喊了一声：“上！”要是放在往常，赛虎听到老猫的命令，即刻就会猛扑上去，以饿虎扑食的动作和气势，很快就能把对方击败。而这次，赛虎却一反常态地没有即刻扑上去，而是围着三奎的闪电小心翼翼地转圈儿，迟迟不肯出击。老猫一见，心里顿时就凉了半截。

就在这时，只见三奎迅速将手指放进了嘴里，一声响亮的口哨声即刻从他的口中传出。再看闪电，已随着口哨声以迅雷不及掩耳的速度扑向了赛虎。还没容人们看清是怎么回事，赛虎已经惨叫一声倒在了地上。它的喉咙，正在往出涌着鲜红的血。而此时的闪电，却静静地站在三奎的面前，若无其事地看着奄奄一息的赛虎。从始至终，三奎的闪电一声未吭。

所有的人都惊呆了，所有的狗也都惊呆了。

老猫长叹一声，默默地离开了斗狗的场地。

三奎首战告捷，激动得拿钱的手竟有些抖。他把钱装好后看了一眼闪电，宠爱地抚摸了几下闪电的头，继而又狂傲地对众人说：“怎么样？我三奎没有吹牛吧？如果有不服的，可以接着来。”

自然是没有人敢应战。

一夜间，三奎和他的狗就成了吴村的焦点，街头巷尾、家家户户议论的话题，都是三奎和他的狗。

那天没有亲眼看见过三奎的闪电斗败赛虎的那几个冠、亚军的狗的主人，对传说的三奎和他的狗自然是持怀疑的态度，他们认为，像三奎这样的人，是不可能弄到如此厉害的狗的。在名与利的诱惑下，他们纷纷拉来自己的狗和三奎的狗一比高低。其结果可想而知。三奎的闪电在屡战屡胜的状况下，赌注的价码也一路上升，高得让人咋舌。最后的几场斗狗，赌注已经升到了上万元。而最后一场，闪电是在连续与四条狗激战后而成为真正的狗王的。三奎，也就凭着一条狗发了大财。闪电成了狗王以后，就再也没有人敢拿自己的狗和三奎的闪电斗了。

有人计算过，在不到一年的时间内，全村所有公认的冠、亚军狗被三奎的闪电斗败的足有十几条，而那些明知自己是鸡蛋却非要往石头上撞的狗就不计其数了。也就是从那时候起，三奎从此变坏而最终成了抛妻弃子的歹人。而吴村所有斗狗的人和狗，从此也就都恨上了三奎和他的狗。有人在偷偷地加紧训练自己的狗，想在某一天在全村人面前来个一鸣惊人；有人在暗暗四处淘换好狗，下决心要斗败三奎和他的狗；有人在私下里串联，想让他们的狗联合起来对三奎的狗来个突然袭击；也有人报仇心切，想找个机会亲自出马除掉三奎的狗……为了一条狗，整个吴村，被同仇敌忾的气氛所笼罩了。

老琦就是在这种气氛中出场的。老琦不姓琦，再说也没有姓这个琦的。只是因为他的长相和一身肥肉酷似喜剧演员李琦，村人就都叫他老琦了。其实他才三十多岁。

那天下午，刚刚赌麻将赌输了的老琦到村后散心，正巧碰上一群人在斗狗。在早，老琦对斗狗不但不看不参与，而且还看不起那些热衷于以斗狗来赚钱的人。他说作为一个老爷们，要想赚钱，就得凭自己的真本事，哪怕是赌，是抢，也比靠一条狗赚钱荣耀。一个大老爷们靠一条狗玩命给自己赚钱，是个赖子才干的事，不如乞丐和捡破烂的。

那天，也许是鬼使神差，也许是天意，老琦的双腿竟迈向了斗狗的场地，还身不由己地挤了进去。当时，正是两条狗就要斗出胜负的时刻。老琦清楚地看见，一条大黄狗正在撕咬着倒在地上的一条黑狗。黑狗仰面躺在地上，一边躲闪着黄狗袭来的利齿，一边拼命地用四爪蹬挠着骑在自己身上的大黄狗，使得大黄狗的嘴一时很难击中黑狗的要害部位。而双方狗的主人，都在拼命地鼓励着自己的狗。他们满头是汗，手舞足蹈，面目狰狞地对着自己的狗大喊大叫，看那样子，两个人之间随时都有大打出手的可能。

两条狗又斗了有五分钟的时间，大黄狗突地一个急转身就转在了黑狗的前面，还没容黑狗反应过来，大黄狗的嘴已经准确无误地叼住了黑狗的一只耳朵。黑狗一声惨叫，就举爪投降了。众人一片欢呼。

黑狗的主人一屁股坐在了地上，大口大口地喘着粗气。

公证人将一把钱递给了大黄狗的主人，说加上你自己的五百，正好一千，你数数。大黄狗的主人接过钱很是礼貌地对黑狗的主人说了句谢谢，就心安理得地把钱装进了自己的腰包。

把这所有一切都看在眼里的老琦心里不由得一动，心说怪不得这么多人都这么热衷于斗狗，原来这钱来得也很容易啊。他想起了三奎，想起了三奎和他的狗，就仔细地扫视了一下周围的人和狗。当他确认三奎和他的狗都不在场时，就问旁边的人："三奎和他的狗怎么不在场？"旁边的人告诉老琦说："人家三奎说了，他眼下是名人，他的狗是狗王。咱们这些狗，根本不配跟他的狗斗。"

老琦一听就来了气，说："他三奎是不是也太狂了？"那人说："狂不狂的先不说，反正眼下是没有人敢拿自己的狗跟他的狗斗了。也就难怪他三奎说，说他的狗是常胜将军，天下无敌……"

老琦没有说什么，把牙一咬就悄悄地离开了斗狗的场地。

其实，老琦早就听说过三奎和他的狗，只是一直醉心于赌麻将，也就没把这事放在心上。本来老琦也是个争强好胜处处都要高人一头的主儿，现在又亲眼看见了斗狗的场面和高额的赌注，心里就萌发了要把三奎斗下去的决心。他和三奎曾经是麻将桌上的死对头，但又一直没有分出胜负。现在，老琦要以斗狗来斗败三奎了，更关键的是要把三奎的钱全部装进自己的腰包，甚至三奎那不知从哪儿弄来的漂亮的女人。老琦也自信能够斗败三奎。此时的老琦彻底地改变了他以前的看法。娘的，眼下甭管是黑道还是白道，能弄到钱就是道，能高人一头就是能人，能斗败对手就是强人。

第二天一大早，老琦就奔了离村子几十里外的狗市。老琦在早也玩过狗，而且玩出了一定的名堂，对狗的品种、习性、喂养以及训练上，不论经验和技术，都称得上是首屈一指的。所以，老琦来到狗市并不急于问价，也不被那些卖狗人的甜言蜜语所迷惑，而是一声不吭漫不经心地挨个儿看那些半大的狗。他清楚，要想培训出一条理想的狗来，看准狗种是至关重要的，这是第一步。第一步走对了，就将收到事半功倍的效果。万事都是如此。

老琦转了一会儿，一个卖狗的小伙子拦住了他，指着自己面前的一条小半大的狗对老琦说：“大哥，看看这条怎么样？”

老琦只看了一眼就对小伙子说：“狗种不赖，只是下它的母狗太老了。”

小伙子一脸的不快，说这小狗看着这么虎实，与母狗老不老有什么关系？

老琦嘿嘿一笑，对小伙子说：“关系大了去了，秋后结的瓜，能好到哪儿去？你老婆要是过了六十岁再给你生个儿子，这孩子强壮得了吗？”

老琦这句话逗得大伙儿乐了半天。

老琦在狗市转来转去，终于看中了一条半大的狗，就问卖狗人什么价。卖狗人不说话，只是微笑着冲老琦伸出了五个手指。老琦也不答话，而是伸出了三个手指，说就这个数，多一分都不要。那人又伸出了四个手指，说就这个数了，少一分不卖。老琦二话不说，站起就走。没走几步，那人叫住了老琦，说：“大哥你别急嘛，商量商量嘛。看来你是真心想买，而且不是外行。大哥，看在你是内行的分上，兄弟今儿个让你了。这个数，怎么样？”卖狗人用一只手指按在了四只手指中的食指上。

老琦打了一个响指说，成交。于是，老琦花了三千五百块钱买回了这只半大的狗。他没让任何人知道，并告诫老婆和孩子要绝对保密。这是一只纯种的德国黑背公狗，虽说生下还不到四个月，但个头已经长得相当喜人。虎头虎脑，腿粗裆宽，厚背大爪。凭经验，老琦断定这狗只要训练好了，长大后绝对是一条斗架的好狗。欣喜之下，他给这狗取了一个很洋的名字——贝卡。

老琦清楚，贝卡的个头儿将来能够长到什么程度，关键的就在半年之内。不论什么品种的狗，不论公的母的，半年后个头儿长成什么样就是什么样了。也就是说，在这半年之内，一定要把狗的身架子喂起来。为了让贝卡一鸣惊人地站在全村斗狗的冠军台上，更确切地说要一举击败三奎和他的狗，老琦采取了封闭式的喂养与训练。他知道，要想让贝卡凶猛顽强，要想让贝卡从即日起就养成凶悍残忍的性格，就得让它轻易不见生人和同类。只有这样，才能把贝卡训练成一条能够战胜一切对手的好狗。而要训练出这样的一条好狗，训练狗的人就该比狗还要凶狠还要残忍。

老琦在对待贝卡的饮食上是非常讲究的，既让它吃肉，又不能以肉为主，既让它吃饱，又不能让它长得太肥。狗跟人一样，太肥了，腿脚就不灵敏。自己就是如此，一身肥肉，走路都喘。太瘦了，体力又跟不上。他家有个挺大的后院，四周砌着很高的围墙，是他家的菜园子。有了这条狗后，菜就不种了，就成了专门用来训练狗的场地了。每天，他都是饿着狗训练，训练完稍稍休息一会儿再喂狗。他每天都要带着狗在后院里顺着院墙跑，一是锻炼狗的耐力，二是减自己的一身肥肉。什么时候人和狗都累得气喘吁吁、大汗淋漓了，人和狗才能停下来。他不让狗叫，狗一叫他就用鞭子抽。他要让贝卡变成哑巴，这样，既能达到理想的效果，又不会让任何人知道他在训练狗。

任何事情发展到了顶峰就会向相反的方向发展，就会像一只高高飘在高空的风筝，一旦这根牵线断了，风筝就会一头栽下来而且不知栽向何处。一直没有对手的三奎和他的狗，因为一时没有了展示威风的机会，三奎就觉得眼下自己就是一只高高飘在高空的风筝。开始，他只为自己不能继续将别人兜里的钱变为己有而沮丧，慢慢地，他又为不能亲自制造那惨烈的场面而焦躁，便就时常冒出这样歹毒的想法，拉上自己的闪电，见到一条狗就咬死一条，以此来显示自己的强大与存在。

三奎如此这般，他的闪电同样如此。因为很长时间没有对同类大开杀戒了，竟焦躁得不怎么吃喝了，还经常冲天一个劲儿地长啸。狗的长啸不同于其他动物的长啸，听着是那么让人感到悲戚、那么让人感到厌烦。三奎懂得闪电的心情，更鉴于自己也焦躁得快受不了了，就在这天下午拉着闪电奔向村外的斗狗场地。

此时的场地上已经围上了满满的一大圈人，每人的身后都拉着一条狗。人和狗，都是一副摩拳擦掌随时准备一拼的神态。场地中央，已经站好了两条狗，一黑一黄。它们是就要开始拼杀的狗。双方狗的主人，正在为斗狗的赌注争执着。一个嫌少，一个嫌多，已经争执得面红耳赤。周围的人个个一言不发，表情各异地在观看着事态的发展。

一阵群狗的叫声，将人们的目光聚集到了一个目标——三奎和他的狗上。

人们让开了一条道，让三奎和他的狗走进了场子中央。

那两条狗的主人即刻停止了争执，都把目光投向了三奎和他的狗。那目光分明是在说，来了也没用，我们是不会跟你斗的。

那两条狗一见三奎的闪电先是有些惧怕地一惊，继而相互望了一眼，接着就并排站在了一起，四目一齐对准了三奎的闪电，一副并肩作战的神态。

周围的狗一条条从各自的主人身后钻到了主人的前面，都把目光对准了三奎的闪电。看那样子，只要主人一声令下，这些狗就会一起扑向三奎的狗。

面对眼前的阵势，三奎先是一惊，继而又哈哈一笑地对大伙儿说："怎么了这是？几天不见，大伙儿不认识我了是怎么着？"三奎说这话的时候，他的闪电突然就尿了一泡尿。三奎一见，心里即刻就"咯噔"一下。他清楚，自己的闪电一时被这些狗给吓住了。他更清楚，眼下必须要让闪电马上振奋起来，而自己的表现则是最最关键的。否则的话，闪电就会从此失去战斗力，自己真的就会像高高飘在高空中的风筝那样一头栽下来，从此成为全村人的手下败将。想到这儿，三奎猛地把脸一沉，厉声地说："各位不会是想集体对付我的狗吧？谁要是不服的话，就一个一个地来，我三奎奉陪到底。"三奎说完这句话，他的闪电果然就抖起了精神，冲着周围狂叫了几声。

三奎心里一喜，心说真是狗仗人势啊。他决定趁热打铁，以此来重振闪电的威风，便趁机说道："有没有不服的？我三奎发发慈悲，今天，不管谁的狗和我的闪电斗，胜了，我掏一万块。败了，我分文不取。怎么样？"三奎的话说得既声高又狂傲，他的闪电也不可一世地一连对着周围的狗叫了好几声。

整个斗狗的场地，一时静得鸦雀无声了。周围的那些狗，又都开始悄悄地溜到了主人的背后，场子中央那两条准备并肩战斗的狗，此时也一个劲地直往后退，一副要拔腿就逃的样子。那两条狗的主人，也在随着狗的步伐往后退着……望着眼前的状况，三奎心里一振，一个既大胆又冒险的决定即刻在他的头脑里形成了。只见他冲着这两条狗的主人一招手，说："二位请留步，我有话要说。"他见那两个人站住了，便信心百倍地说："这样吧，今天，你们两人的狗同时跟我的闪电斗。赌注嘛，还像我刚才说的，你们胜了，我给你们每人五千。你们败了，我分文不取，怎么样？"

那两个人商量了一下，同意了。他俩觉得这事很划算，而且很有取胜的希望。三奎的闪电再怎么厉害，也难对付两条同时向它进攻的狗。更何况，自己的狗也曾斗败过村里不少的狗了。他俩认为这事很有把握。

周围的气氛顿时活跃了起来，人们纷纷往后退，很快就腾出了一个比刚才大出一倍的场地……一场二对一的搏斗就要开始了。

那两个人同时拍着各自狗的头，一同指向三奎的闪电。两条狗相互看了看，浑身的毛就都立了起来，四只眼一齐怒视向了闪电。

三奎掏出一万块钱交到了公证人的手里后，也拍了拍闪电的头，把手指向了那两条狗。闪电的耳朵即刻竖了起来，像两把利剑直刺天空。它的双眼，直射大黑狗而不理大黄狗。三奎见自己的闪电首先把注意力集中在了黑狗身上，心里便暗暗叫好。他清楚，黑狗要比黄狗略强一筹，只要把黑狗制服，黄狗就会不攻自破。真不愧是条好狗。三奎在心里赞叹着自己的闪电。

斗狗开始。

那一黑一黄也不是傻狗，它俩心里都清楚，凭着自己的实力，尽管二对一，可也很难战胜对方，而且都看出了闪电要实施各个击破的战术。有了这种心理，两条狗就都冒出了这样的想法，自己要想活下来，就不能让对手先来击破自己。于是，当搏斗的命令一下，这两条狗就都采取了以守为功的战术，总是躲避着闪电的一次次进攻。闪电在进攻了几次也没击中目标后，干脆一屁股坐在了地上，泰然自若地用耳朵听着一左一右的动静。闪电的左边是黑狗，右边是黄狗，它们都站在那儿，目不转睛地看着闪电，心里在琢磨着闪电的动机。

此时的整个斗狗场地是死一般地静，人们望着斗狗的几年来头一次出现的场面，在推测着事态将向什么方向发展。周围的那些狗们，也被眼前的场面给弄得不明所以了。而三条狗的主人，更是丈二的和尚摸不着头脑而心里一时没了底，就都傻愣愣地看着自己的狗。也不敢对自己的狗下什么命令，生怕一开口惊吓着自己的狗而使自己的狗落荒而逃。

一秒，两秒，三秒……

突然，三奎的闪电一跃而起，箭一般射向了黄狗。黄狗还没反应过来，自己的喉咙就已经被闪电的利齿紧紧地咬住了。黄狗连吭一声的机会都没有，就头一歪，死了。闪电扔下黄狗正要迅速射向黑狗，却见黑狗一声绝望的惨叫过后就一头倒在了地上，吓死了。

一场二对一的斗狗，就以这种人们意想不到的效果而结束了。

三奎和他的狗，又一次取得了更加辉煌的胜利。

两个多月过去了，这时的贝卡在老琦的精心喂养与训练下，已经长成为一条彪悍的大狗了。老琦，也卸掉了一身肥肉，变成了一个健壮的汉子。彪悍的贝卡不但凶猛无比，而且十分听老琦的话。老琦的一个手势，一个眼神，贝卡都领会得十分准确。

尽管如此，老埼认为离他的要求和目标还差得很远。他清楚，要想战胜三奎的闪电，还得训练贝卡的拼斗能力和凶残的性格。于是，老琦对贝卡开始了近乎残酷的训练。

他先是买了一张狼青狗的狗皮，而后把两颗大钉子钉在了一块一米五长五十厘米宽的木板上，让钉子尖儿露出足有一寸长。然后，他让钉子尖儿朝外，将这块木板固定在了砖墙上。接着，他就将那张狼青狗的狗皮绷在了木板上，钉子尖儿就藏在了狗皮里面，位置，正好是贝卡攻击时下嘴的最佳位置。他所做的这一切，都没有让贝卡看见。

一切准备就绪，老琦就把贝卡拉到了离狗皮三米远的距离站住了。正如老琦预料的那样，已经有两个多月没有见到同类的贝卡一见到这张钉在木板上的狗皮，浑身的肌肉即刻紧绷起来，尾巴翘起，嘴角紧闭，只要老琦一声令下，它就会猛扑上去。

老琦并不急于下达攻击的命令，而是在考验着贝卡的耐性。他认为，狗和人一样，越是在紧要关头，越是要保持冷静的头脑才是。往往，胜负就在这冷静与否的一瞬间。

老琦的沉着冷静，直接影响到了贝卡，它就那么稳稳地站在那儿，不急不躁地在等待主人的命令，并做好了随时出击的准备……

老琦见时机成熟，便下达了攻击的命令。随着一声“贝卡，上！”贝卡就狂叫着扑向了狗皮，张开大嘴就准确无误地咬在了狗皮的咽喉部位，也就是那两颗钉子的位置。随着一声惨叫，贝卡即刻张着大嘴躲开了狗皮有一米多远，一股鲜血就从贝卡的嘴里流了出来。老琦要的就是这个，他太清楚这种黑背狗的习性了。这种狗特别记仇，而且是记死仇。一旦它攻击的对象伤了它，它就至死不忘，而且是不报此仇决不罢休。老琦用这种方法训练贝卡，又花钱买了狼青的狗皮，目的就可想而知了。

被钉子扎破嘴的贝卡愤怒了，但它没有再次扑上去，而是稳稳地站在那儿，冒着凶光的双眼紧紧逼视着狗皮，在等着老琦再次下达攻击的命令。老琦为贝卡的如此冷静感到十分欣慰，便即刻下达了攻击到底的命令。他高喊一声“冲”字过后，贝卡就更加凶猛地向狗皮扑了上去。贝卡不顾再一次次被扎伤的疼痛，拼命地撕扯着木板上的狗皮，行动敏捷，样子残暴得让老琦都感到有些害怕。贝卡越战越勇，直到把一张完整的狗皮撕扯成碎片为止。最后，贝卡满嘴是血，但它忍着疼痛，硬是用牙把两颗钉子生生地从木板上拔了下来。

望着满地的碎狗皮片，望着得意地站在那里看着自己的贝卡，老琦笑了，笑得极其残忍。

自打三奎的闪电同时斗败了两条狗后，三奎在村里更是不可一世了。他逢人便吹嘘自己的狗，吹嘘自己和自己的狗永远是全村的常胜将军。闪电和它的主人一样，不论见着人还是自己的同类，也总是一副高高在上的样子。尤其是见着自己的同类，更有老子天下第一的神态，有时还冲同类发发淫威。

喜悦过后便是烦恼。此时的三奎，就正被再一次落在他身上的烦恼折磨着。自闪电同时击败两条狗后，更是再也没有人敢拿自己的狗跟三奎的狗斗了。尽管三奎还是一次次地下了胜了不要钱、败了如数付钱的许诺，可就是没有人买他的账。而且，只要三奎拉着他的狗一露面，人们便就拉着自己的狗一哄而散，把三奎和他的狗生生地晾在了那里。每每此时，三奎就会痛苦地想到，自己这只高高飘在空中的风筝，难道真的就要一头栽下来了吗？不！三奎在反复思考后，做出了一个既野蛮又带有侵略性的决定，那就是不管你愿意不愿意拿你的狗跟我三奎的狗斗，我三奎也要让我的狗跟你的狗斗，两条狗一起上，三条狗一起上，我全不在乎。哪怕我的闪电死在群狗的攻击下，我三奎认了……没有了对手的日子，折磨得三奎要发疯了。

这天午后，三奎正要拉着他的狗去挑衅，曾败于他手下的老猫派人找上了门，说是要跟他斗狗。三奎一听就来了精神，拉上闪电就奔向斗狗的场地。来到场上一看，一大群斗狗的人已经围成了一个大圈儿，人们见他来了，一条豁口即刻给他让开了。三奎精神一抖，带着一身将军般的感觉，拉着他的闪电趾高气扬地就走向场地的中央。走到场地中央，他定眼一看，心里顿时“咯噔”一下，心说这回怕是真的要栽了。只见老猫身边的狗，大得赛似牛犊，凶得赛似猛虎。不论从个头上还是从气势上看，都比自己的闪电要强一倍还多。怎么办？三奎的脑子在飞快地思考着。就在他举棋不定之时，他望了一眼他的闪电。这一望不要紧，闪电对对手的如此不屑一顾和无所畏惧的神态，即刻使他增强了取胜的信心。于是，三奎微微一笑，对老猫说：“说吧，赌注是多少？”

老猫胸有成竹地也微微一笑，说：“你先别着急说赌注，你先仔细地好好看看我的狗。上次我被你的闪电斗败的狗叫赛虎，这回，我的狗还叫赛虎。只不过，这回的赛虎要比上回的赛虎大、凶。我说这话的意思，是要你考虑好了，要是不敢跟我的赛虎斗了，就趁早说出来，也不算丢人，也省得日后你说我欺负你。因为你的狗太……”

三奎打断了老猫的话，有些恼怒地说：“你听着老猫，我三奎不是那种小人，更不是那种见硬就回的缩头龟。我的闪电和我一样，是宁可站着求死，也决不躺着求生的一条好狗。废话少说吧，说，赌注是多少？”

老猫点了一下头，瞟了一眼三奎的狗，很是得意地说：“还是听你的吧，你说多少就是多少。”

三奎也点了一下头，说：“三万，怎么样？”

“君子一言。”

“驷马难追。”

人们在为赌注如此之大而惊诧后，都纷纷往后退了好几步。他们清楚，这将是一场惊天动地的斗狗，怕是一时半会儿也难分胜负的。但人们都希望并相信老猫的赛虎一定能够战胜三奎的闪电，甚至好多人都在悄悄地商量，等老猫的赛虎斗败三奎的闪电后，大伙儿摊钱为老猫和他的狗设宴庆贺。

这个时候，谁也没有发现，老琦悄悄地站在了人群的后面。他要亲眼看看三奎的闪电到底厉害到什么程度，要看看闪电都有什么战术。回去后，好对自己的贝卡进行有的放矢的训练。

三奎和老猫把三万块钱的赌注都递给公证人后，斗狗开始了。

此时的三奎尽管下了背水一战的思想准备，可他还是想尽力取胜。输掉三万块钱是小事，关键的是名誉。这个时候的三奎，把名誉放在了第一位。面对强大的赛虎，三奎通过短暂的考虑之后，决定让闪电改变以往的战术，那就是以柔克刚。主意拿定，三奎就充满信心地轻轻拍了闪电的前裆两下，闪电即刻就领会了主人的意思，就稳如泰山地静静站在那儿，双眼紧紧地盯着赛虎。这是一种暗示，旁人是看不出来的。但是，三奎的这一微小的动作，却被人群外面的老琦看得一清二楚。开始，老琦也认为三奎的闪电一定会败给老猫的赛虎，现在却一下子改变了最初的看法。他认为，这次斗狗，十有八九还是三奎赢。

三奎的闪电如此的表现，让老猫很是兴奋，他认为三奎的闪电胆怯了，就想趁机快速取胜。他看了一眼自己那已经跃跃欲试的赛虎，就猛地拍了一下赛虎的头，赛虎得到攻击的命令，呼啸一声就扑向了闪电。闪电不慌不忙，等赛虎扑到眼前才轻轻一闪，就躲过了从头顶上扑过去的赛虎。赛虎扑了个空，顿时大怒，随着一声狂叫，又一次向闪电扑了上来，却又扑了个空。不但赛虎急了，连老猫都急了。他冲赛虎大声地喊了一声，赛虎又向闪电扑了上来，还是扑了个空。就这样，赛虎在连续扑空近十次后，阵脚就开始乱了。三奎一看正是机会，就在赛虎再一次扑向闪电的同时吹响了口哨。闪电听到命令即刻仰面朝天倒在了地上……就在老猫和周围的人们一齐欢呼的同时，却听赛虎一声惨叫就从闪电的身上倒在了一旁，剧烈地抽搐了几下，头一歪，死了。人们清楚地看见，赛虎的咽喉部位多出了一个血窟窿，血在往外涌着。而三奎的闪电，此时正不慌不忙地从地上爬起来，嘴里，正叼着一块肉……

人们惊呆了。人们手里牵着的狗，也都惊呆了。

把闪电和赛虎搏斗的全部过程都看在眼里记在心上的老琦，趁着人们正处于惊愕之际，又悄悄地离开了。

老猫傻了，一屁股坐在了赛虎的身边，就那么呆呆地看着躺在地上一动不动的赛虎，两行热泪，在默默地往下流着。

望着坐在赛虎尸体旁哭的老猫，三奎开始还是一脸的得意，但渐渐地，他脸上的得意便变成了一片茫然。

公证人一声不吭的把钱递向了三奎。

三奎望了一眼公证人手里的钱，只拿了自己的三万块。而后，拉上他的狗，头也不回地默默地离开了这里。

老琦亲眼看见了三奎的狗斗败了老猫的狗的全部经过后，心里就有了底，回家后就对贝卡进行了更加残酷但很有针对性的训练。又过了一个月，老琦认为自己的贝卡已经训练成功，接下来就该实战训练了。为了确保贝卡能够一举击败三奎的闪电，老琦既要锻炼贝卡的实战素质，又要严守贝卡的实际力量。为此，他决定先让贝卡跟其他的狗斗。此时的贝卡，不但具备了战胜一切对手的力量，而且能够按着老琦的指令进行各种攻击和让对手受到何等程度伤害的能力。也就是说，老琦让贝卡将对手置于死地，对手就活不成；老琦让贝卡嘴下留情，对手就死不了。老琦针对的，就是三奎和他的闪电。

这天午后，老琦拉着贝卡来到了斗狗的场地。临出门他就想好了，一是要是三奎在场的话，绝对不跟他斗，哪怕他对自己进行挑衅；二是也不跟任何人斗，只管装傻装熊。当老琦拉着贝卡出现在大家面前时，人们都像产生了幻觉般地用惊疑的目光望着老琦和他的狗，整个斗狗的场地刹那间便鸦雀无声，仿佛老琦是从别的星球而来。

老琦被人们的目光和表情给弄烦了，便有些恼怒地对人们说："你们都怎么了这是？我是没穿衣服还是怎么着？"

一个叫良子的对老琦说："你是琦哥吗？"

"扯什么淡呀你？你仔细瞧瞧，我不是你琦哥还能是谁呀？"老琦极不满地说。

"可是，你那一身贼肉，让狼给吃了？"

老琦哈哈一笑，指着他的贝卡说："是让它给吃了。"

良子不解地说："什么意思？"

"实话跟你说吧，这些日子，为了训练这条狗，我的心血，全都费在它身上了。"

良子明白了，说："怎么着琦哥，你也要参加斗狗？"

老琦点了点头。

良子乐了，大伙儿也乐了。有个叫大海的对老琦说："就你那狗，个头儿倒是不小，可看着跟绵羊似的，怕是连猫都斗不过吧？"大伙儿又乐。

老琦也乐，心说："就你们这些泡儿眼，能看出什么呀？别看我的贝卡温顺得像头绵羊，真要斗起来，哼……"老琦乐完了对大海说："你也别看不起我的狗，今天就拿你的狗跟我的狗斗斗，敢不敢？"大海眨了眨眼睛，又看了看老琦身边那仍是温顺得像头绵羊的贝卡，便信心十足地说："行啊。说吧，赌注是多少？"

老琦对大海说："我还不大知道行情，你说吧，你说多少就是多少。"

"你是头一次斗狗，我也不欺负你，二百块，怎么样？"

“行。”

“不过咱得把丑话说在前头，你的狗要是被我的狗一口给咬死了，你可别心疼得耍赖。”

“你的狗就是把我的狗一口给吞进肚子里了，我也不会眨一下眼的。”

“好，那咱们就先把赌注交给公证人吧。”大海说着就把二百块钱递给了公证人。

老琦也把二百块钱递给了公证人。接着，他对大海说：“那就开始？”

“开始。”

两条狗很快就被拉进了场子中央。老琦的贝卡仍是像头绵羊，站在那儿很是漫不经心地望着大海的狗。而大海的狗，却完全是一副见了怂人就拢不住火的样子，气势汹汹地就向老琦的贝卡扑了上去。贝卡沉着应战，只两个回合，就把大海的狗按倒在了地上，嘴对着对手的咽喉大张着就是不下嘴。

老琦微笑着问大海：“怎么样？认输了吧？”

早已被吓出一头汗水的大海连连点头认输，望着他的狗说：“我那狗？”

老琦冲着贝卡一招手，贝卡就放开了大海的狗，又乖乖地站在了老琦的身边。样子，仍是像一头绵羊。

大伙儿都长长地出了一口气，相互议论纷纷。

老琦的贝卡初战告捷，让老琦显得很是得意。他一是得意贝卡的实力，二是更得意贝卡如此听话。为了更进一步锻炼贝卡的实战素质和考验贝卡的听话程度，老琦决定让贝卡连续作战。于是，老琦把钱收好后便故意装出一副不可一世的样子对大伙儿说："怎么样？都看到了吧？不是我吹呀，就你们手里的这些狗，哪条也不是我贝卡的对手。谁要是不服，就拉出谁的狗跟我的贝卡比试比试。一，你们说多少赌注就多少赌注。二，不论在什么情况下，我绝对保证狗的生命安全。怎么样？有没有不服的？"

大伙儿听老琦说完这话后，都把目光对准了良子。

良子清楚大伙儿的意思，是想让他的狗跟老琦的贝卡斗，目的无非有二。一，想让自己败在老琦面前。二，看看老琦的狗到底厉害到什么程度。虽说自己的狗在这些狗中也算是数一数二的了，可他更清楚老琦的为人，不论干什么事，没有百分之百的把握，老琦是不会轻易干的。更何况，刚才贝卡跟大海的狗那一场搏斗，已经让良子深深领教到了贝卡的厉害。但是，他也是个轻易不服输的主儿，况且在以往的斗狗中也常是取胜的一方，更是牛皮常挂在嘴上。现在，既然大伙儿已经把自己推到了前面，再退也没什么意思了，也只能硬着头皮上了。他想："就算我的狗斗不过老琦的狗，起码我的狗能保住性命。这一点，老琦要比三奎强百倍了。""来吧。"良子把牙一咬，挺豪迈地对老琦说，"琦哥，今天，让我的黑豹再陪你的贝卡玩玩，怎么样？"

"好啊。"老琦兴奋地说，"你说吧，多少赌注？"

良子说："刚才是二百，现在还是二百，行不？"

"就这么着。"老琦把赌注交给了公证人。

良子把赌注交给公证人后问老琦："开始吗？"

"开始。"

看来，良子的黑豹要比大海的狗有经验，它不像大海的狗那样急于进攻，而是先围着贝卡一圈儿接一圈儿地转，抽冷子就大声叫一声。贝卡根本不理它这一套，你转你的，我连动都不动一下，甚至连眼皮都不挑一下，镇静得好像是在闲暇中听抒情音乐。

贝卡如此镇静，不但让良子感到心里越来越没底，他的黑豹也开始心虚了，便把目光不断地望向它的主人。良子感到，再这样下去，自己的黑豹就会不战自败。真要是那样的话，自己的人就算丢到家了，不如趁着黑豹还没有彻底动摇战斗意志的时候拼上一拼。于是，良子憋足了劲一声大吼，黑豹就狂叫一声，从贝卡的左边扑了上去，张开大嘴直奔贝卡的咽喉部位。眼看着贝卡被黑豹扑倒在了地上，可眨眼的工夫，躺在地上的贝卡竟变成了黑豹。贝卡一只前爪紧紧地按着黑豹的耳部，一只后爪使劲蹬着黑豹的后腰，大嘴正对着黑豹的咽喉。这个时候，只要老琦一声令下，黑豹就会即刻身亡。

包括良子在内，在场的所有人把目光都齐刷刷地对准了老琦。老琦清楚这些目光的内容各不相同，但他还是遵守了自己的诺言，只轻轻地冲贝卡咳嗽了一声，贝卡就放开了黑豹，又乖乖地站在了老琦的身边，仍是如一头温顺的绵羊……

老琦见大伙儿确实没有再敢拿自己的狗跟贝卡斗了，就豪气十足地对大伙儿说："实话跟各位说吧，我老琦要战胜的真正对象并不是在场的各位，而是不可一世的三奎。我清楚，在场的各位中，有跟三奎关系不错的。不管是谁，就请受累一下，替我转告三奎，我老琦向他下战书了。赌注十万。但我有言在先，胜者，永远为王，从此不再参加斗狗。若是他三奎不敢应战，就说明他认输了，但必须在各位面前公开承认才行。否则……”

有人很快就把老琦的这番带有挑衅性的话带给了三奎，并添加了不少更富有煽动性的语言。三奎听后就气得摩拳擦掌，恨不得当即就带上闪电去找老琦一比高低。可是，当那人又添枝加叶地把贝卡的情况说了一遍后，三奎的情绪很快又冷静了下来。对于老琦，他是十分了解的。他和老琦在麻将桌上就曾真枪真刀地斗过不知多少次，今天我赢你、明天你赢我的也记不清多少回了，到现在谁也没斗过谁，更是谁也不服谁。三奎清楚，这次，老琦是想通过斗狗来斗败自己。三奎更清楚，这次斗狗，他老琦要是没有百分之一百二十的把握，他是不会跟自己下这么大赌注的战书的。很明显，老琦是用另一方式在跟自己叫板呢。去？还是不去呢？

实际上，三奎并不是怕老琦，更不是怕老琦的狗。尽管他十分重视输与赢，但在关键时刻他又不在乎输与赢。他一贯认为，不论干什么，你越是怕输，往往输的可能性越大。这次，他之所以对老琦的挑战举棋不定，是因为自上次战胜了老猫又没要老猫那三万元的赌注后，不知为什么一下子就对斗狗失去了兴趣，甚至再看曾经为自己赢得了无数次名和利的闪电都不那么亲切了。到底为了什么？他自己也说不清楚，这么多天来也就时常地惆怅与迷茫……现在，昔日的对手又把战火烧到了自己的门前，而且这将是一场生死存亡的决战，一旦战败，不单单是威风扫地，还要倾家荡产。年轻漂亮的女人，也将离自己而去。是战是退？三奎真的进退两难了。

三奎问女人：“这事该如何是好？”女人不假思索地说：“这还有什么可犹豫的？跟他斗啊。十万呢，不是小数啊。上回那三万你一分没要，我就差点儿被你给气死，这回这十万，说什么你也得给我赢过来。不然的话，我拍拍屁股就走人。”三奎挺怕这女人，所以女人一说走人二字，他就害怕了，就觉得这次是非战不可了。战胜了，一切如意。战败了，真就成了家破人无了。看来，这场决战的结果会是什么，就全靠自己的狗了。想到自己的命运要押在一条狗的身上，三奎觉得既滑稽又可悲。滑稽的是人竟被狗给控制了，可悲的是狗控制了人，怎么都是一样。三奎笑了，笑得很悲怆。

三奎经过左思右想，利弊权衡，最后还是选择了应战。就是拼个粉身碎骨，也比举手投降强，不然的话，就女人这关也过不去啊！下了要与老琦决战的决心后，三奎的心情反倒平静了许多。他半开玩笑半认真地对女人说：“如果我的闪电战败了，不但我从此威风扫地，还得给人家十万块钱。你说，这可怎么办？要我说，不如咱就认输算了，最起码的，我们不至于赔上十万块钱吧？”

女人把眼一瞪，恼怒地说：“你凭什么要让闪电战败了？我可告诉你，闪电不行了，就是你上，也得把对手斗败了，也得把那十万块钱给我赢回来。”

“要是我也没有斗败对手呢？”

“那我不管。我管的就是要你把那十万块钱给我赢到手。否则的话，我真的就拍拍屁股走人了。你是知道的，我这人说得到就做得到。”

“你走了，我怎么办？”

“你爱怎么办就怎么办。对于我来说，眼下这十万块钱比什么都重要。”

“好。”三奎冲女人点了点头，心里发狠地说，“你就等着吧。这十万块钱我三奎是拿定了，至于你嘛，十块钱我都让你拿不到。拍屁股走人？这回，你不走都不行了，反正老子也没跟你登记……”

三奎来到了闪电的面前，抚摸着闪电的头说：“过两大，我们就要决一死战了，也是最后一战了。这一决战，关系到你我的生死存亡啊！为了我，也为了你自己，说什么，我们也要战胜老琦啊！也要……”

三奎紧紧地搂住了闪电，人脸和狗脸贴在了一起，都是一脸的泪水。

几天后的一个早上，三奎让人给老琦捎去了话，当日下午，他的闪电要跟老琦的贝卡决一死战。赌注就按老琦说的，十万。

消息传开，整个吴村即刻就沸腾了，人们奔走相告，像是当年赶走了日本鬼子那样，在无限传播着这条震撼人心的消息。尤其是那些对三奎早就恨之入骨的斗狗人，都在咬牙切齿地说：“这回，三奎的末日就要到了。斗败了三奎，我们就痛痛快快地喝几杯……”

人们兴高采烈，狗们也兴奋得直跳。它们像就要砸碎锁在自己脖子上的铁锁链那样，一声接一声地在冲天相互传递着令它们喜悦的信息。整个吴村的上空，都被狗的叫声给占据了。

人和狗，都认定了等待三奎的将是必败的下场。

离决斗的时间还差得老远，人们便蜂拥着来到了斗狗的场地，里三层外三层地围成了一个大圈儿。他们都没有带自己的狗，可这些狗们却神奇般地也都来了。百余条狗，就那么老老实实地站在自家主人的背后，像它们的主人那样，在耐心地等待着那震撼人心的一刻。平日里那些见了母狗就情绪高涨的公狗们，眼下也没有了往日的爱好与兴趣了。

是老琦先到场的。当老琦拉着他的贝卡缓缓走近斗狗的场地时，人们像迎接即将冲上战场的英雄那样，都为老琦和他的狗鼓起了掌，并马上给让开了一条道，让老琦和他的贝卡走进了场地的中央。那些狗们，很有节奏很有韵律地一连叫了八声，那意思很明显是在喊，贝卡必胜、闪电必败。

老琦站在人群中央，显得很激动地对大伙儿说："感谢各位对我的厚爱，我老琦和我的贝卡，决不辜负各位的期望，一定战胜不可一世的三奎和他的闪电。"

众人一片欢呼。

众狗一片欢叫。

三奎拉着他的闪电来了。人们像躲避灾星那样给三奎和他的闪电让开了一条道，都用鄙视的目光目送着三奎和他的闪电走进了场子中央。人们一言不发，就那么怒视着三奎和他的闪电。倒是狗们不失时机地又一齐连叫了八声，那意思明显是在喊，闪电必败，贝卡必胜。

两条狗相见，双方的眼里即刻冒出了杀气，目光直射对方。它们静静地站在主人的身边，个个一副泰然自若但又时刻准备出击的神态。

整个斗狗场的气氛，三奎是十分清楚的。他知道，眼下的人们和那些狗，都恨不得让老琦的狗即刻就将自己的狗撕得粉碎。包括自己。但是，这种气氛丝毫没有削弱三奎战胜老琦的信心，反倒更激起了他一定要战胜老琦的决心。于是，他冲大伙儿微微一笑，带有十分明显的斗气的口气说："承蒙各位捧场，我三奎多谢了。"说这话的时候，还一个劲儿地向大伙儿拱手。而后，他的脸猛地一变，就变得阴冷起来。他傲慢地冲老琦点了一下头，冷冷一笑，说："琦哥，咱哥俩在麻将桌上斗了好几年也没分出个胜负，今天，就靠这狗决一胜负吧。"

老琦也冷冷一笑，说："奉陪到底。不过呢，咱们还是需要当着众人再把丑话强调一遍。在这场决斗中，胜的一方将永远是王，但从此不再参加任何档次的斗狗。败的一方就是战败者，同样，从此不再参加斗狗。怎么样？"

"没问题。"

"好。还有，按老规矩，先把赌注讲……"

三奎一摆手，说："不就是十万吗？就这个数了。"说着拿出了一个白色的小皮包对老琦说："过过眼吧？"

老琦也摆摆手，说："不必了。"说着也拿出了一个黑色的小包，说："你不数数？"

三奎摆摆手，就把他的小包扔在了公证人的脚下。公证人看了看三奎的小包，没有捡。

老琦把他的小包也扔在了公证人的脚下。公证人看了看，也没有捡。

一白一黑两个小包，看着是那么扎眼。

此时的贝卡和闪电，一直就那么原地不动地站在那儿怒视着对方，不急不躁地在等待着出击的命令。对于周围的人和那么多的同类，它们始终抱着视而不见的态度，那神情像是在向人们说着什么。它们清楚，眼前的这场厮杀，将是一场决定自己生死存亡的厮杀，也是决定自己主人命运的厮杀。王不王的它们不在乎，在乎的是生与死。很简单，要想自己活，就得让对方死。而周围的人们，个个却是一副急不可耐的样子，恨不得这场生死搏斗即刻开始。

一声哨响，决斗开始。

人们大气不出，都在死死地盯着贝卡和闪电。

狗们大气不喘，都在静静地注视着里面的动静。

尽管老琦和三奎都是取胜心切且都自命不凡，但在这场生死攸关的决斗面前，还是都保持了极其冷静的态度，也就都不急于向自己的狗下达出击的命令，致使场面一度出现了的冷场局面。

整个斗狗场地死一般地寂静。

这种寂静的场面足足延续了有十分钟，老琦和三奎才像商量好似的同时向自己的狗下达了出击的命令。即刻，贝卡和闪电就如离弦的利箭向对方射去，两条狗的厮杀终于拉开了序幕。

此时的贝卡和闪电全都到了发疯的地步，都恨不得一口就将对方置于死地，却又很难做到。贝卡凶猛异常频频出击，它一会儿疯狂地猛扑，一会儿又看准目标狠狠袭击。而闪电，则是左闪右躲地在跟贝卡兜圈子，它是在找贝卡的破绽，想看准机会一口解决战斗。然而几次进攻都没有成功，都被机警的贝卡敏捷地用屁股挡住了闪电伸过来的嘴。不用屁股挡是不行的，因为闪电实在是太灵活了，你躲开了第一嘴，第二嘴第三嘴就会连续向你袭来。它可以在几秒钟内闪电般地连续进攻好几次，主人给它取名闪电，真是名副其实。贝卡用屁股挡闪电的嘴是上策，既可以及时保护好自己的要害部位，又可以趁机用后爪袭击对方的前胸，只是屁股连连受击且已多处受伤流血。但闪电也付出了一定的代价，前胸也被贝卡的后爪抓得鲜血淋淋了。

两条狗如此疯狂地厮杀着，它们的主人却比狗还要疯狂。老琦和三奎一会儿往东，一会儿往西地跟着自己的狗转。一会儿大声呼叫，一会儿跺脚叹气。浑身是汗，满脸通红，急得恨不得亲自上场跟对方的狗拼一死活。

贝卡和闪电终于滚在了一起，人们的情绪和众狗们的情绪也达到了顶峰。因为这么一来，很快就要分出胜负了。

两条狗在地上翻滚着撕咬着，谁也不叫一声，只是拼命地抓，狠命地咬。也不管是什么位置了，逮着就是一口。这两条在狼烟四起的尘埃中滚来滚去的狗，已经分不清谁是贝卡谁是闪电了，看到的只是两种在地上滚来滚去的颜色和飞扬的狗毛与四溅的血水。

周围的人们，全都被眼前这惨烈的场面给震撼了，开始时那兴奋、激动的表情渐渐地转变为了悲怆与战栗。而那些狗们，此时也全是一副哀伤的表情，它们用一双双呆滞的眼睛在注视着同类的自相残杀。

此时的老琦和三奎，都被前途未卜的命运所折磨得到了失态的程度，焦急、期望、担心、恐惧等等一系列的心境，迫使他俩几乎都趴在了地上，在飞扬的尘土和狗毛中声嘶力竭地为自己的狗呐喊助威。

这样的场面一直持续了好长一段时间，贝卡和闪电终于未分胜负地停住了厮杀，浑身是血地分别爬向了自己的主人身边，望着自己的主人，一声不吭。

老琦和三奎都望着自己的狗，心疼地流着泪，用手轻轻地抹着它们身上的血水。贝卡和闪电，也是泪水淋淋。

周围的人们望着眼前的情景，双眼也都湿湿的。

人群外的那些狗们，都伸着脖子冲天呜咽着，眼泪，一滴滴地往下掉。

猛地，老琦和三奎同时向自己的狗下达了继续决斗的命令，贝卡和闪电即刻又都挣扎着站了起来。两条狗互相望了望，便都冲天一声长吠。而后，双双慢步向对方走去……奇迹发生了。人们惊愕地看到，当贝卡和闪电走到一起时，却见它们把脸紧紧地贴在了一起，而后，便都流着泪水相互舔着对方脸上的血迹。舔着舔着，便“咕咚”一声倒在了一起，死了……

空气立时凝固了。

四周，死一般地宁静。

人们看不下去了，都默默地走了。

老琦和三奎呆呆地在贝卡和闪电的尸体边站了老半天，才一脸茫然地走了。

百余条狗们围在了贝卡和闪电的尸体边，都在默默地流着泪。

蓦地，百余条狗都伸长了脖子，一齐冲天呜呜地哀叫起来。声音传得老远老远，听着令人心悸。

狐缘

短篇小说

到了这里，

我就有了一种回归自然的感觉。

而你，正是我追求的

这种大自然滋养出来的纯净姑娘。

我不相信世上有狐仙之说，可我从小却十分喜爱蒲松龄老先生的《聊斋》故事，更喜欢故事中的狐仙。也许是我越来越感到老先生笔下的狐仙要比眼下的好多人还要可爱可信的缘故，电影《狐仙小翠》中的小翠便更让我日思夜想而近于神魂颠倒了，以至夜里做梦大都与狐狸有关。

我自小喜欢画画，且都是画《聊斋》中的狐仙。为此，考上美院后我便专攻工笔仕女画，搞创作也是以《聊斋》中的狐仙为主。这就使我自己都认为，自己这辈子怕是要像蒲松龄老先生那样与狐狸结下不解之缘了。

大三那年暑假回到老家没几天，我便带上画具怀着美好的愿望出发了。五十里外是连绵起伏的燕山。听同学说，大山深处有个叫荷花庵的小村。那里奇山异水，冬暖夏凉，村风古朴，建筑原始。

整个村子犹如坐落在一口井底，美不胜举，是个现代的世外桃源。为了明年的毕业创作，我去搜集素材。

现代交通便利，上午十点不到，我就来到了去荷花庵方向的山脚下。路人告诉我，要想在天黑前赶到荷花庵，只能顺着羊肠小道往上爬。望着高不可测的大山，我问路人这山上有没有伤人的动物。路人笑了笑说你尽管放心，除去山鸡野兔，连狍子都碰不上。我点了点头问有没有狐狸。路人又笑了，说你要是能碰上狐狸，说明兄弟你有福，还是艳福。说完哈哈大笑朝远处的一个村子走去。

此山很是难爬，不仅是羊肠小道，还陡，道旁还长满了扎人的荆棵，一不小心就被缠住腿火辣辣的疼。越往上爬越陡，也就越难爬。然而，当我终于爬上了第三座同样高的山头时，眼前却陡地一亮。往前三十米开外，便是山顶上的平原了。虽说仍是起起伏伏，但走起来感觉比走平道还要轻松。此时已过了下午三点，太阳已经西斜。迎着太阳走去，逆光中的一棵棵树看上去显得格外透明，偶尔有不知名的山鸟在树中飞来飞去，加上小道两边一丛丛火一般的映山红和窜来窜去的松鼠，让我感到此时自己已经走进了神话般的世界，浑身的疲惫即刻一扫而光。想着即将到达的更美的荷花庵，我的脚步便随着激动的心加快了速度。

又走了近两个小时，眼前出现了一条小峡谷。确是小，也就二十米宽，三十米深，说是小山沟更为合适。当我爬到沟底正要往上爬时，猛地听到左边的杂草中传来了嘤嘤的声音。像鸟叫，又像是婴儿的哭声。我的心猛地一惊，本来就浑身是汗现在更是大汗淋漓了。莫非我真的走进《聊斋》的故事中了？怀着既激动又害怕的心情，我慢慢向嘤嘤的声音摸去。

让我不敢相信的是，在草丛中，真的趴着一条银白色的狐狸。

我的脑子里顿时一片空白。

我狠劲儿掐了自己的大腿一下。生疼。这才觉得不是在梦里，才又仔细向狐狸望去。这是一条十分漂亮的白色狐狸。从那双媚人的让你看一眼就会心跳的丹凤眼上看，我断定它是雌性。那一身洁白蓬松的毛，不就是披在一位漂亮的女时装模特身上的时尚服装吗。望着望着，我便恍惚地又一次走入了梦境……白狐又一声轻轻地嘤嘤声把我从梦境中拉了回来。这时我才发现，白狐的两条前腿正在流着血。怪不得它趴在这里。它受伤了。

望着白狐的一双伤腿，我完全清醒了过来。我从背包里拿出毛巾和手帕，轻轻地对白狐说："放心吧，我不会伤害你的。这也是咱俩有缘，来，我给你包上伤口，然后你再去你该去的地方。"我说完这些话，便看见了两行泪水从它那双迷人的眼里流了出来。

我将它的双腿包扎好后，才发现它根本站不起来。望着它乞求的目光，我将它抱了起来，慢慢地向上爬去。它静静地躺在我的怀里，双眼一眨不眨地望着我……

爬上小山谷，我已经累得呼呼直喘。而怀中的白狐，不知什么时候已经闭上了双眼，幸福地在我怀中睡着了。我心里一热，轻轻地吻了一下它那小巧美丽的鼻子。小巧的鼻子轻轻动了一下，脸上随即露出了甜甜的微笑。这时，太阳知趣地一下躲进了山后。周围的一切，立即蒙上了一层神秘的面纱。

山里的天说黑就黑。刚才还朦朦胧胧，眨眼工夫就看不清事物了。尽管有美丽的白狐和我做伴，可我还是忐忑不安起来，便开始走得磕磕绊绊。我心里一急，脚下便就加快了速度。这样走着走着，猛地觉得脚下一滑，身子便往下坠去。我吓得“啊”了一声，紧接着脑袋就不知撞在了什么上面，“嗡”的一声，我便什么也不知道了。

我抱着白狐走啊走啊，突然，白狐变作了一位少女。我仔细一看，正是电影中的狐仙小翠。小翠咯咯笑着挣开了我，姗姗向花丛中跑去。我不顾一切地追向她，边追边呼叫着小翠的名字。尽管小翠跑得很慢，可我就是追不上她。我追啊、追啊，追得我口渴难忍。一歪头，正看见花丛中有个自来水。我几步跨过去，拧开水龙头就喝。太甜了，太甜了。我正喝得起劲儿，水一下子没了。一抬头，正看见站在面前的小翠。我一把抓住了她，大声地喊道：“小翠，小翠……”

一阵咯咯的笑声把我从梦中拉了回来。睁眼一看，才知道自己正躺在一张床上，面前站着三位姑娘，在亮亮的灯光下，她们正冲着我笑呢。一个胖姑娘右手端着一杯水，左手却被我紧紧地握着。我一激灵赶忙松开了胖姑娘的手，腾地就坐了起来，惊慌地问：“我在哪儿，我这是在哪儿啊？”环顾四周，又发现屋子里还有几张床，都是女孩子用的那种。周围的墙上还贴了不少港台明星的大彩照。当然都是年轻的小伙儿。

几位姑娘又咯咯笑了一阵后，胖姑娘才对我说：“你别害怕，这是我们的宿舍。哎，你怎么知道我们场长叫小翠？你认识她？”“小翠？场长？什么场长？我……我不认识她啊。”我莫名其妙地问。“不认识？不认识你干吗一个劲儿地叫我们场长的名字？还那么狠狠地握人家的手？可惜你抓错了，抓了胖子的手了。”一个身条高挑的姑娘说完这话，坏坏地看着胖姑娘。“嫉妒了是不是？下回他再喊小翠，你就赶紧把手伸过去。”胖姑娘不饶人地说完，几个姑娘又咯咯笑开了。

“你们是什么场？”我问。胖姑娘说：“我们是荷花庵狐狸养殖场，我们场长就叫小翠。”

“什么？狐狸、小翠？”我更惊讶地问。

“看把你吓得，我们不是狐仙。”

“可……可我是怎么到这里的？”

“你呀，全是沾了我们白雪公主的光。要不是它，你也不会来到我们这里的。今天下午，白雪公主，就是你救的那条白狐狸。下午它跑出去玩。要是平时，太阳落山之前它肯定会回来的，可是今天，天都黑了也没有回来。场长着急，就和我出去找，才在一个石坑里找到了你和它，当时你还昏迷着。我们场长一看公主的双腿被毛巾和手帕包扎着，就知道是你干的。场长说你是好人，又见你长得这么帅，就把你背回来了。”胖姑娘几乎是一口气说完这些话。

我觉得这事太富有传奇色彩了，就逐个看这三位姑娘。凭直觉，这三位当中并没有小翠场长，于是我便有些着急地问：“那，你们小翠场长呢？”“哎哟，还说不认识我们场长呢，那你怎么知道我们三个人中没有小翠？”胖姑娘怪声怪气地问我。

“我……我凭直觉。”

“哟，是吗？”三个姑娘又咯咯地笑了起来。

我被她们笑得有些发毛。黑黑的山夜，在狐狸养殖场，又是狐狸把我引到的这里来的，笑得肆无忌惮的姑娘……我的天，放着谁也会想是不是真的走进了《聊斋》中。

这时，门外传来了脆脆的声音："你们是不是疯了，啊？"

随着声音，一位二十多岁的姑娘推门而进。我抬眼一望，只见她身材苗条，个子中等，一身白色衣裙，似刚刚出水的白莲。再看面部，更是让我惊讶不已。怎么形容呢？活脱脱一个电影《狐仙小翠》中的小翠。就这么一句，便全在其中了。

我正不知如何是好之时，小翠已经笑盈盈地走到了我的面前，甜甜地对我说："换药吧。"

这时我才发现她手里还提着个简易的药箱，才知道我的头上缠着绷带。不，不是绷带，是从女孩子身上扯下的花布条。

我只是头皮划破了一条小口子，小翠给我抹上药后我又在她爷爷的屋里睡了一觉，天亮后就什么事也没有了。我从小翠爷爷嘴里得知，小翠是他老人家在二十年前从村外的山边捡到的，据老人猜测，是最后一批返城的知青留下的。

那个秋天的清早，当时还不是老人的老人出村口去割山柴。刚出村口，便听到了山路边的草丛里有婴儿的哭声。走近一看，一条趴着的狐狸身边躺着一个被包裹着的小孩儿，也就两三个月。狐狸见到老人，便远远地躲开站在那里看着。当老人抱起孩子时，那狐狸才消失在深山中。当时已经五十多岁且无儿无女的老人便把孩子收养了下来。

三年前小翠没有考上大学，就在村里办起了狐狸养殖场。说起小翠办狐狸养殖场，也有一段与狐狸有关的传奇故事。

那年，因为大学没考上而失落至极的小翠，那些天每天晚上都独自一人走出村子在村后的山顶小平原上徘徊。一天晚上，小翠不知不觉远离了村子，想回家时才发现迷路了。按说从小长在此地的小翠不该迷路，可那天她却迷了路。然而那晚小翠却一点儿不害怕也不着急，就那么静静地走着。她想："我要看看命运到底会把我带向何处。"就这样，小翠漫无方向地走到了夜里两点多钟，也没走近村子。当她终于感到恐惧时，一条白色的狐狸出现在了她的面前，在她面前慢慢地走着，还不时地回头望望她，那样子像是在为她带路。小翠当时一惊，但很快又定下心来。也许这条狐狸要救我，那我就跟着它走吧。狐狸走得很慢，她就慢慢跟着。有时她故意站住，那条狐狸也不走了，还冲着她嘤嘤地叫。小翠一迈步，那狐狸又开始走。就这样，狐狸终于把小翠带到了村边。

到了村边，狐狸突然掉转身子向小翠走了过来，走到小翠跟前就给小翠跪下了。小翠又是一惊。待她仔细一看，才知道这条母狐狸要生产了。小翠心里一热，就把这条狐狸带到了家里。此时，爷爷带着几个找小翠的人还没有回来。当天快亮了他们回来时，这条白色的母狐狸已经顺利地生下了六只可爱的小狐狸。

爷爷挺迷信的，听小翠把经过一说，便对小翠说；"翠呀，这次又是狐狸救了你，这是天意。这窝狐狸，你要好好养活它们。"

爷爷最后这句话提醒了小翠。上高中时，她就看过有关靠养狐狸发家致富的报道，于是她心里一热，当即决定办狐狸养殖场。征得爷爷的同意，第二天她就联系好了三个同村的好姐妹，几天后将资金筹备好，一同出山了。两个星期后，四位姑娘回来了。她们不但学会了养狐狸的各项技术，还带回了十条种狐狸，加上小翠收养的七条，一个狐狸养殖场就正式成立了。现在，仅经过三年的时间，养殖场已经繁殖到上百条狐狸了。按小翠的预算，一年后，她们便会有一笔相当可观的收入。

小翠从养殖场回来吃早饭时对我说："你不是要搜集素材写生吗？好，吃过早饭，我就带你在村里和村外转转。我敢说，我们村这个地方，是世界上最美的地方，保你看后就不想离开这里了。"

望着明显是刻意打扮了一番的小翠，我点了点头，真想对她说，冲你，我就不想离开这里了。

吃过早饭，我和小翠走出了她的家。临出门时我要带画具，被她拦住了。她说："你先跟我转转，想画哪儿，往后你再慢慢画，时间长着呢。你先带上相机，好看的地方你先照下来。"不知为什么，我竟乖乖地听了她的话。

出了她家的街门，绕开高高的石砌的影壁，我眼前豁然一亮。哇，真是美极了。说是自然落成的村庄，不如说是经过精心设计出的艺术品。一条弯弯曲曲的小溪从村中潺潺流过，不知从何处而来更不知去向何方。溪水清澈得可见水底的各种形状各种颜色的石头，一些小鱼就在石头之间游来游去。小溪岸边的树木并不多，但都很大，东一棵西一棵的看上去反倒更加充满了诗意。溪水两边是各家各户的房子，大都是石头所砌，样式很古老，但很入画。一家一户都不挨着，高高低低，远远近近错落着。哪家门前都有一条石板砌成的小路，一段儿台阶一段儿斜坡地七拐八拐而下，直到与村中小溪两边的石路接上。小石板路两边，时有一块小平地，巴掌那么大，都用木棍、荆条围了，里面种着菜。各家四周都长着树，大都是柿子树。也有山楂树，一丛一丛的长在小石路边。

小翠一边带我走，一边让我给她拍照，人越多越来劲。这就引来了不少村人的目光。有的大嫂就大声问小翠："小翠啊，那小伙子长得这么帅，是你什么人啊？"我当然愿意听这种问话，每每此时我都更显得美滋滋的。而小翠却回答得十分自然，声音同样很大："是我表哥，城里的大学生，画画的，到咱这里写生来啦。"

眼前出现了一座庵。小翠告诉我，这就是荷花庵。荷花庵的位置在村子的正中，在全村是最高的。和别的庵没什么太大的区别，红墙绿瓦，松柏环绕。沿着一条石阶弯曲而下直到小溪边，便有一座拱桥，石头的，样子挺别致。我正看得入迷，小翠让我站在石桥上抬头看四周的天。我来到石桥上，抬头一望，哇！怪不得小翠带着我到了这里才让我抬头看，原来这里是最佳位置。站在小石桥上看四周的一切，才发现整个村子原来是被掩在了一个深深的大石窖里，而村中的各家各户以及荷花庵，正像镶在窖壁上的一颗颗玉宝石。顺着小溪往右看，便是一条一直开到山顶的长条口子，口子下边便是出村与外界连在一起的柏油路，也是出村的唯一正路……

小翠领着我顺着荷花庵的石阶而上，到了荷花庵，她对我说："关于荷花庵，还有一段美丽动人的爱情故事呢，也是与狐狸有关。不过要等合适的时候才能跟你说。"

"现在说不行吗？"我赶忙问。

"不行。走吧。"小翠说完又带着我绕过荷花庵一直往上爬。像上楼梯一样，一会儿往左，一会儿往右，不知爬了多少节石阶，我们才爬了上去。爬上去一看，上面竟是一片山顶平原，和我来时路过的那山顶平原一样。我往下一看，看到的是家家户户的屋顶，那条小溪也如同一条银蛇一般在闪闪地发着亮光。望着犹如洞底的村庄和近在咫尺的大山，我感到此时我已到了一个神幻的地方。

小翠顺着小溪往右一指，说："顺着小溪一直往右走，出了山口再顺着柏油路走，拐过三七二十一个弯后，就是河北省了。你要是顺着路来，怕是明天这个时候你也到不了。"而后又指着左下边一面高高的反着白光的大影壁问我："你知道那是什么地方吗？"

我仔细辨认了一会儿，说："那不就是咱们的家吗？""你说什么？"小翠睁大她那双迷人的眼睛问我。"那不就是咱们……不，是……是你的家。"我的脸红了，忙低下了头。

"讨厌。"小翠的脸比我的还红地说了一句，而后头也不回地向她家的方向走去。

我知道我说走了嘴，但不清楚她此时是什么心情，只好忐忑不安地慢慢跟着她走。一直走到了她家上方的位置，小翠才回过头来对我说："想到我们养殖场去看看吗？昨天夜里你什么也没看到，现在好好看看，怎么样？"

"好，太好了。"我忙赔着笑脸说。

小翠的狐狸养殖场就在她家的上边，从她家屋后的那条小石板路就能一节一节爬上来。昨天夜里，我就是跟着她从这条路下去到她家的。

二十几间石屋正好建在一个小山包下面的凹处，东、西、北三面正好被几乎垂直的石壁圈住。正南面用粗木棍钉成的篱笆一挡，便成了一个很好的狐狸养殖场。小翠说，这二十间石屋是当年的知青点，三十多名知青当年就住在这里。

我和小翠走进养殖场时，场内静得似乎空无一人。小翠叨唠一句，说："这几个死丫头都藏哪儿去了？"而后，她把我领到了大门外一个用木棍做的、敞着门的、像小房子一样的窝边，指着里面对我说："你看看它是谁？"

我不解地往里一看，哇，正是那条伤了前腿的白狐。那白狐一见到我，脸上立即露出了喜悦之情，并冲我嘤嘤地叫了几声。小翠笑了一下对我说："你看，它对你蛮有感情的嘛。看来，你这一辈子真的会跟狐狸有缘了。"

"那是。我从小就爱看《聊斋》，画画也总是画其中的狐仙。就连我上美院，攻的都是工笔仕女，题材也总是离不开狐仙。就连我能见到你，也多亏了它。说明咱……"我发现小翠的脸又红了起来，且眼神流露出了一种异样。我怕我又说错了什么，便忙改口说："对不起，我……我是不是又说错了什么？"

"没……没有。你说得很好。"小翠说完忙把脸扭向了一边。

说实在的，自打昨晚一见到她，我就打心里喜欢上了她，而且不是一般的喜欢。是爱，是寻觅了许久才终于见到了梦中的白雪公主般的那种爱。我不知道也不想知道我们上一代人是怎么追求爱的，反正我们这一代是只要爱上了就大胆地追求大胆地表白，哪怕对方不接受也要来个猛烈进攻。不怕反复不怕失败甚至不怕流血。

我认为我该进攻了。我不用鼓劲便大胆地对小翠说："小翠，我想跟你说件事，行吗？""什么事？说吧。"小翠似乎知道了我要说什么，话音有些颤。"我爱你。"我十分坚定地说。

听我这话，小翠反倒比刚才还要冷静。她静静地看着我，半天才说："你是一时心血来潮呢？还是讨我欢心？""你是我寻觅了多年的梦中人。是真的爱你，铁了心地爱你。昨天夜里我就下了决心，明年大学一毕业，我就来你这里和你一起养狐狸。"我真诚且坚定地说。

“别说冲动的话了。毕业后你就是大画家了，能来这偏远的山沟里养狐狸？能和我这山姑娘厮守一生？”

“都什么年代了？再过五个多月就是新千年了。新千年的爱，就该不受任何条件的制约。只要是爱，只要是真诚的爱，种族、国界都阻挡不了，何况……说实话，你爱不爱我？”

这时，小翠开始激动起来。她眼里闪着幸福的柔光，没有说话，只是轻轻地但很坚定地点了一下头。“万岁！”我激动地大喊一声，张开双臂就把小翠搂在了怀里，我们两人的热唇慢慢地粘在了一起……然而就在这时，旁边的屋里猛地传出了热烈的掌声，随即那三位姑娘便欢呼着从屋里跑了出来。小翠急忙从我怀中躲开，红着脸骂了那三个姑娘一句，举拳追了上去。

我和小翠闪电般相识又闪电般相爱，我坚信这都是我俩与狐狸的缘上之缘，于是为了感谢那条为我俩牵线的白色狐狸，我俩给它取了新名：爱仙丘比狐。

因为我和小翠的关系，那三位姑娘很快便和我混得很熟。她们见到我总是调皮地称我为未来姐夫。胖姑娘还时常地当着小翠往我身边一站，样子很认真地对小翠说：“小翠姐，你可要当心哟。说不定哪天一不留神，你的这位帅哥可就归了我喽。信不信？”

小翠便也挺认真地说：“我信。不过，你得先去减肥。”

几个姑娘便笑着扭在了一起。

我当然是喜滋滋地看着。

时间残酷地从身边一闪而过。开学的时间到了。这天清早，小翠为我送行。爱仙丘比狐早已伤愈，便陪着小翠一同送我。这条白色的狐狸一直都不圈着。它特通人性，不论跑多远，准是按时回来。而且它是小翠的伴儿，影子般常与小翠寸步不离。

我和小翠走在我来时的路上，丘比狐就默默地跟在我们身后。它的眼神和小翠的眼神一样，既充满了恋恋不舍又充满了忧虑。

我们就这么走着，少了往日那总也说不完的话。偶尔说一句，不是没滋没味的如白开水，就是铁锤一般撞击着你的心。

“你真的能按你说的时间回来吗？”这话小翠不知问了多少回。看来，她对我还是不放心。

“又来了是不是？”我站住了，双眼盯着她的双眼说，“我跟你说了多少次了连我自己都记不清了。我到这么远和你相识，是天意。天意，是任何因素也破坏不了的。再跟你说一遍，我早就厌烦了水泥构成的城市和喧闹的城市生活，厌烦了城市里那些靠化妆品活着的女人，更厌烦那已被商品、金钱、地位等等腐蚀了的爱情。也许是我自幼受了蒲松龄老先生的影响，我一生向往的就是荷花庵这种带有强烈原始味道的田园生活。到了这里，我就有了一种回归自然的感觉。而你，正是我追求的这种大自然滋养出来的纯净姑娘。就冲这两样，哪怕让我变成了一条狐狸，我也心甘情愿地像丘比狐那样一生追随着你……”我几乎是一口气说完这些话。

“你要是变成了一条狐狸，那我也变成一条狐狸。”小翠调皮地望了我一眼，又迈开了步。

我们又恢复了原来的情绪，缠缠绵绵的话又闸水般涌了出来，并不时地站住相拥相吻，嫉妒得丘比狐也不时地冲着我们发出不满的叫声。

不愿到的地方终于到了。那是我们说好分手的地方。不这样不行，不然天黑后我们谁也回不到家了。我们又一次长吻后，我对小翠说："翠，一个多月了，我几乎天天要求你给我讲关于荷花庵那美丽的爱情故事，可你一直不给我讲，总是往后推。分别在即，该给我讲了吧？"

小翠深情地冲我一笑，说："现在时机仍不成熟。时机成熟了，我一定会给你讲的。好吧，再见吧。明年的7月20日，我在这里接你。"小翠说完又给了我一个热吻，而后双眼含泪果断地转身而去。丘比狐用那双迷人的眼睛望着我，充满了企盼地迟迟不肯离去，我心头一热，立即蹲下抱住了它的头，将脸贴向了它的脸。它的一行热泪便流在了我的脸上。我见小翠已经走远了，便抚着它的头说："回吧，明年见。"丘比狐点了点头，转身向小翠追去。

时间残酷地折磨了我近一年的时间，终于熬到了2000年的7月20日。这天，我带着极好的心情和获金奖的毕业创作《狐女》，早早就来到了去荷花庵方向的山脚下。当我终于爬到了一年前我和小翠定好的约会地点时，却见小翠和丘比狐早已在此等候了。

我们拥抱在一起，幸福地亲吻着。

丘比狐趴在一边，高兴地望着我们。

2001年元旦，我和小翠在她的狐狸养殖场幸福地举行了婚礼。

蛇缘

短篇小说

说不定，

这正是许君人生转变之大喜之时，

婚姻之事也将柳暗花明。

蛇缘

我一儿时伙伴，姓许名山，这年四十有八，以前一直独身。许君个头不高，秃顶，微胖，整日一脸笑容，无忧无虑，优哉游哉。此君聪明过人，但上学时的学习成绩，从小学到高中，却始终在班里于中等位置徘徊，然而算盘却打得十分熟练。当年，连村里年迈的老会计都对他自叹不如。许君高中毕业时早已恢复高考，只因成绩不佳，更因追求一位女生心不在焉而名落孙山。许君回村务农的第二天，老会计就主动让贤，把用了数十年的算盘恭恭敬敬地交给他。许君除精通算盘之外无甚嗜好，许是他与蛇有缘，自幼至今只好一事，痴蛇。古有叶公好龙，今有许君好蛇。叶公好龙只是画龙而已，真龙现身却魂飞魄散。许君好蛇是真好真玩，蛇不离身的已到如醉如痴忘我之境。

顽童时，许君不论上学还是玩耍，身上必藏蛇两至三条。有大有小，有花有青，或放入兜内，或缠于手臂，生人见状，无不咋舌。为此，除我之外，很少有伙伴与他来往。就连他的几个姐妹，也是对他敬而远之。他父母曾多次勒令他不再玩蛇，甚至暴打他，但都无济于事，许君仍是痴蛇如命。父母无奈，只好唉声叹气任他如此。

别人见蛇大都惊恐万分四处避之，许君见蛇却如获至宝伸手取之。说来也怪，不论大蛇小蛇，见到他就如老鼠见到猫一般浑身酥软乖乖巧巧任他摆布。上小学时，学堂设在村中关帝庙。一日上课，女教师正在专心板书，身后同学忽地炸响，并伴有“蛇，蛇”的惊恐之声。女教师抬头一望，顿时大惊失色浑身颤抖。只见一条大花蛇正从庙顶缝隙中伸出半尺有余，吐出红红的蛇芯子在四处探视，像是在寻觅知音。片刻，女教师一声尖叫蹿出室外。惊慌的同学们正要随师而逃，却被许君拦住。只见他一脸兴奋大摇大摆来到蛇的下方，伸出双手做招呼状，嘴中念念有词，却不知他在说些什么。即刻，奇迹便出现在大家的视野，但见那蛇，先是冲他摇了几下头，而后便把那半尺余长的蛇身缩了回去。同学们正要欢呼，又被许君拦住。只见他迅速将上衣脱下，双手将上衣托起正对蛇缩回的位置，嘴中继续念念有词。片刻，那蛇竟又复出，身子一软，便从庙顶的缝隙中滑落而下。在同学们的一片欢呼声中，那蛇已稳稳落入许君的上衣，乖乖巧巧地盘成一团，似当下女人怀中宠物，两眼温柔地望着许君。许君一脸灿烂，像抱婴儿一般轻轻将蛇搂入怀中，而后慢慢走出室外。出于好奇，我紧跟其后。那年，我和许君刚上小学一年级。

许君来到庙后小河边，亲了亲蛇头，不知唠叨了几句什么，轻轻将蛇放入草丛。那蛇扬起头看了许君半天，这才恋恋不舍爬入草丛，眨眼间便没了踪影。从此以后，教室内乃至庙宇的四周，因为许君，再也不见蛇出现。为此，教师们无不惊叹，对许君更是刮目相看。

许君痴蛇之名迅速传遍乡内，就有外村一位精通相术的老先生于一日傍晚悄悄来到许君家。老先生与许家沾有远亲关系，只因当时国情不佳，才避人耳目悄然至此。老先生相过许君后连连咋舌，声称许君是许仙再世，与蛇有缘，将与蛇缠绵一生。当时，年仅八岁的许君不知许仙何许人也，老先生便把《白蛇传》之典故绘声绘色说给许君听，把许君说得兴高采烈，当即就从怀中取出小花蛇一条放在老先生面前，让老先生看看此蛇是否白娘子。老先生惊恐万状，连连哀求许君赶快将蛇收好，本想在许家蹭顿饭吃的老先生，也只好起身告辞。临走时，老先生神秘地告诉许君的父亲，此童不可小看，此童不可小看。只这一句，却没有下文。许君之父心中暗笑，顽童一个，爱蛇不足为怪，不可小看从何说起？怪谈，怪谈。过后，许君将此事说给我听，我俩大笑不止。

许君不信那位老先生所说，却在上高中时对《白蛇传》之书籍爱不释手，竟常常以许仙自居，对蛇的痴迷更是有增无减。此时的许君已对男女之事领会透彻，对异性自然向往，并开始苦苦追求。因为痴蛇，更因为对《白蛇传》中的白娘子心仪已久，便以此为偶像在女同学中暗暗觅之。我说：“你哪里是在寻觅女友，简直是在寻觅美女蛇，怕是徒劳一生，还是注重现实为佳。”没想许君淡淡一笑，说：“哪怕一生不娶，也要觅到心中所爱。我许山既然是许仙再世，足以说明我确是与蛇有缘，就要耐心寻觅。古人说得好：只要功夫深，铁杵磨成针。”许君一脸的自信与坚定，让我既感动又困惑。

高三时，别的班调进一位从千里之外随父母进京的女生，姓白名晓珍。此女生身材细高，长脸，细眉与漂亮双眼同时上挑，鬼媚十足。很快，该女生便得绰号一个——美女蛇。许君大喜过望，激动之余对我说：“我许山是许仙再世，她白晓珍就是白素贞复生。她之所以千里迢迢插进我校，就是奔我而来，正所谓有缘千里来相会。”并向我夸下海口，他一定要抓紧时机不放松，在高考之前定要将白晓珍拿下。我一本正经地警告她：“该女生的父母都是部队的军官，你一个乡下后生，切莫癞蛤蟆想吃天鹅肉，免得身败名裂。”许君对我的警告不以为然，并开始付诸行动，将学习一事彻底扔于脑后。我对他既恨又怜，多次劝阻无效后，我只好遗憾地告诫他：好自为之。

许君确是聪明过人，不到一个月，他便与白晓珍混得很熟且来往频繁。惊叹之余，我问他用了何等法术，竟能达到如此的状况。许君诡诈一笑，说是当然是与蛇有关，得意得让人将信将疑。他见我一脸的狐疑，便道出了真相。半月前的傍晚放学后，他在该女生前面二十几米距离慢慢而行。我们所就读的学校紧挨一个村庄，村庄旁边就是该女生父母所在的军营，每天上下学，该女生都是步行。那天傍晚，许君在该女生前面走过一段土路时，悄悄将一条两尺有余的花蛇扔在路边，他却若无其事地继续前行。片刻，就听该女生一声尖叫，像是黑夜鬼骑上了脖子。许君暗暗一笑，急忙转身奔将过去，问该女生为何如此惊慌。该女生已被吓得魂飞魄散，浑身颤抖话已难出，只是用一双惊恐的目光看着蛇。许君看到蛇微微一笑，安慰该女生几句后伸手将蛇提起，抖着已经酥软如面的蛇又是微微一笑，说一条草蛇有啥可怕。随即扬手一甩，蛇就飞出老远落入草丛。该女生惊魂未定，哀求许君一直把她送到军营门口，又千恩万谢才让许君返回。从此，白晓珍便与许君熟如故人，并常从家里带些好吃之物赠予他。许君说完事情经过更是得意一笑，说追求白晓珍已事半功倍，再需努力就将大功告成。

尽管许君对追求该女生已自信是稳操胜券，可我还是断定他这是在白日做梦，干脆说就是痴心妄想。当我把我的断定说给他听时，他竟一脸不悦地说我是嫉妒，说我是想把他劝退后我好乘虚而入。我愤然而起，说："你说我什么都不要紧，可你千万不要执迷不悟。"他把胸脯拍得山响，说："你就走着瞧吧，胜利在向我招手，曙光就在前头。"我说："你还是抓紧复习为好，要是考上大学，兴许还有曙光。"他淡淡一笑扬长而去，甩下的那句话却让我至今想起都想揍他一顿。他说："你是吃不着葡萄说葡萄酸。"他把我当成了那条人人讥讽的狐狸。

高考很快结束，成绩也很快公布，我被某师范大学录取，许君却名落孙山。许君没有因落榜而苦恼，反而暗暗庆幸白晓珍也同他一样被大学拒之门外，还信心十足地向我保证，我入学那天他会与白晓珍一同去送我，还说等我大学毕业后，证婚人非我莫属。到了这个时候，我只好违心地向他祝福，心里却为他感到遗憾。

正如我预料的那样，几天后，没有考上大学的白晓珍，却身穿军服走进了杭州的一座军营。她没有亲自与许君告别，只是给许君捎来了一封信。信的内容我不知道，只知道他把信烧毁后就拉上我到县城喝了一顿酒。他自然是喝醉了，一遍一遍地向我伸大拇指，一遍又一遍地向我道歉……

许君回村当上会计后，对蛇的痴迷非但不减反而更变本加厉，除去把会计工作做好之外，一心痴迷的还是蛇。尽管此时的许君已很少将蛇藏于身上，可他家属于他居住的那间小屋，除去他就是蛇，别无其他活物。屋地有蛇，梁上有蛇，有时他的枕边也有蛇，真的是与蛇同眠了。许君儿时痴蛇，人们看作是顽皮好玩。可现在许君痴蛇，人们却对他另眼看待，觉得他是怪人一个，且怪得出圈，对他更是敬而远之。要不是他的算盘打得如此精湛且账目做得一清二楚，又因他能够降蛇，他的会计一职怕是早被别人取代。当年，我们上中学时，村里小学从庙里搬出，村部就搬进此庙。许君一走，那些蛇便卷土重来，频频出没于庙里庙外，且嚣张至极，时常搅得村里众干部们大惊失色万般恐慌。许君到来，那些蛇便即刻销声匿迹，村部从此风平浪静平安无事。无形中，也算是蛇帮了许君一忙。

很快，许君就到了婚娶年龄，与他同龄的男女大都成婚，有的连孩子都会满街玩耍，可他却连对象都不知藏于何处。父母急得抓耳挠腮坐立不安，他却泰然自若稳如泰山，整日一副不近女色之状。我清楚他心里所想，就多次劝他不要异想天开，要面对现实。可他却安然一笑，说：“有缘千里来相会，无缘对面不相识。我许某既然与蛇有缘，还愁找不到我心目中的伴侣？是我的，迟早会来到我身边。不是我的，要了也是麻烦。这种事，万万不可操之过急，急也没用，还是耐心等待为佳。我相信，我心目中的白……”

我打断了他的话，话说得十分严肃："就算你真的是许仙再世，就算你真的能找到再生的白蛇，你就真的能够幸福？人就是人，妖就是妖，人怎能与妖同床共枕？人怎能与妖朝夕相处？再者，这世上本无妖可存，这……"

许君也将我的话打断，话说得极是坚定："你莫要一概而论。眼下，有的人还不如妖可爱，而有的妖却要比有的人可爱百分。我宁愿与可爱的妖厮守一生，也不愿与不爱的人相处一日。哪怕我终身不娶，我也心甘情愿。"

许君如此执迷不悟已近魔怔，我也束手无策无计可施。

万般无奈的许君父母求助于我，希望能将许君从痴迷中拯救过来，娶妻生子走上正轨。我清楚，全村只有我还对许君怀有热心，只好按着他父母的意愿为他张罗女友。然而，令我和他的父母沮丧的是，我先后给许君张罗了好几个姑娘，都是一见面就宣告结束。更让我和许君父母沮丧的是，不单单是许君一口否定对方，对方也是一口将他否定。许君否定对方，是因为没有一个是他心中所盼，而对方否定他，全是因他身上邪气太浓。我再跟他提起此事，他干脆一口回绝，并声称若一生不邂逅"断桥"，他将终身不娶。有蛇相伴，足矣。

老母急得捶胸顿足、哭天喊地，要与他撞头以死相拼。

老父气得暴跳如雷、拍桌瞪眼，扬言要与他断绝关系。

我又恼又怒，指责他病入膏肓，不可救药。

面对所有这些，许君不屑一顾，无动于衷，那完全一副死不改悔之状，怕是济公活佛在此，也得气得半死。

日后我戏弄他，说看来你真的是许仙再世，说不定哪日有白蛇出现，你就真的成了许仙。你就有一位能呼风唤雨、想啥来啥的娇妻了，那日子，可是比小康还小康啊？

许君对我的戏弄没有任何反应，只是笑而不语。那神情，明显的是默认与自豪。我反倒被他激怒，当即狠狠地骂道：你真的是不可救药。

时光如梭，眨眼间许君已近不惑之年。因痴蛇依旧，婚事自然与他无缘。父母年迈，对他早已熟视无睹，任他自由来往。无妻的生活，许君更是习惯成自然，自由自在倒也美哉。

那年酷夏，一外地马戏团来村演出。大棚门口的大幅剧照让村人无不咋舌，原因有二。一是那几个摩登女郎的衣着，标准的三点式，再加上女郎个个丰满，可怜的那点儿遮羞布又与肉色相近，猛看几乎全裸。这在当时，很是抢眼，尤其是那些未婚和已婚的男人们，更是争相掏钱一饱眼福。二是这几个女郎身上缠绕着的巨大蟒蛇，加上女郎与蟒蛇动作亲昵，更是让村人惊叹不已，也就更勾起了大饱眼福的欲望。

那天演出，几个嘎小子凑到台前与耍蛇女郎调笑，一位身缠白色巨蟒的女郎口出狂言，谁若是敢上台与蟒蛇亲吻，一是将退回票款十倍，二是这蟒蛇就归谁。一个毛头小子坏坏一笑，说是退款不要，蟒蛇也不要，可否与你拥抱一番。没想这位耍蛇女郎更是狂傲地对这个毛头小子说，你要是真敢亲吻这蟒蛇一下，我无偿地陪你上床。说完这话还直冲这个毛头小子抛媚眼扭肥臀，动作夸张，极具放荡与挑逗。那些个嘎小子就起哄往那耍蛇女郎跟前推这毛头小子，没想这毛头小子却如斗败的公鸡狼狈而逃。耍蛇女郎一阵放荡的大笑后，指着台下狂言，看来你们这里的男人都是打不着火的废枪。现在我再一次承诺，谁要敢上来摸这蛇一下，我倒贴。台下顿时哗然，随即便是死一般地寂静。就在这时，许君及时赶到。他是听那个被吓跑的毛头小子所说，确切地说是冲着那条白蟒蛇而来。

许君望着耍蛇女郎身上的白蟒蛇，心里顿时一亮，热血即刻涌满全身。他不顾一切地向女郎走去，一脸的激动与幸福。耍蛇女郎深知不妙，赶紧止住许君，说："你不要轻举妄动，这蛇可会咬人，后果可要自负。"许君微微一笑，说："请小姐放心，我一不要退款，二不跟你上床。""那你干啥？"耍蛇女郎一脸狐疑。

"就如你刚才所言，这白蟒蛇归我，怎么样？"许君说得十分认真，而耍蛇女郎却无言以对。

马戏团老板急忙上前，对耍蛇女郎痛斥一番，赶紧对许君赔礼道歉。好话说尽，可就是不肯让出白蟒蛇。不但如此，几名彪形大汉还把许君围在中间，个个虎视眈眈。许君冷冷一笑，说："你们不要如此这般，若是不履行诺言，你们将悔恨终身。"老板将脸冷下，说："你还能把我的马戏团给灭了不成？"许君淡淡一笑，说："那是小人之举，我决不干那偷鸡摸狗之事。一句话，刚才那小姐说的话到底算不算数？""不算。"老板的话斩钉截铁。

"好，那咱们就骑驴看账本儿——走着瞧。"许君说罢，转身离去。

当晚，奇迹发生，马戏团十几条蟒蛇不翼而飞，唯独那条白色蟒蛇安然存在，神情喜悦得像是在等待着某种幸福。老板傻了，全团演职人员傻了，戒备如此森严，这些蟒蛇怎会同时消失？而这条白蟒蛇怎又会安然无恙？难道？……老板想到了许君，就赶紧带人直奔许君住处而去。

来到许君住处，老板等人无不惊叹。只见许君正与好多蛇在窃窃私语，大蛇小蛇、花蛇青蛇，或盘于桌上，或吊于房梁，像小学生一样在许君面前洗耳恭听。见到老板等人，这些蛇即刻怒目圆瞪，蛇芯子伸出上下抖动，条条都是一副待命出击之状。老板知道遇上真人，忙向许君低头认罪。只听许君唠叨了一句什么，这些蛇即刻消失得无影无踪。老板开门见山，声称只要许君让他的那些蟒蛇归于原位，愿将白蟒蛇拱手相让。许君直话直说，只要将白蟒蛇送来，那些蟒蛇不请自回。老板赶紧派人抬来白蟒蛇，说来也怪，白蟒蛇见到许君，竟然如见到久别亲人般兴奋，伸起蛇头向许君频频点头。而许君，早已兴奋得热泪盈眶，嘴中更是念念有词。片刻，许君告诉老板，那些蟒蛇已经全部归位。老板将信将疑带人快速赶回一看，那些蟒蛇真真已经全部归位。惊叹之余，老板命大家赶紧收拾启程。只一句话，此处不可久留。

许君得到白蟒蛇，自然欣喜若狂，他像得到了一件倾城之宝，亲自在屋内为白蟒蛇做了一个漂亮的小木屋，将白蟒蛇放置其中。每日三餐，都是许君亲自端上端下，耐心得犹如伺候月子中的夫人。到了夜晚，许君就紧挨白蟒蛇而眠，心中自然是浮想联翩，梦境便是一番美妙绝伦。为熟知白蟒蛇的饮食习惯与口味，许君买来大量有关饲养蟒蛇的书籍进行研究，并在此基础上实施。由于许君的精心饲养，白蟒蛇长得更加可爱，在他眼里，越看越觉得她就是《白蛇传》里的白素贞，就等着哪日蛇身一晃现出漂亮女人之身。

许君四十六岁那年初秋，旧村经过改造，村人都搬进了小区楼房。那条白蟒蛇，自然与许君同居一室。

小区越扩越大，日益繁华。第二年秋天，一南方人在小区的繁华地段开了一家蛇肉餐馆。开张前夕，运来蛇满满两大铁笼，一团团地缠绕在一起，让人望一眼就会心惊肉跳。可那几个南方姑娘，却如抓小鸡般面不改色心不跳，一条一条将蛇分入众多的小笼。就在此时，许君赶到，他望了一眼笼子里的蛇，连连说道：罪过，罪过。随即叫来蛇肉餐馆老板，好言相劝不要伤及这些蛇的性命，还说蛇是有灵性的，更不是口中之物，滥杀会遭报应。蛇肉餐馆老板冷冷一笑转身离去，狠狠甩下一句：神经病。

第二天一早，老板大惊失色，笼内几百条蛇全部消失了。消息传出，整个小区即刻哗然，并有多人在自家楼区发现蛇的踪迹。一时间，整个小区呈现混乱状态。警察及时赶来，但也面面相觑、束手无策。警察来到蛇肉餐馆调查，也没有查出个所以然，也就排除了老板所说的有人破坏一词。警察不住挠头，连连说道："怪，怪，怪……"

有人想起许君，就把那年马戏团之事说给了警察听。警察将信将疑，但还是叫来了许君。警察问起当年此事，许君点头承认，并向警察保证，若是官方能出面制止蛇肉餐馆开张，他让所有逃窜之蛇全部归顺。警察不敢承诺，只好搬来有关主管部门领导与许君协商。许君滔滔不绝，动之以情、晓之以理，以关爱人类生存、保护生态平衡、保护环境角度说给此领导听，使领导最终答应了许君的要求。当天夜里，几百条蛇全部归顺。蛇肉餐馆老板不敢怠慢，当即将蛇运走，蛇肉餐馆改成"粤菜餐馆"。

许君之举，即刻得到小区众人赞扬，我也为之高兴。高兴之余，连夜写出几千字报道一篇，通过电子邮箱寄给了晚报的一位朋友。次日的晚报，就及时将报道刊出。报道一经刊出，即刻引起轰动，各宣传媒体纷纷赶至许君住处。面对白蟒蛇，来者无不惊叹。一时间，许君成了报刊、电视、广播的热门话题人物。照片、影像更是让人大开眼界、众说纷纭。但有一点值得许君欣慰，那就是有关专家对许君大为赞颂，并号召人们向许君学习，为了我们全人类的生存，善待地球上的所有生命。

这日傍晚，一位三十多岁的女郎找到许君。女郎先是十分礼貌地拜见了许君的父母，又献上礼品后，这才对许君开门见山地声称，自己也是痴蛇之人，并当即从怀中取出花蛇一条。眼望女郎，许君不禁心头一震。天啊，眼前这位女郎，怎么跟电视剧《白蛇传》中的白素贞如此相像？莫非……就在许君怀疑自己是否在梦中时，女郎羞涩一笑，说："许先生是否看我像电视剧《白蛇传》里的白素贞？不瞒您说，我的亲朋好友和周围的人，也一致这么肯定。好吧，我先自我介绍，我叫白灵，是……"

通过白灵的自我介绍，许君了解到，因白灵自幼痴蛇，高中毕业后考进了某大学的生物工程系。经过学习，不仅对各种动物的生活习性、身体构造等等了如指掌，对医治动物的病伤也颇为精通。毕业后，因她性格古怪，又有蛇总藏于身上，工作也就一直没有着落。好在她家住农村，又有蛇相伴，每日随父母种田倒也其乐无穷，只是婚事始终与她无缘。看到许君事迹后她欣喜若狂，高呼知音终于觅到，便千里迢迢前来与许君会面，决心与许君开一家宠物医院……白灵介绍完毕，当着许君的父母，直截了当问许君是否愿意，并把身份证和大学毕业证书一同递与许君。

许君当然求之不得，但还是心中无底。对于天上掉馅饼之事，许君一直警惕性极高，为此，许君看完证件后便直言不讳地说："你我素不相识，仅凭同样痴蛇就不远千里登门与我共事，确实让人难以置信。更何况，你我又是孤男寡女，多有不便，这……"

白灵的脸微微一红，把话说得爱意十足："有缘千里来相会，只这一句，我看就足够了。这是缘分，蛇缘。"话毕，白灵拿出一沓人民币放在许君面前，说："这是三万块钱，购置一些医疗器械和药物，我看差不多了。开张后，我们再根据具体情况添加。你放心，赔了归我，赚了属咱俩。"事到如此，许君才塌下心来，满口答应与白灵共同操办宠物医院。而后，许君就带着白灵去了粤菜餐馆，自然是喜不自禁。

许君与白灵走后，许君的父亲即刻给我打来电话，让我速去他家。我家离许家不远，很快到达。许君的父母把白灵之事告诉我后，无不担心地问我此事是否有诈。我也觉得此事有些蹊跷，又不好妄加评论，只好劝慰二位老人，许君天生聪明过人，决不会吃亏上当。说不定，这正是许君人生转变之大喜之时，婚姻之事也将柳暗花明。二老连连冲南拱手作揖，声声但愿如此。

许君身边凭空掉下来一个"林妹妹"，村人无不惊叹与羡慕，纷纷来到许家祝福他们。那些嘎小子竟然当着白灵的面对许君胡言乱语，弄得许君阵阵脸红毫不自在，而白灵却满不在乎，且还时不时地顺水推舟，把话说得更是真假难辨。更让大伙儿惊叹的是，自打白灵到来之后，那条白蟒蛇犹如见到了久别亲人般兴奋，与白灵亲昵得如同姐妹。为此，我对许君开玩笑，别是白灵真的是白蛇显身？许君微微一笑却是无语，但我从他的脸上不难看出，他内心是既喜又忧。

许君和白灵的宠物医院终于开张，且生意一直红火。正如《白蛇传》里所描写的那样，白灵看病，许君拿药。此时的许君，已经辞去了村会计一职，专心致志地与白灵经营着宠物医院。医院的名称很别致：关爱动物康复中心。不仅治病，医院电视还一遍一遍地播放着环境保护、生态平衡、保护动物一类的宣传录像，让前来给宠物就医者了解、掌握了一定的有关知识，很是受广大饲养宠物者的欢迎。

第二年春天，当楼前铁栏杆上的蔷薇开满花的时候，许君与白灵举行了婚礼，许君独身的历史终于结束。婚礼是在“粤菜餐馆”举行的，场面红红火火，相当隆重。新郎新娘打扮得很是抢眼，而最抢眼的，还是新娘那已经隆起老高的肚子。许君的父母，更是喜笑颜开满脸幸福。

让所有人惊叹的是，当天夜里，陪伴了许君数年的那条白蟒蛇不辞而别。

此篇小说定稿之时，正是许君喜得贵子之时。

婴儿的名字是我给起的，小名。戏称：蛇蛋儿。

吴震

短篇小说

什么时候，

人都要明白自己是半斤还是八两。

否则的话，早早晚晚，

自己会吃大亏的。

吴震从小生在农村长在农村，是地地道道的农村娃。那一年，他那会厨子手艺的父亲经一位远房亲戚介绍，到了离老家400多公里的这个小县城，进县文化馆当上了做饭的大师傅。几年后，又是这位远房亲戚，给吴震的父亲弄了一个合同工的名额。又过了几年后，政府下发了合同工转正的政策，他父亲手艺好，人又老实，还有那位远房亲戚的关系，他父亲就被转正成了非农业户口，成了正经八百的吃商品粮的国家职工了。那个年代，一个地道的又是已经娶妻生子的农民能够跳出土里刨食的命运吃上商品粮端上铁饭碗，就如当地的一则歇后语说的那样：屎壳郎变知了——一步登天。

吴震23岁那年，他父亲到了退休的年龄。按照当时的政策，允许他从农村老家来到县文化馆接班。在那个历史时期，对于一个农村青年来说，能把自己的农民身份改成城市居民且在县城工作，不亚于一次人生道路上的脱胎换骨。接班之前，他在老家是有未婚妻的，而且正准备结婚。身份改变了以后，他不顾父母的反对，不顾未婚妻的苦苦哀求和一些亲朋好友的好言相劝，义无反顾地退掉了这门亲事。他毫不掩饰地对大家说："我要在我工作的县城找老婆，要让吴家的后代从此不再跟土地打交道。什么时候我在外面娶上了吃商品粮的女人，才一起回老家举办婚礼。"他父亲觉得他的话有一定的道理，就告诫他到了单位一定要听领导的话，让干什么就干什么，好好工作。不管吃多大的苦受多大的累，忍气吞声也不要丢掉手里的铁饭碗。吴震听后连连点头。

当年，吴震的父亲来到这个小县城的文化馆的时候，吴震刚上小学五年级。那个时候，每年的寒假、暑假，父亲都会把吴震接来。因此，吴震跟文化馆的每位老师都很熟。文化馆的老师，大都是唱歌的、跳舞的、画画的、写文章的，一句话，都是文化人。很自然的，吴震就受到了熏陶，慢慢地喜欢上了画画。无奈他的慧根太差，总也画不好。可他天生就是个犟脾气，非要把画画好不可，每天放学回家，就一遍一遍地临摹连环画，时间长了，临摹得也算有点儿意思了，但离真正的会画画还相差甚远。中学毕业后在家干了几年农活，接班进了这座小县城的文化馆。

来到文化馆后，领导问他都会干些什么，他就不假思索地说他会画画，还拿出了他临摹的连环画让领导看，并说他想去美术组。领导只看一眼心里就有了底，就问他还会干些什么。吴震清楚领导所说的绝对与农活儿无关，就搜肠刮肚地想，想了半天一摇头，说："我除去会画画外，什么都不会。"

领导微微一笑，毫不客气地对他说："你离会画画还差得很远，说句不客气的话，你对美术还处于启蒙期的状态，根本不具备到美术组的条件。"

吴震一听就傻了，忙问领导自己到底干什么，领导说等几天再说吧。

事实证明，在馆里所有与文化有关的业务中，吴震是什么都不沾边的，就连他父亲的做饭手艺，他也一窍不通。尽管如此，可他还一心想当文化人，而且对外还总是以文化人自居。几天后，馆领导经过认真的考虑，结合他的自身条件和身体状况，安排他跟一位已经50多岁的电工师傅当学徒。这本是一项很吃香的工种，学好了能一生受益。可一心想当文化人的吴震，却没把心放在跟电工师傅学技术上，而是抽空就往美术组跑。当时，美术组的那位老师也是二把刀，绘画基础也只是停留在半瓶子醋上，但在吴震的眼里，也算是高人了。

23岁的吴震和所有正常的小伙子一样，正是对异性如饥似渴的年龄，何况他早已享受过了爱情的幸福与甜蜜，对异性也就更加渴望。只是因为身份的改变，对找女朋友也就有了新的要求，那就是他对家人说的那样，要找个也是端铁饭碗的女人，而且不知天高地厚，还要找个文化人。当时的文化馆里，还真的有几个未婚且还没有男朋友的年轻姑娘，也就自然成了他追求的目标。

被吴震无情地甩掉的那个家乡的女朋友，在长相上与吴震比，要比吴震强出好多，而且个头也比吴震高出不少。可想而知，吴震的个头有多高了。那个姑娘之所以肯嫁给他，一是他就哥儿一个，下面只有一个妹妹，再就是他父亲是挣工资的，家庭条件相当不错。让姑娘万万没有想到的是，吴震因为身份的改变，竟然毫不留情地抛弃了她。

尽管吴震千方百计地先后对馆里的这几个姑娘都进行过追求，可这几个姑娘没有一个看上他的。理由几乎一样，一是他没有业务专长，二是没有学历，而最关键的是，他不但个头不合格，长相还不可人。这些个不利的因素不知道怎么传到他的耳朵里后，他很是沮丧了一阵子。后来，他通过反反复复的思考和自我调整，慢慢地又打起了精神，对自己有了新的认识与要求。

很快，吴震就长到了27岁，仍是没有交上女朋友。

文化馆是要办各类学习班的，美术组也不例外，每个周日都开班。吴震近水楼台，经过领导的同意，每周日都以学员的身份参加绘画训练。学习班里有一个女学员，岁数与吴震相仿，是县里一个商场的美工，叫庞小凤。庞小凤长相漂亮，可惜的是个头比吴震还矮，而且还胖，是个典型的小皮球儿，也就和吴震一样，成了大龄青年。当庞小凤得知吴震是本馆的正式人员后，就主动和吴震套近乎。谈过恋爱的吴震清楚庞小凤的目的是什么，可他对庞小凤的小皮球儿实在是不愿接受，也就对庞小凤的主动进攻故意地装傻充愣，有时候还表现出无情的冷淡。然而庞小凤却死盯上了吴震，下定决心非要拿下吴震不可。

女人要想沾上一个男人，办法是很多的，庞小凤也不例外。半年后一个周日的天黑后，庞小凤敲开了吴震宿舍的门。这间宿舍，是馆里配给吴震的父亲的，吴震接班后，顺理成章地也就成了吴震的单人宿舍。此时正是炎热的夏天，庞小凤穿了一件既短又很透明的连衣裙，白藕一般的大腿和后背是那么的养眼。尤其是透过裙子能隐隐约约看到里面的红色内裤，更是能让所有的正常男人想入非非。当时，吴震的心跳速度就不由自主地加快了许多，便有些慌乱地对庞小凤说：“这么晚了，你……你有什么事吗？”

庞小凤微微一笑，说：“吴老师，我有个问题想向您请教。”

“别，别。”吴震赶紧说道，“有什么不明白的，你……你尽管说，提不上请教。”

“是这样的。上午上的色彩课，老师讲的冷暖关系，我琢磨了一下午也没弄明白，这色彩怎么还会有冷和暖呢？”

对于庞小凤提的这个问题，吴震也回答不上来。要是放在往常，他就会不假思索地说他也不知道，而且还会想尽办法让庞小凤赶紧离开。可那天连他自己都不知道自己是犯了哪根神经，竟然信口开河地对庞小凤好一阵白话，把庞小凤白话得异常激动，时间也就渐渐地到了午夜。当吴震并不是十分情愿地说出庞小凤该回去的话后，庞小凤竟然很是委屈地捂着脸哭了。就在吴震不知所措的时候，庞小凤猛地张开双臂就扑进了吴震的怀里，喃喃地说：“吴震，我……我做梦，都天天梦到你啊。”就把吴震搂得更紧了。

尽管吴震一直没有对庞小凤有过什么想法，可他毕竟是一个正常的男人，一个已经27岁的对异性已经到了饥渴程度的男人，面对主动投怀送抱的庞小凤，心底的那道防线一下子就被怀中滚烫的肉体给击毁了。吴震浑身一阵颤抖，就把庞小凤放倒在了床上……

事毕，赤身裸体的庞小凤躺在床上一脸幸福地对吴震说：“从今往后，我就是你的女人了。”

庞小凤的这句话，让吴震猛地清醒，心说这下完了，想甩都甩不掉了！唉！千不怪万不怪，就怪自己一时没有把持住啊。好你个小皮球儿啊，说我贼，你比我还贼啊。好在你长得还算可心，否则的话，我可就赔到姥姥家啦。吴震想到这儿把目光对准了躺在床上白面馍馍一般的庞小凤，一股激情又充满了全身，便又扑了上去，大有报复性地忙活开了。

从此以后，庞小凤就干脆住在了吴震这里，双方的学画热情也被爱情的火焰给烧成了灰烬而不知随风飘到了何处。这一情况很快就被领导知道了，就找他谈话。吴震毫不掩饰地告诉领导，庞小凤是他的未婚妻，已经着手准备结婚了。领导见他说得很认真，也知道他的实际情况，就清楚他不是在胡闹，就问他什么时候回老家成婚。吴震说等家里一切准备齐全，就带着庞小凤回老家。

两个月之后，吴震请单位的全体人员喝了一顿喜酒，就高高兴兴地带着庞小凤回老家了。

婚嫁期满，吴震回来了，他和庞小凤，就住在馆里的那间宿舍里。七个月之后，吴震的儿子呱呱落地，白白胖胖，长得极像庞小凤，取名吴限光。

娶妻生子后的吴震，彻底对绘画没了兴趣，也就踏踏实实地干起了电工。

10年后，社会上掀起了职称热，凡是有条件的人，都开始了对职称的狂热追求。吴震清楚，在凭职称说话的单位，一个人能否尽快地拿上职称，是直接关系到切身利益的关键问题。吴震更清楚，没有大专以上学历的人，是没有资格参加职称考评的，为此，吴震横下心来开始向大专学历进攻了。好在社会上有多种渠道为吴震这类人打开了绿灯，只要你肯下功夫肯花钱，一纸大专文凭就能落在你的手里。吴震本是中学毕业，又没有什么专业特长，选来选去选择了企业管理专业。就这样，吴震起早贪黑整整熬了3年，才先后一项一项地勉强过关，最终拿下了大专文凭。有了大专文凭，不是就能轻而易举地拿下职称的，还要一道一道地过关。而最让他头疼的是，此时又加上一项外语。对外语一窍不通的吴震并没有因此而退却，而是鼓足勇气开始了从头学起。一年后，自认为已经有把握的吴震开始了外语的考试。遗憾的是，他一连考了3年，外语也没过关，这回，他是彻底地泄气了。

就在吴震对职称彻底失望的时候，有人在本县的山脚下开办了一所业余武术学校，声称一年学习期满后，将按学习成绩发给不同级别的国家承认的职称证书。吴震喜出望外，毫不犹豫地就交了学费。他想，只要拿下了职称证书，自己就可以堂而皇之地在馆里有一席之地了。

吴震学习很刻苦，每天晚上下班后加上节假日，风里来雨里去、顶寒风冒大雪地整整熬了一年，终于拿下了高级武术教练的职称证书。要问他的功夫如何？用行家的话说纯属是花拳绣腿，吓唬吓唬10岁以下的小孩子倒是绰绰有余。可吴震本人却觉得很是了不起了。那天早上一上班，他就身背一把宝剑，一身黑色练功服，威风凛凛地走进了文化馆的大门。大家一看都惊呆了双眼，心说一宿的工夫，吴震怎么变成大侠了？

吴震一脸自豪地走进了馆长室，“啪”的一声就把一个深蓝色的本本拍在了馆长的面前。馆长吓了一跳，忙问他是什么意思。吴震嘿嘿一笑，豪迈地说："我也有职称了，高级的。"馆长狐疑地打开本本一看，笑了，说我们这里可是文化馆，不是武术馆啊。吴震说这我不管，反正我也有高级职称了，我就得享受高级职称的待遇，你们就得重新给我安排工作。馆长清楚这事一时半会儿是说不清楚的，而且还有些棘手，就微笑地告诉他说："具体怎么办，等我们领导班子研究研究再说，怎么样？"吴震点了点头，很是自信地走了。

第二天下午，吴震被叫到了馆长室。他一见全馆领导都在，心里就觉得事情不太妙。果然，馆长一脸严肃地告诉他，让他继续当他的电工。此时，那位电工师傅已经退休好几年了。吴震一听就急了，说我已经有高级职称本儿了，就该享受高级职称的待遇。领导说："就算你的高级职称国家承认，可我们文化馆不能改成武馆啊？你应该清楚，我们文化馆的职责是普及、提高和宣传文化的单位，这武术，与文化……"

吴震赶紧拦住了馆长的话，理直气壮地说："您别说了，我懂。现在不是什么都跟文化挂钩吗？像什么西瓜文化啦、苹果文化啦、冰雕文化啦、桃花文化啦、草莓文化啦……就连拉屎撒尿的地方都有人说成是厕所文化。既然如此，我们国家的武术怎么就不能说是武术文化呢？你们说，我们国家的武术，是不是跟文化有关系？"

馆长和其他几位领导当然清楚武术跟文化有直接的关系，便都连连点头。吴震乐了，当即就态度坚定地说："既然美术组能办美术班，音乐组能办音乐班，我就可以在馆里办武术班。不管怎么说，我要让我的高级职称发挥应有的作用，我就要……"吴震说得滔滔不绝、条条是道，竟然把馆里的几位领导说得一时没了反驳的余地。最后，无奈的领导们经过商量，还是同意了吴震在馆里办武术班。

因为吴震的招生广告写得很是诱人，报名的学生还真不少，当然，都是10岁以下的孩子。武术班很快开课，头一天，吴震给这些孩子表演了一些基本的动作，虽说只是一些皮毛且都功夫不到位，但也把这些孩子给镇住了。接着，吴震就像模像样地正式开课了。

几天后的一个周日，吴震正带领孩子们在文化馆院内的空地上练站桩，几个流里流气的小伙子走了过来，一个把头发染成绿色的小伙子对吴震说他们要跟吴震切磋武艺。如果吴震赢了，他们就拜吴震为师。如果吴震输了，就让吴震别再招摇撞骗误人子弟。吴震清楚自己的能耐，更清楚跟这种人是不能打交道的，便以种种理由婉言谢绝。没想到这几个小伙子根本不吃吴震这一套，不但对吴震说三道四口吐狂言，还对吴震你推我搡地进行挑衅，有的还抓住一个孩子对吴震进行威胁，逼迫吴震动手。吴震心里没底，不敢贸然动手，便好言相劝。然而这几个人不肯罢休，非要吴震动手不可。面对孩子们一双双惊恐与求助的目光，无奈的吴震终于横下了一条心，今天自己就是被他们把早饭吃的东西都给打出来，也不能让孩子们看不起我呀！可心里却在狠狠地骂自己："吴震啊吴震，没有这金刚钻，你逞什么能啊你！"

吴震让那个小伙子放开了孩子，自己就挥拳向那个把头发染成绿色的小伙子打去。让这些孩子们失望的是，只片刻的工夫，吴震就被对方打倒在了地上。紧接着，另外几个小伙子一拥而上，连骂带打地一阵拳脚相加，已经毫无反抗能力的吴震就被打得满脸是血了。有一点倒是让孩子们蛮佩服的，那就是吴震始终没有吭一声。

吴震的一只胳膊被打断了，在家足足养了3个多月才来上班。他没有对馆领导说什么，也没等领导安排，自己就直接进了电工室，从此塌下心来，专心致志地干起了电工。现在，吴震通过刻苦学习和到有关机构深造，早已拿下了高级电工师的职称。不断有人开玩笑地问起他当年高级武术教练的事，每每此时，他总是淡淡地一笑，说出心里的话："什么时候，人都要明白自己是半斤还是八两。否则的话，早早晚晚，自己会吃大亏的。"

打工仔的周末喜剧

短篇小说

好人好事俺也会做，

明天俺休息，

又是城里人讲究的周末，

俺也寻些好事来做做，

说不定俺也会被哪位姑娘看上呢。

吴奇是到城里打工后才觉得，原来是自己的名字不吉利。吴奇，咋听咋像无妻、无妻的。怪不得自己二十七八了还讨不上老婆，会不会就是这名字闹的？为啥自己偏偏要姓吴呢？姓吴就姓吴吧，又偏偏叫吴奇。叫吴楠、吴琼、吴敌，反正叫吴啥也比叫吴奇好啊。一个大男人活在世上，没啥也没有比无妻更难受更痛苦的了。没劲，真没劲。我们的吴奇就这么没劲但又无奈地一天天活着。不活行不行？不行。因为怕死。怕死的人怎么也得活着。可谁又不怕死呢？况且又都怀揣着各种美好的理想。

在所有打工的人群里，吴奇的命运算是顶呱呱的。他没有像村里其他弟兄们那样离家到几千里外在工地上去拼命，而是通过关系在离家仅几十公里外的省城找到了一份工作。他的工作很是让同村的弟兄们羡慕的。他在一所大学里烧茶炉，不是烧煤冒烟的那种，烧油，特环保特先进，而且像正式职工那样月月开工资。所以，吴奇一年四季手里都有钱，而且轻轻松松、干干净净。上下班进出大学校门，混在教授和学生们中间，倒也能唬人。这就让他在同村的弟兄们面前有了高人一头的感觉，就让他慢慢有了要在城里找个老婆的想法。他常跟同村的伙伴们说：“俺是跟你们不一样的，俺是考上大学念不起才外出挣钱的，所以，俺要靠自己的知识去挣钱。”为此，他才找到了这份可心的工作。可他毕竟是烧茶炉的，毕竟是从山沟里来到这个城市的打工仔，也就一直没能碰上喜欢他的姑娘。

吴奇不能天天回家，就和另外一个离家远的同事在大学附近合租了一间房。一个人生活倒也不错，不受任何人限制。不是自己班的时候可以随便玩随便遛，一人吃饱穿暖，全家不冷不饿，是不少已婚男人所羡慕的。可吴奇还是想女人。

吴奇的工作是干24小时休24小时。周五这天晚上，他下班回到住处，在住处门口的小饭店吃了一碗冷面后就逛商场去了。此时正是夏天，商场里既凉快又有电视看，更关键的是能欣赏到那么多穿得极少的漂亮姑娘。那天晚上，他在商场的电视里看到了一个让他激动的消息。电视里说，一个乡下的打工仔因经常学雷锋做好事，就被一位城里的姑娘看上并于近日喜结良缘。再看电视里那小伙子，吴奇乐了，心说：“长得还不如俺呢。”于是吴奇就有了想法，心说：“好人好事俺也会做，明天俺休息，又是城里人讲究的周末，俺也寻些好事来做做，说不定俺也会被哪位姑娘看上呢。”于是我们的吴奇老早就回到住处睡觉了。我们的打工仔吴奇先生要想好事了。

第二天上午，当吴奇从美梦中醒来的时候，夏日的阳光已经把屋里烤得闷热。一看表，已经过了八点。他一跃而起急忙穿好了衣服，可袜子怎么找也是一只。无奈，他只好又另找出了一双。其实，那只袜子被他连同上衣一起掖进了裤子里，多半只还露在了外面。黑黑的，在白色上衣与灰色裤子之间是那么显眼。

因为有了一种美好的愿望，所以吴奇觉得这个周末的心情比哪天都好，一边骑着同事的自行车还一边哼起了流行歌曲。后腰上那只随风飘舞的黑袜子，引得不少行人冲他直笑。吴奇见不少人冲他笑，心情就更加好，便不时对人报以诚挚友好的微笑。

他正想着今天要做件什么好事的时候，前面一位女青年的自行车座套不失时机地掉了下来，而女青年却全然不知地继续往前骑着。吴奇刚要喊却又赶紧闭上了嘴，他立即下车将座套捡了起来，怀着一种美好的希望骑上车就向已骑出老远的女青年追过去。他要亲自将座套还给她。他想，也许这就是天意，兴许就会发生点儿什么呢。

眼看就要追上那位女青年时，只顾往前看只顾想好事的吴奇却闯了红灯。“吱”的一声，一辆轿车横在了他的面前。汽车的保险杠只差一厘米就吻上他的自行车前轮。司机探出头来冲他就吼：“抢孝帽子呢还是怎么着，啊？”

吴奇被吓糊涂了，望了望已经骑车走出老远的那位女青年，愣愣地从车筐里拿出座套冲司机扬了扬说：“追……追这个。”

“神经病。”司机骂了一句开车走了。

见司机走了，吴奇骑车还要去追那位女青年，却被一位警察叫到了路边的树下。吴奇愣愣地望着警察不知说什么是好之时，警察“叭”的给他敬了个礼，还没从糊涂中清醒过来的吴奇条件反射地也给警察敬了个礼。他的滑稽动作和后腰上的黑袜子，立即引来了不少围观的行人，冲着他嘻嘻哈哈指指点点。

警察也想笑，但还是忍住了，捏了两下鼻子对吴奇说：“对不起，你……”

吴奇立即回答：“没啥。”

围观的人哄堂大笑。

警察终于板起了脸，对吴奇说：“什么没啥，你闯红灯了知道不知道？叫什么名字？哪个单位的？”警察说完又捏了两下鼻子。

“俺叫……”吴奇刚说了半句，目光便被一位穿裙子的姑娘的双脚吸引住了，于是他回答警察的提问时他的双眼就总看那姑娘的双脚。警察见他总看一个地方，便不解地随着他的目光望去。大伙儿一见警察的动作，又都随着警察的目光一齐望去。嗐！那是一双将十个脚趾甲染得红红的脚。

姑娘见警察领着大伙儿都把目光对准了她的脚，刚才还满是喜色的脸立即就板了起来，瞪着双眼冲警察吼道：“看什么看？”

警察忙把目光对准了吴奇，涨红着脸喊：“看什么看？”接着又捏了几下鼻子。

吴奇嘿嘿一乐，说：“俺闯红灯了。”

“讨厌。”那位姑娘愤愤地骂了一句，转身走了。

尴尬万分的吴奇正不知如何是好时，他一眼看见姑娘抬起的脚下有个烟头。灵机一动，他赶快走了过去，拾起烟头就向旁边的垃圾筒走去。他后腰上来回摆动的黑袜子，这次惹得连警察也跟着大伙儿笑了起来。

吴奇转过身见大伙儿都冲自己笑，自己也笑了，说："爱护公共卫生，人人有责嘛。"

警察转到吴奇身后想把他后腰上的袜子拽下来，可吴奇不知道警察是什么意思，就转过身看警察。警察再往吴奇后面转，吴奇还是转过身看警察，这样来回转了几圈，便惹得围观的人哈哈大笑。警察火了，捏了两下鼻子大声地冲吴奇喊道："站住。"

吴奇站住了，愣愣地望着警察。

"转过身去。"警察又吼道。

吴奇转过了身。警察一伸手拽下了吴奇后腰上的袜子，恼怒地对吴奇说："出哪门子洋相啊你，啊？给你。"

吴奇望着警察手里的袜子，不解地问："啥意思？"

"你说啥意思？这是你的。"

吴奇接过袜子看了看，不满地对警察说："俺的袜子，怎么在你的手里？"

"唉！"警察无奈地又用手捏了捏鼻子，觉得不是味儿。放在鼻子前仔细一闻，立即闻出是吴奇后腰的袜子味儿，气得将嘴咧得老大。

吴奇明白了，嘿嘿笑着将袜子塞进了裤兜。

吴奇被罚维持二十分钟的交通秩序。当他不满却又无奈地戴上写有值勤字样的红袖章接过小红旗时，心里却蓦地升出一股自豪感。"眼下志愿者正是一种时尚，一种受人们敬佩、受人们拥护的行为，俺往这儿一站，谁会知道俺是被罚的呢？谁能说俺不是学雷锋在自愿做好事呢？好，俺看挺好。”于是我们的吴奇把胸膛一挺，头一抬，一本正经地认认真真地在十字路口边上维持上了交通秩序。他现在不求别的，只求人们多看他几眼，更希望有姑娘看上他。如果电视台的新闻记者能采访自己，那当然更好。

夏日的阳光毫不吝啬地往吴奇的身上洒，使他站了不到十分钟便觉得浑身的汗毛眼儿都张开了大嘴，尽情地往外吐着汗水。吴奇有些坚持不住了，想跟站在树荫下的警察说说站到对面的树荫下，却被警察那双冷眼给打消了这个念头。唉！好汉的名字好听可不好当啊。

就在这时，一个戴墨镜的小伙子骑车闯红灯从对面冲了过来。吴奇把小红旗一伸，就把小伙子拦了下来。吴奇见小伙子要冲自己瞪眼，“叭”地赶忙给小伙子敬了个礼。

小伙子被逗乐了，又看了一眼不远处正看自己的警察，马上笑着对吴奇说：“对不起了大哥，我错了，就这一回。大哥，吸支烟吧。”小伙子说着拿出一盒好烟，抽出一支就往吴奇手里送。

吴奇没接烟，却伸手将小伙子的自行车锁上了，晃着手中的钥匙对小伙子说：“再有十分钟，俺这活儿就是你的了。”锁车这一手，是吴奇刚才跟那位警察学的。自己的车钥匙，现在还在那位警察手里呢。

小伙子明白是怎么回事了，火就往上拱。但碍着不远处的警察，只好忍着求吴奇。刚才还叫大哥，两分钟不到就改大叔了。可吴奇根本不理小伙子，一脸严肃地指挥着过往的车辆。

就在这时，一辆小轿车闯红灯从对面开了过来。吴奇先用小红旗一拦而后一指警察站的方向，小轿车便停在了离警察还有一段距离的地方。司机下车见警察没看自己正跟一位熟人打着哈哈，便朝吴奇走了过来。

吴奇只看了一眼正走过来的司机，脸便“刷”地就变了色。他灵机一动，伸手就摘下了小伙子眼上的墨镜戴在了自己的双眼上。小伙子还没愣过神来，吴奇已经把车钥匙塞在了小伙子的手里，说：“快走，不然就来不及了。”

小伙子看了一眼还在和人打哈哈的警察，说声谢谢打开车锁骑上车就走了。

这时候，那司机已经来到了吴奇左边，很客气地对吴奇说：“师傅，您……”他见吴奇把脸扭向了右边，几步又转到了吴奇的右边。刚要开口，吴奇又把脸转向了左边。于是司机就随着吴奇的脸左右来回地转。转来转去把司机的火给转起来了，心说：“你一个二狗子有什么狂的？就是正经的警察，我也不怕你。”

司机刚要冲吴奇发火，那个小伙子又回来了，站在吴奇面前说：“哥们，挺识货的啊，二百多块呢，说归你就归你了？”小伙子说着伸手就从吴奇脸上摘下了墨镜，说：“你可够黑的。”说完骑上车走了。

司机一下子认出了吴奇，脸立刻就变了，愤愤地冲吴奇骂道：“你，你搞什么鬼呀这是，啊？”此人是吴奇打工的大学后勤处的处长，专管吴奇他们这类打工人员的。

吴奇的脸早被吓白了，不知所措地就给处长敬了个礼，说：“处长，您……您好。”

处长望了一眼正向这边走过来的警察，狠狠地对吴奇说：

“好？好个屁。”

吴奇沮丧地从警察手里接过了车钥匙，打开锁骑上了车，边骑车边骂自己：“让你美，让你尽想好事。一个臭烧茶炉的打工仔被罚了站，有他娘什么可美的？这下可好，把自己的顶头上司给得罪了，能有好果子吃？唉！俺咋尽去那倒霉的角色呢？”接着他又骂处长：“处长啊处长，俺看你也是倒霉催的。大热天的不好好在家待着，开着公家的车跑这么老远浪啥子浪？还他娘的闯红灯？还……还他娘的处长呢？……”

吴奇就这么沮丧地边骂边骑车，骑着骑着猛听“砰”的一声，听声音，是自行车的车胎爆了。开始，他认为是别人的车胎爆了，也就没往心里去，甚至还有些幸灾乐祸。直到觉出自己的车骑着不对劲了，这才赶忙下了车。一看，是自己的车胎爆了。娘的，真是人要倒霉，喝口凉水也塞牙啊。

吴奇好不容易在一个胡同口路边的树下找到了一个修自行车的。是熟人大李。大李望了一眼吴奇自行车的后胎，说：“是扎了还是爆了？”

“爆了。”吴奇说着把车支在了大李面前，有些不满地说：“俺说你们这些修自行车的咋个个都像打游击啊？一会儿东一会儿西的，像个野鸡下蛋，没个准地儿。”

“不打游击行吗？碰上城管的，全没收了不说，还得罚你一股子。”大李说。

“你不会弄个照，踏踏实实地干？干吗非得东躲西藏的没个准窝儿？”

“行了，别说那些没用的了。”大李站了起来，说，“你自己先把带子扒下来，我得去趟厕所，回来再给你补。反正我也不好意思收你的钱。”大李说着向胡同走去。

“嘿，瞧这话说得。”吴奇一直盯着大李又拐进了一个小胡同，这才动手扒带子。就在这时，一双女人的脚停在了他的眼前。吴奇一看，心里不由得一动。虽说这双穿着凉鞋的脚套着丝袜，可薄如蝉翼的丝袜仍是把一双好看的脚近在咫尺地暴露在了吴奇的眼前，尤其是那十只染成了红色的脚趾甲，更让吴奇觉得有一种妖性的挑逗。蓦地，他觉得这双脚有些眼熟，莫非……他赶忙把头抬了起来，嘿，果然是她。半个多小时以前，自己被警察拦住时把他的目光吸引住的那位姑娘。吴奇心里一阵狂跳，心说，这会不会就是一种前兆？于是他马上微笑着问姑娘：“你好。请问，车子哪儿坏了？”

姑娘也认出了吴奇，她想笑没笑出来，说：“你是修车的？”

“不……不，俺……啊……啊，咋的，你的车子哪儿坏了？”吴奇不知说什么是好了。

“链条断了，你给修修。”

“可以，可以。”

“那得多少钱？”

“只是接下链条，几下就好，不收钱。”

“那太谢谢你了。”姑娘说完冲吴奇一笑。

这一笑更让吴奇受宠若惊了，忙说：“没啥，没啥。”说着就开始接链条。可他根本不懂，也就不知怎么下手。一会儿拿钳子捏捏这儿，一会儿拿锤子敲敲那儿，一看就是蒙事的而且显得很滑稽。姑娘也看出了问题，便试探着问：“好接吗？”

“好接，好接，马上就好。”吴奇说着把牙一咬，抡起锤子就砸了下去——“当”。“嗖”的一声，链条上的小卡片儿就飞了出去。巧的是，此时正好有一位卖气球的男人走到旁边。那男人手举六七十个充足了气的气球，双眼正津津有味地欣赏着那姑娘的红脚趾，手中的气球便被飞出的小卡片儿击中了一个，“叭”的一声就炸了。那男人吓了一跳，吴奇和那姑娘也吓了一跳，都把目光盯向了气球。奇怪的是，这个气球炸完后，接着又“叭”的一声炸了一个。紧接着，那六七十个气球竟先后一个接一个地全都爆炸了。最后，那男人手里攥着的只剩下了一大把气球皮。红的、黄的、蓝的、绿的，谁见了都得乐。

姑娘首先乐了。接着是吴奇，乐得满眼是泪。

卖气球的半天才醒过味儿来，傻愣愣地望着手中的气球皮，又傻愣愣地望着大笑的吴奇和那姑娘，说：“怎么回事？”

吴奇忍住笑，说：“俺知道是咋回事？”

这时，那个小卡片儿从一个气球中掉了下来。那男人捡起一看，又看了看吴奇手中的锤子和那根断链条，一下子全明白了，便举着小卡片儿急赤白脸地但又带着哭相地冲着吴奇说：“大哥，你……你得赔我。”

吴奇无法抵赖了，况且他不想抵赖，他要当着这位姑娘的面做个响当当的男人，便很爽快地说：“说吧，多少钱？”

那男人见吴奇挺痛快，眨了眨眼说出了一个不小的钱数。吴奇当即一拍胸，显得既有钱又很大方地说：“值，花这点钱听这么多响，值了。”然而，就在吴奇刚把钱掏出来时，那卖气球的却拔腿就向胡同里跑去，仿佛吴奇掏出的不是钱而是手枪。

吴奇不解地一回头，便看见一辆写有城管字样的130汽车停在了旁边。接着，四五个城管人员从车上跳下来，个个凶相，抓罪犯般就把吴奇围在了中间。没容吴奇明白过来，一个大胖子就冲吴奇吼上了：“好小子，今儿我看你还往哪儿跑？”说完冲那几个人一挥手，说：“全给我扔到车上去。”那几个人便往车上扔修车的工具和小三轮车。

吴奇这下明白了，赶忙对大胖子说：“哎呀你们搞错了，俺不是修车的，俺……俺只是给熟人看会儿摊。那人去厕所了，一会儿回来，俺咋向人家交代啊。”

大胖子嘿嘿一笑，又即刻板起了脸，凶凶地说：“少跟我来这套。这修车摊不是你的？”胖子看了一眼正要推车走的姑娘，忙把她喊住了，问：“刚才，他是不是给你修车来着？”

姑娘点了一下头，说：“我车子的链条断了，他说一会儿就接上，可倒腾半天也接不上，笨手笨脚的，一看就是蒙事的。”

“听见了吧？”胖子指着姑娘对吴奇说，“都给修车了，还说这摊不是你的。糊弄谁呀？”胖子让姑娘走后冲吴奇一瞪眼，狠狠地说：“甭废话，你也跟我走一趟。”

吴奇着急地往胡同一望，正好看见大李从小胡同口出来，便急急地说：“你们看，他来了。”

胖子和那几个城管人员往胡同内看去时，大李见势不妙早把身子缩了回去。走过来的，却是一个患了脑血栓后遗症的一拐一拐的老头儿。

吴奇傻眼了，冲着胡同就骂："大李呀大李呀，今儿个你可把俺给害苦了。"

吴奇从城管大队出来时，时间早已到了吃午饭的时间，便向附近的一个牛肉拉面馆走去。

吴奇这次还算走运。当时，城管的人像押犯人一样咋咋呼呼骂骂咧咧地将吴奇和他的自行车及大李的小三轮和所有的修车工具拉到城管大队后，吴奇的第一个反应就是要尽快证明这修车摊不是自己的。否则，自己就会无辜被罚上一笔钱。他清楚，一个小老百姓被请到了这里，一切都是人家说了算。而证明这修车摊不是自己的，就要让对方承认自己不是下岗职工不是无业游民，更不是无地可种到城里混饭吃的农民。于是当胖子审问他时，他便很镇静地说出了自己的打工单位，并及时亮出了高级新型茶炉工的证件。胖子还不大相信，又按吴奇提供的电话号码给他所打工的大学后勤处去了电话，好在值班的正好在家，就很快证明了吴奇的身份，吴奇才被无罪释放。

吴奇走进拉面馆时，二十几张桌子早已坐满了人。有正在吃的，有在等着的，还有干脆端着碗站着吃的。吴奇望了一眼满屋子的人和忙忙碌碌的服务员，心说："这人都怎么了？旁边好几家饭馆几乎空着不去，非要一窝蜂地往这拉面馆里拥？不白吃啊。"他找了半天也没找着空位，便在一位快吃完的人后边站住了，耐心地等着这个位子。

那人终于吃完了，很不友好地看了一眼吴奇，站起走了。吴奇刚刚坐下，服务员就走了过来，交完钱接过小票后，吴奇便用眼逐个扫描满屋子的人。当然，目光总是落在女人的身上，还不时偷偷地瞄人家的脚。一双染成红趾甲的脚使吴奇立即想起了修车时的那位姑娘，便不由得望向了人家的脸。不是那位姑娘，可比那位姑娘长得漂亮。望着那双脚，吴奇心里骂了一句：要不是她说的那句话，俺不会被带到城管大队啊。可转眼一想，又觉得不能怪人家。自己本来不会修车也不是修车的，装啥子大尾巴鹰呢？还不是为了讨好人家姑娘？这下倒好，好没讨上，反倒讨了一肚子气。他唉了一声一转头，就看见了一位五十多岁的男人端着碗显得很艰难地站在那边吃着，还不时地皱几下眉，那样子很能让人看出是什么地方不舒服。正好和吴奇同桌的有两位姑娘，于是他又生出了当着姑娘的面儿做一回雷锋的想法，于是他就冲那男人招手，示意那男人过来。

那男人证实吴奇是在招呼他后，慢慢腾腾地走到吴奇面前站住了，用一双不解的目光盯着吴奇。吴奇站了起来，冲那人很真诚地笑了笑，说：“老哥，坐下吃吧。”

“不……不。谢谢了，马上就吃完，马上就吃完。”那人很感激地说。

“嗐，有啥客气的？再说俺的面还得等会儿呢。来，快坐下吧。”吴奇说着就拉那人。

那人连连摆手，一个劲儿地不坐。吴奇觉得自己又丢了面子，看了那两位正冲自己笑的姑娘一眼，伸手就把那人的碗夺了过来放在了桌子上，而后双手一按那人的肩，说：“坐下吧。”就把那人按在了椅子上。没想那人“嗷”的一声嚎叫就从椅子上跳了起来，涨红着脸冲吴奇吼道："你……你想害我是怎么着？"

吴奇愣了，那两位姑娘愣了，周围的人都愣了，都用怪怪的目光看着吴奇和那个男人。有人还一个劲儿地往椅子上看，仿佛是吴奇往椅子上放了什么扎人的东西。吴奇也把目光对准了椅子，细细地看了几眼什么也没有，便也涨红着脸问还在咧嘴吸溜的那人："老哥，这……这……咋了这是？"

"唉！"那人不好意思地望了大伙儿一眼，说，"我屁股上长了个疖子，刚刚开完刀。"

"哄"的一声，满屋子的人全笑了。

吴奇也笑了，笑着对那人说："对……对不起了老哥，俺不知道啊。对不起了……"

"算了算了。"那人也想乐，转身走了。

吴奇见大伙儿还在看着自己，就觉得浑身不自在。刚要离开这里，服务员把面端来了。吴奇说声谢谢，坐下就吃，头都不好意思抬了。面热，天也热，再加上吴奇吃得急，汗就一个劲儿地顺着脸往下流。他伸手从裤兜里掏出那只袜子，看也不看就往脸上抹。同桌的那两位姑娘一看他用袜子擦汗，相互咧咧嘴，放下没吃完的面就走了。当吴奇第二次用袜子抹脸时，另几位看后也放下碗走了。吴奇第三次再用袜子抹脸时，才闻出味儿不对，一看，立马傻了。再看周围的人，都用异样的目光盯着自己。吴奇的脸立刻涨红得如猪血，尴尬万分地站起就急急地走出了拉面馆。

吴奇走出拉面馆还觉得背后满是嘲笑的眼睛，便头也不回地推起还没补好胎的自行车就走。没有目的，只是顺着路往前走，直到前面的红灯亮起，他才想起该去补车胎了。

吴奇补好车胎，就骑车往住处骑。当他骑到一条胡同口时，见胡同里围了一大群人，看样子是出了什么事。好看热闹的吴奇想都没想就向人群走去。他把自行车支在一棵树下锁好，就扒着人群往里挤。

挤进一看，眼前的情景立马吓了他一跳。只见一看就是地痞流氓的一个大胖子和一个矮个子的青年正在殴打一个乡下小伙子。小伙子已经被打得头破血流，可那两个青年还在打。吴奇的怒火顿时涌上了头顶，而更让他愤怒的是，这么多围观的人竟没有一个人上前阻止，反而一个个都在津津有味地看着。吴奇心里就想：俺们乡下人就该这么受欺负吗？拳头就握得咯咯作响。这时，那胖子一回头，就让吴奇感到这胖子长得太像城管大队的那个胖子了，于是就更激发出了他的愤怒。他求助地向人群望了一眼，却一眼看见了那位染了红脚趾甲的姑娘。

看见了这位姑娘，吴奇心里便说了一句：今天俺要让你看看，看看俺吴奇到底是个啥人。接着便是一声大吼，挥拳就向那两个还在打人的流氓冲了过去，一拳一个，就先后把那两个流氓打倒在了地上。就在吴奇正要扶起倒在地上的小伙子时，两个警察上来就把吴奇按住了。一个小警察恼怒地对吴奇说：“干什么？你要干什么？”围观的人群里立即发出了一阵大笑。

吴奇也恼了，气愤地对小警察吼道：“你们算啥警察？不去抓坏人，干啥要抓俺？”

围观的人们又是一阵大笑。尤其是那位染了红脚趾甲的姑娘，笑得最欢。

就在吴奇百思不得其解的时候，一位四十多岁的黑大汉上来劝走了那两个警察，微笑着对吴奇说："对不起了小伙子，我们这是在拍电视剧。"

吴奇这才看见，前面正有人扛着摄像机。那个被打的小伙子正在给胖子擦嘴上的血。吴奇清楚，胖子嘴上的血，是被自己打的。

吴奇的脸立马红得像块红布，边道歉边往外走，却被那黑大汉给拉住了。

吴奇心里咯噔一下，心说俺又闯祸了，正要求饶，黑大汉说话了："你先别走，我有话要跟你说。"

吴奇害怕地说："说啥，您就说吧。"

"我是这部戏的导演，叫吴楠。"

吴奇马上说："俺也姓吴，叫吴奇。"

"好，那我们就是一家子了。吴奇，是这样的，我们这场见义勇为的戏，拍了一上午也不理想，饰演英雄的演员总是不到位。刚才你的表现，太符合剧情的需要了，而且你的形象和气质，也很接近角色。所以，我想让你演这个见义勇为的英雄。"

吴奇连连摆手，说："不行不行。导演，俺……俺从来也没演过戏。不行，不行。"

"别害怕。我跟你说实话吧，眼下好多有名望的演员，他们都是从来没有演过戏，而是通过第一次演戏而成功的。远的不说，就说夏雨吧。夏雨你知道吗？"

"知道，而且俺特喜欢他演的戏。"

"可你知道吗，他就是通过演《阳光灿烂的日子》而一炮打响的。那时，他和你一样，也是头一次演戏。放心吧，只要你像刚才那样再来一遍，我敢打保票，你肯定成功。”

吴奇心动了，说：“那俺就拭拭？”

“好样的。”导演一声令下，就让摄像做好了实拍的准备。

然而惨了，第一遍，不行。第二遍，还是不行。第三遍，更糟。一连拭了五六遍，是越拭越糟。最后连吴奇自己都没了信心。导演就问他：“没让你演的时候，你的表现蛮好的嘛。怎么一说让你表演，就越来越不行了呢？”

吴奇不好意思地说：“导演，俺一个乡下打工的，要说玩真的，还行。要是让俺玩假的，嘿嘿，就玩不好了。”

吴奇离开人群的时候，看见那位染红脚趾甲的姑娘很是深情地看了他一眼。

吴奇从住处出去时天已接近黄昏，他是去单位接班的。这天，他比往日的接班时间早出来了一个小时，目的，是想再碰上那位染了红脚趾甲的姑娘。他知道自己的想法既荒唐又可笑，可他还是这么做了。一天中能碰上这位姑娘好几次，而且最后一次还那么深情地看了自己一眼，这不能不承认是缘分吧？不能不承认是有啥意思了吧？他有一种感觉，觉得今天还会碰上她，而且会是具有深远意义的。他相信感觉。

吴奇怀着一种美好的愿望与感觉走在公路边的人行道上。由于心情特别好，他就感到过往的行人都是那么亲切，感到每一棵树都在向他祝福，便相信这天的傍晚一定会发生让他意想不到的事……

让吴奇意想不到的事果然就发生了。当他走到一个大广告牌子下面时，发现前面一百米处的花坛边，又像午后在胡同里那样围了一大群人。从人们的动态和气氛上看，也像是里面发生了什么。他想准是又在拍电视剧，而且还是先前那拨人，就想赶紧离开这里，免得让那位导演看见显得尴尬。可是，从人群中传出的哭喊声，他觉得又不像是在拍电视剧。他四处看看没有维持秩序的警察，也没有某某剧组字样的汽车，便觉得真是出什么事了，便向人群走去。

吴奇认真听了听里面的动静，又仔细看了看周围的情况，便果断地判断出里面确实是发生了什么。他在人群外转了几转，终于把牙一咬，使劲分开了人群，几步就挤了进去。

首先映入他眼内的，是两个正打得起劲的一看就是小流氓的小伙子，接着，便是地上被打的人。也是个小伙子，已经被打得满头是血。小伙子一边求饶一边求救，听口音不是本地人。吴奇站在那只看了几眼，便断定那被打的小伙子是无辜的。恐怕周围的人没有一个相信，那个又瘦又小的外地小伙子敢偷那两个膀大腰圆的本地小伙子的东西，而周围这么多足有五六十个的围观人，却没有一个人肯上前制止。

这个时候的吴奇，耳边忽地响起了自己对那位导演说的话：“俺一个乡下打工的，玩真的，还行。要是让俺玩假的，就玩不好了……”想到这几句话，吴奇感到自己玩真的时候到了。他不自觉地又向周围的人看了一眼。真是老天的安排，他又看到了那位染了红脚趾甲的姑娘。此时，那姑娘正用一种敬佩、鼓励的目光盯着自己，于是他浑身立即充满了力量，便冲那两个正打得起劲的小伙子大喝一声：“住手！”

那两个小伙子一愣，立即停住了手。可回头一看是比他们少说也要矮半头的吴奇时，惊慌的脸立即又恢复了原状。吴奇这才看清这两个小伙子的真实面目，一个小胡子，一个黄头发。

小胡子冲黄头发一挤眼，怪里怪气地对吴奇说："怎么着哥们，想挡道啊是怎么着？"

吴奇冷冷一笑，说："那要看是什么道，歪门邪道，今天俺就是要挡。"说完这话，吴奇自己都惊讶：自己今儿个是怎么了？吃豹子胆了？不但话说得如此有力如此镇静而且像电视剧里的台词。

"行啊哥们。挡道？那要看看它乐意不乐意了。"黄头发说着就从怀里抽出了一把尖刀，指着吴奇狞笑着说："哥们要是有种，就上来比试比试。"

望着眼前的尖刀和凶相毕露的黄头发和小胡子，吴奇心里直冒凉气，腿也开始发抖，心说这回俺要真他娘的倒血霉了。他求助地看了周围一眼，却见周围的人已自觉地往后退了好几步，像看杂耍表演似的给腾出了一大块场子，不少人的脸上还露出激动与兴奋。完了，这下俺是要完了，一股悲壮便涌上了吴奇的心头……蓦地，这股悲壮便在吴奇的心中化作了一股愤怒与冲动，同时，自己对导演说的话又响在了耳边。他看了一眼正对自己晃动手机的那位姑娘，心里顿时明白了什么，全身立即就凝聚了一股强大的力量，并下了要与歹徒拼一死活的决心。

就在这时，黄头发已挥刀向吴奇刺了过来。吴奇猛地往旁一闪，便闪过了黄头发刺来的尖刀，同时"啊——"的一声大叫，右脚乘势向黄头发踢去。咕咚一声，黄头发便被踢了个仰面朝天。吴奇一步上前，想将黄头发手中的尖刀夺过来。然而晚了，小胡子已从后面向吴奇袭来，一刀刺中了吴奇的后腰。吴奇"啊"的一声一个趔趄险些倒下，却又顽强地挺住了。就在小胡子又要举刀的一刹那，一阵警笛声由远而近地急急响起。小胡子一惊，随即拔腿就跑。黄头发从地上爬起来也要跑，却被吴奇一扑紧紧地抱住了后腰，两人便一同倒在了地上。黄头发想挣开吴奇爬起来，却怎么也挣不开，便气急败坏地用尖刀乱扎吴奇。顷刻间，吴奇便成了一个血人……

当吴奇醒来时，他已躺在了医院的病床上。周围，是公安局的领导和他单位的领导及一些医护人员。领导们的几句问候之后，一位护士上前，递给了吴奇一束鲜花。护士告诉吴奇，这是一位姑娘送的。姑娘？吴奇心里一动，急忙打开了夹在鲜花中的纸条，只见上面写道：

你是真正的男子汉。我和你一样，是个在饭店工作的打工妹。下班后，我会来守护你的。

爱你的一位姑娘

是她吗？一定是她。

吴奇笑了，笑得是那么幸福，幸福得两眼闪着泪花。

危难之时

短篇小说

有齐书记的英魂在保佑着我们，

家园，一定会建设得更好。

七月中旬，龙山县下起了一场几十年以来罕见的大雨。这雨下起来就没个完，白天下，黑夜下，一连下了三天三夜还在下。沟平了，河涨了，就连十几年以来几乎年年都要亮底的大沙河水库，现在水积得都要上了岸。龙山县到处是水，任何一个地方都是气蛤蟆的叫声：归儿呱，归儿呱，归儿归儿呱。一声高过一声，一阵高过一阵，叫得让人打心里往外烦。据气象部门报告，这场大雨还要持续好几天，有的地区还有暴雨，望各级领导做好防汛准备。龙山县，正面临一场洪水的威胁。

大雨继续下着的第四天的下午，西府乡副乡长陈明接到县政府打来的电话，让他马上赶到县政府。在这个防汛最紧张的节骨眼上，谁也不敢怠慢。二话没说，他跟乡长打了个招呼，坐上吉普车就奔向县政府。半个小时后，陈明迈进了县政府的大门。马县长正在等着他。几句话过后，马县长就开门见山地告诉陈明，经县委、县政府研究决定，调他去青龙乡任乡长。而且挺急，明天上午就要去上任。

陈明根本没有想到会是这个。太仓促了。所以他没等马县长把话说完，就急火火地说：“我不去。”

陈明之所以这么果断地说不去，是有一定原因的。

他清楚，青龙乡的扬乡长一个月前因为一起经济案子已经被停了职，乡党委书记老齐在一个星期前又住进了医院。青龙乡现在是群龙无首。

这倒不可怕，可怕的是现在几个副乡长都在千方百计地争这个乡长的位子。据说有个姓赵的副乡长，在青龙乡是个人物，而且各方面的关系相当复杂。

陈明想，这个时候我去当乡长，那伙人还不把我给生吃了啊？再有，龙山县洪灾最危险的地方就是青龙乡。自己到那儿是两眼一抹黑，支使谁，谁都敢跟自己拨楞脑袋。更要命的是，青龙湖下面的朝凤村的村民个个不听指挥。青龙湖真要一决口子，天爷，自己就得喝敌敌畏……

然而这是组织的决定，在这危难之时，作为一名共产党员的陈明，最终还是答应了。

但他要了个心眼儿，他跟马县长说他只答应代理三个月，三个月后，不管干好干坏，另请高明。马县长同意了，可马县长也有言在先，关于他代理三个月的事，除去他俩知道外，不能让任何一个人知道，包括他的老婆。陈明也点了头。

陈明走了。望着陈明的背影，马县长笑着自语道："小子，想给自己留条后路？这匹马你骑上了，到时候，怕是你自己都不愿下来了。"

这已经是第五个阴雨天了。

为了不惊动大家，陈明只跟乡长打了个招呼，一大早，自己就悄悄地骑着自行车上路了。陈明出门时虽说天上破天荒地没掉一个点儿，可天阴得仍像一盆水，说不定什么时候这盆水就会倒下来。果然，陈明骑着自己的车没走三里路，大雨就下起来了。柏油路上，立即就漂起了一层水泡儿，雨水小溪般向两边早已积满了水的沟里流去。而一个个硕大的癞蛤蟆，却慢吞吞地从沟里往路的中央爬。青龙乡位于龙山县的最北部，是个半山区。

青龙乡有座青龙湖，坐落在朝凤村北面的半山腰上，距村子也就一千米。从村后的盘山路往上步行，半个小时后就能见到面积有三平方公里的青龙湖了。

在早，这只是一个天然的水库。近年来，随着旅游事业的发展，又鉴于这个乡紧靠国家的一级公路和铁路，青龙乡便在十年前把水库改成了青龙湖，并进行了开发。这些年来，青龙湖确实给青龙乡带来了好处，但也给青龙乡带来了威胁。

青龙湖四面是山，只有正对着朝凤村的方向有一段五十米左右的缺口。开发后，这缺口便被垒成了一道高十米的拦水坝。为此，只要一下雨，四面山上的水就会全部流入湖中。由于近十多年来雨量都不大，四面山上流下的水也就刚好保持湖水的饱和状态。所以一直都未对拦水坝采取过任何的防护措施。

没想到今年突然连续下了几天罕见的大雨，猛地就使青龙湖的水超出了容量。又因为当年承包垒坝的工程队偷工减料，致使拦水坝现在已经开始承受不住超容量湖水的压力。

据有关人士预测，倘若是再连续下两天的大雨，青龙湖就大有崩溃的可能。缺口，就是这道拦水坝，一旦崩溃，整个青龙乡就会受灾。而在十几分钟之内，朝风村就会被冲得一干二净。因为在短时间内对青龙湖的拦水坝无法实施安全措施，所以县委、县政府头两天就对青龙乡下达了一级战备的指示，一定要想方设法保护好朝风村全村群众的生命安全。再三强调，千条万条，朝风村不能死一个人。

两小时后，陈明来到了青龙乡。此时，雨已经开始渐小。

果然名不虚传，一看乡政府的办公大楼，就能看出此乡的经济实力。四层白色瓷砖贴面的办公大楼，样式设计得别具一格。正看像一条几何型的扬帆船。清一色的铝合金门窗，配备的全是茶色玻璃。楼前假山假水、花坛盆景。一条青色大理石雕的巨龙昂首于花坛之中……

陈明一进乡政府大门，便见办公大楼右边的乡政府招待所楼前聚了一群人，吵吵嚷嚷的像是在打架，而办公大楼前却清冷得没有一个人。陈明把自行车放入存车棚后，就进了办公大楼。可他从一楼一直走到了四楼，始终未见一个人。于是他又从四楼下到一楼，才见一位二十多岁的姑娘从厕所里出来。陈明上前问道：“姑娘，乡里的主要干部在哪儿？”

姑娘上下看了陈明几眼，不卑不亢地说：“您这时候找头儿？算您没选好日子。告诉您吧，书记住院，乡长停职。”

“那其他的领导呢？”

“其他的头儿？您看见招待所楼前的那群人没有？残兵败将，全在那里吵呢。劝您也别去找，找也没戏。弄不好，反倒惹一肚子气。这会儿，人人的火气都高得找不到地方撒呢。”

陈明乐了，说：“你这个人倒挺有意思的。谢谢你了。不过呢，我还是得找他们。”说着就向那群人走过去。

因为围的人挺多，中间谁跟谁在吵、在吵什么也闹不清楚。陈明看了看后点燃了一支烟，一边吸着一边看着这些人。这些人有男有女，有老有少。有的提着包袱，有的还在奶着孩子。旁边一辆130汽车上，大苫布下是一些高档家具。大门口，也放着不少家具和生活用品。两个小伙子站在家具边，一边吸着烟一边望着人群的中心，个个都是挺烦的样子。陈明一下子明白了什么……

这时，只听人群中一个男人大声地说道：“别忘了，你是第一副乡长。在这个节骨眼上，你不关心各村的防汛情况，却带头急着往这儿接家属。你把你家值钱的东西都拉来了，群众就没有值钱的东西了，啊？”听声音，陈明觉得此人也就是三十多岁，而且听着有些耳熟。

“照你这么说，当领导的家属就该全都淹死，是不是？”是个五十多岁的男人的声音。

“你这是胡搅，不讲理。”

“好。我不跟你废话。你要是有能耐的话，你就派车把接来的这些人都送回去。”声音挺蛮。

“不回去。谁敢让我们回去，我们就跟谁玩命！”招待所门口的那两个小伙子首先向着人群喊道。接着，就有不少人跟着喊了起来。

陈明更清楚了，有的干部不顾群众的安危，把家属接到了乡政府这个安全岛。似乎几年前建造乡政府大楼时就想到了这场罕见的大雨，所以选在了这块宝地。不论洪水多么厉害，这里也不会存下半滴水。

一辆白色的宝马小轿车驶进了大院，刷地就停在了人群旁边。司机是个二十多岁的小伙子，下车后冲人群中大声喊道：“三叔，三叔。”

人群中挤出一位五十多岁的胖子。他一脸的不高兴，嘴里还在骂骂咧咧。他就是青龙乡的副乡长，赵春生。

“三叔，人家西府乡的乡长说，调咱这儿的乡长一大早就来了。”司机对赵春生说。

“来了？”赵春生摸着秃头思索着。片刻，他似乎想起了什么，忙问司机：“你没问调来的乡长叫什么名字吗？”

“问了，叫陈明。”

“陈明？不认识这人啊。”赵春生说着对一个姑娘说，“小张，快往各村挂个电话，问问新来的乡长在不在。说不定，这个陈明正在哪个村子查看水情呢。”说完又对司机说，“你哪儿也别去，一会儿问清了这个陈明在哪个村子，咱们马上就去。”他愣了一下冲一个高个子男人喊道：“李主任，赶快通知食堂，中午有一桌。记住，甲级的。”

李主任应了一声向食堂跑去。

赵春生转过身，正好与刚从人群中挤出来的一位三十多岁的男人打了照面。陈明一看，是乡党委副书记马玉林。这时，赵春生愤愤地指着马玉林说：“姓马的，你听着，你不就是暂时抓书记的工作吗？就敢跟我来这个是不是？好。现在我不理你，咱们骑驴看唱本，走着瞧。”说完气哼哼地奔办公楼而去。

刚才赵春生的所作所为，陈明全看在了眼里。他一是感到气愤，二是感到此人确是可以的。现在见他要奔办公楼，便一伸手拦住了他，说：“请问，你就是赵副乡长吧？”

平时，赵春生最烦的就是在他名字前加个副字了，所以很是不耐烦地看了陈明一眼，说：“有什么事以后再说，眼下没有闲工夫管那些鸡毛蒜皮的事。”说着抬腿就走。

陈明的火一下子就上来了，他冲已经走出几步的赵春生大喝一声：“你给我站住。”

赵春生站住了。他上下看了陈明几眼，也气冲冲地说：“怎么，你要干什么？”

“给你看看这个。”陈明把县委组织部的调令和县委、县政府的任命书递给了赵春生。

赵春生打开一看，脸即刻就变了颜色，但很快又恢复了正常并面带微笑地忙对陈明说：“真对不起了陈乡长，没想您自己来了。这……这真是大水冲了龙王庙了。走，快上楼休息休息。”说着就往楼上让。

陈明摆了摆手，说：“先不急。老赵，马上通知各村的书记和村主任，三十分钟后在会议室开会。机关人员全部参加。”

“好。”赵春生转身安排去了。

这时，马玉林走到了陈明的面前，用拳头捶了他一下，说：“老陈，你来得正是时候啊！”

“是吗？”陈明故作严肃地问马玉林。

“好了，别的什么也先别说。不过我的感觉是……”

“是什么？”

马玉林诡诈地一笑，说：“这雨嘛，还得下。走，开会去。”说完就和陈明走向了办公楼。

三年前，陈明和马玉林都是刚刚调入各自的乡政府不久，正巧同时参加了县委党校举办的青年干部培训班而从此成为好朋友的。

雨，又开始下了起来。

显然，全乡的机关人员并没有全部到齐，稀稀拉拉的也就三十多人。看样子，人数最少也要缺三分之一。这些人仨一群、俩一伙地散坐着，表情各异地注视着台上的陈明。

头一次在新地方主持会议的陈明心里不觉有些紧张，加上台上就他一个人，话就不知从何处说起了。于是就狠命地吸烟。半支烟吸下去后，他才稳下了心，也就有了开头的话：“请各位副书记和副乡长都到前面就座。”

像陈明这种任职会议的形式，恐怕有史以来还是头一次。然而因为特殊的情况和特殊的原因，这种形式也就不足为奇了。

马玉林首先走了上来，坐在了陈明的身边。接着，赵春生和三个人也相继走上了台分别坐在了陈明的两旁。陈明望了一眼走上来的几个人，冲他们笑了笑，而后冲台下说："大家好。因为情况特殊，就来个自我介绍吧。我叫陈明，从现在起，我就是咱们青龙乡的乡长了。往后，还靠在座的各位多多指教了。"接着又对台上的几位说，"好吧，你们就做个自我介绍吧。从现在起，咱们就是一根绳子上的蚂蚱了。"

几个人就对陈明做了自我介绍。

陈明站起和他们一一握手后又坐回了原处，冲台下说了起来："我来咱们乡任乡长，是仓促上任的。昨天下午，我才接到马县长的通知，今天就匆匆忙忙地赶来了。在此之前，我是西府乡的副乡长。上任仓促，所以今天召集大家开会也很仓促，也就很不符合以往的规矩了，就请各位原谅吧。为此，今天我不想多说，只说两点。眼下正是防汛的紧张时刻，我们乡又面临着青龙湖的威胁。所以，我们乡干部之间，尤其是领导干部之间，一定要以大局为重，不论谁跟谁有什么意见不统一，或是有什么矛盾的，在这个节骨眼上都要放到一边去。眼下我们的头等大事，就是怎么对付这场下起来没完没了的大雨，尤其是险情十分严重的青龙湖。如果在这场防汛中，我们青龙乡死了一个群众，那就是我们的失职和罪过。所以，我在这里特别强调，如果谁在这场防汛战斗中做出了与人民的利益相反的事来，我就把谁送到法庭上去……"

这时，其余各村的书记和村主任也陆续走进了会议室。

"……包括我在内，我们领导班子正好六个人。除去副书记马玉林留在家里外，其余的人各带三名干部随村里的车去一个村，什么时候险情排除了什么时候再撤回来。这是一。二，乡里全部车辆，全部集中在乡政府大院待命，车辆全部由马玉林同志指挥。有句丑话我要说在前头，如果哪位司机不听指挥或是私自动车的话，”陈明说到这儿拍了一下桌子，十分严肃地说，“我就永远吊销他的驾驶执照……”

陈明问马玉林各村的干部都来了没有，马玉林点了一下头。陈明便接着又说：“现在，各村的领导干部同志都来了。首先向你们问个好，你们辛苦了。我叫陈明，从现在起，我就是咱们青龙乡的乡长。往后，还望各位多多关照啊。这么急地把各位请来，简单地说就一句话、一件事。这一句话是：请各位一定要和乡干部们齐心协力，打好抗洪这一仗。一件事是：哪个乡干部的家属是你们村的而现在又被接到了乡政府大院的，散会后请你们都给我拉回去。一趟不行两趟，两趟不行三趟。反正是一句话，谁不走也不行。散会。”陈明果断地宣布散会了。

不一会儿，各位领导便按着马玉林的安排带上人去了各自该去的村。赵春生打开车门刚要上车，被陈明给叫住了。赵春生不冷不热地说：“怎么，还有什么事吗？”

陈明温和地说：“刚才我在会上已经说了，车辆全部集中在乡政府。老赵，还是跟村里的车走吧。”

赵春生瞪了陈明一眼，气哼哼地对车上的几个人说：“都给我下来，咱们走着去。”说着抬腿就走。

“老赵。”陈明又喊住了赵春生。

赵春生不满地说：“你还要干吗？”

陈明一指招待所门口的那一大群吵吵嚷嚷的家属，仍是温和地说：“这些家属，还是得请你去说句话啊。”

“我？”赵春生不慌不忙地点上了一支烟，冷冷地说，“你是一乡之长，只有你的话才管用啊。我去？还不是瞎子点灯——白费蜡吗？”

陈明早就料到赵春生会来这一套，所以听到他说的这话也就一点儿不觉得吃惊，而是微笑着对他说：“老赵你可真会开玩笑。你别忘了，这些人可都是你给请来的。解铃得需系铃人嘛。你去，要比我强多了。老赵，眼下大伙儿都很忙，咱们就别逗闷子了。”很显然，陈明仍在给赵春生留着台阶。

“我要是不去呢？”赵春生仍是冷冷地说。显然，他是没有把这位比他小十多岁的陈明放在眼里，也是想当着这么多人的面给陈明来个下马威。

陈明的火自然是顶到了脑门，但还是强忍着怒火对赵春生说：“哪能呢。老赵，看在这么多人的面子上，去说句话吧。大伙儿，都挺忙的。”

“不去。”赵春生说得十分坚决。

陈明终于忍不住了，瞪着双眼厉声地对赵春生说：“老赵，你就是对我有天大的意见和嫉妒，现在也不是较劲的时候。你听好了，我这乡长是县委和县政府决定的。你还听好了，这些家属没有错儿。可是，你要是不把这些人给我弄回去，我就撤你的职。”说完冲身后的几个干部一挥手，说：“走。”就带领这几个干部钻进了朝风村的汽车，走了。

这回可把赵春生给僵在这儿了。一向吐口唾沫都能砸个坑的赵春生，头一次在自己的属下和这么多人面前碰了个硬钉子，那表情和心理简直无法形容是什么样子了。就在他上也不是下也不是的当口，几个人围上他直给他下气儿找台阶。半天，他才对这几个人说：“得了，冲你们。”说着走到那几个死活不回去的人面前，说：“刚才你们也看到了，也听到了，我赵某实在是顾不上你们了。光棍不吃眼前亏，都回去吧。”

还是没人动。一个二十多岁的小伙子走到赵春生的面前，愤愤地说：“爹，我们就是不回去，看他姓陈的能把我们怎么样？”

“叭”的一声，赵春生打了儿子一个大耳光，恼怒地骂道：“混账东西。收拾东西，给我回去。”说完钻进了他该去的村子的汽车。

无奈，这些家属们只好怏怏地跟着自己村子的汽车回去了。

雨，比刚才下得更大了。

半个小时后，陈明和武装部王部长、干事小孙来到了朝风村村委会的大门口。

此时，只见满院子都是人。有的举着伞，有的披着雨衣，有的披块塑料布。大部分都是男人，乱哄哄地在听一个人讲话。说是讲，其实是在喊了。王部长听了两句，显得很惊讶地对陈明说：“乡长，是齐书记。”

“齐书记？”陈明不解地说，“他不是正在住院吗？”

“是啊。”王部长说，“会不会他从医院里偷着跑回来了？他的家就是这个村的。”

这时，只听齐书记说：“我是在咱们村生，在咱们村长大的，难道你们还不相信我的话吗？我都快六十岁的人了，还能跟你们说着玩吗？告诉你们吧，气象台已经说了，今天、明天和后天，都有大到暴雨。青龙湖，大有崩溃的危险。而眼下又没有办法排除。所以，最安全的办法就是赶快转移。这是县里的意见，也是乡里的意见。如果我们不转移，青龙湖一旦崩溃，就是天王老子也没有办法了。十几分钟内，我们全村就会被冲得一干二净。老少爷们，我求你们了，听我一句话，赶快转移吧……”齐书记说着说着就猛烈地咳嗽了起来。

看来，群众是不愿意转移的。确切地说，群众还不相信青龙湖有危险。这时，朝凤村的党支部书记兼村主任老徐从人群里走了出来，对陈明说：“陈乡长，齐书记一大早就从医院赶回来了。一进村，正赶上赵副乡长派人来接齐书记的家属。当时，齐书记的家属已经上了车，硬是让齐书记给拦下了。然后他就召集全村大会，动员全村转移，可群众就是死活不走。到乡里开会，我想跟您反映一下这个情况，可一直没有机会。现在您来了，正好。”

陈明被这位老书记的行动给感动了。但他想到，此时自己若是出面，倒不一定能对群众转移起到什么作用，不如先到青龙湖去看看，自己心里也好有个底。便对王部长说：“老王，咱们还是先到湖上看看吧。走。”而后又对老徐说：“老徐啊，我们先到湖上看看，一会儿就回来。记住，先不要告诉齐书记我们去湖上了。”

徐主任点了点头。

不到半个小时，陈明他们来到了青龙湖。陈明站在湖边一望，心里不觉倒吸了一口凉气。

我的天，青龙湖其实就是一个大盆啊，湖四周的大山就是盆帮。此时，山、水、天已经浑然一体完全成了一个颜色。平时坚硬的大山，现在已经成了吸足水的海绵。从四周山上流下来的水像脱缰的野马，肆无忌惮地一齐涌向湖中，湖的四周便溅起了一层四五米高的水雾。那震耳欲聋的哗哗流水声足以让人胆战心惊。一股股的大风刮来刮去，仿佛整座大山都在晃动，大有立即就要溶化的可能。几条小船像片片树叶在湖面上掀来摔去……

望着眼前的这一切，陈明的脸冷若冰霜。

陈明沿着湖岸没走多远，便看到了最大的隐患处，那就是两山之间的那足有五十米的拦水坝。此时，拦水坝已经有多处渗水、漏水。有两处的水已经像喷泉一样在往外喷着足有三米高的水柱。这就更足以说明，这道拦水坝已经开始松动。如此下去，这道拦水坝顶多再能坚持两天。随着湖水压力的不断增加，拦水坝就有随时决开的危险……看来，朝风村必须转移了。否则，后果将不堪设想。

陈明决定即刻回村。就在这时，朝风村的车上来了。乡党委书记老齐在老徐和两名村干部的搀扶下，跌跌撞撞地向陈明走了过来。陈明赶紧迎了上去，一把抓住了齐书记的手，激动地说："齐书记，您怎么上这儿来了？"

"你就是陈明？"齐书记问。

"是。"陈明点了点头。

"好，好。你来得正好啊！"齐书记指着拦水坝说，"这里的一切，你全看到了。这雨就是不下了，两天以后，这道拦水坝也得开。"齐书记严肃地说："坚持我的意见，全村的群众，必须马上转移。"

“对。”陈明说：“齐书记，上车，咱们马上回村。”

“走。”

群众还是死活不走。

这可急坏了齐书记和陈明。到了吃午饭的时候，齐书记把陈明等人和几位村干部全请到自己家里，一边吃饭一边商量着办法。陈明问齐书记：“既然群众死活不转移，您看，能不能再想个别的办法呢？”

“别的办法？还能有什么别的办法呢？你就是给这些群众下了军令，他们也不会吃你这一套的。他们心里总是有他们的一定之规。”齐书记愤愤地说。

“这也难怪。新盖的房，新置的家具，哪样也背不走，是怪心疼地。”

“可是，到时候人都冲走了，就是一座金山，还顶什么屁用？”齐书记气呼呼地说。

“齐书记，您别急。”陈明说，“您看这样行不行？”

“快说。”

陈明说：“紧挨村子东面不是有个小山包吗？我看青龙湖的水再大，也影响不到小山包。我想，一旦拦水坝有了危险，群众往山包上撤也来得及。关键是得让群众做好充分的准备，发现险情立即报警，马上转移。”

齐书记思索了一下，说：“行，这倒是个两全其美的办法。可是，小山包与村子之间有一条三丈多宽、两丈多深的沟啊。而且沟里也有水，拦水坝一有情况，这么多人，怎么过呀？”

“架桥。”陈明果断地说，“动员全村的壮劳力，从午后开始干，半天而加上一夜，再慢，桥也能架完了。”

“对，架桥。”齐书记坚定地说完，转身对老徐说，“现在是一点，你马上去村委会，用大喇叭通知全村，下午一点半准时开全村大会，每家至少来一个主事的。”

老徐应了一声急匆匆地走了。

群众来得挺齐。一点半的时候，村委会的大会议室里已经坐满了人。大都是男人，还有不少上了岁数的老人。老徐简单地说了几句后对大伙儿说：“现在请乡党委齐书记说几句。”

齐书记咳嗽了几声，说：“头晌午，我和咱们的陈乡长到湖上看过了。跟你们说吧，大坝已经开始漏水。漏水，就说明大坝已经开始松动。就是现在的雨停了再也不下了，湖水的压力也会把大坝挤垮的。坝一开，用不了一刻钟，我们朝风村的全村人，就会一个不剩地全部被冲走。既然大家死活不愿意转移，那我们只好组织人力，在东大沟架桥了。大坝不开，更好。开了，我们就往东山包上撤。为此……”

齐书记说完，陈明接着说：“齐书记说得对。本来，最好的办法就是转移。可是，大家都不愿意转移啊！说白了，就是舍不得丢掉这个家。可是大家想过没有？一切的一切，也没有人值钱啊！有了人，什么都会有的。乡亲们，在这场洪水面前，我们第一就是要千方百计地保住朝风村的每一人。架桥，就是这个目的。乡亲们，不要再犹豫了。像我们的齐书记，带着病从医院里跑出来，不就是为了全村的父老乡亲吗？不要以为齐书记的家在这个村子他才这么做的。要是这样，他早像有的人那样把自己的家属接到乡政府了。这样的好书记。还有什么可说的呢？”

陈明说到这儿征得了齐书记的意见后又对大伙儿说：“会就开到这里。散会后，我们就按计划开始行动。”

很快，六十多名壮劳力就组织好了。老徐亲自指挥大家把木料运到了大沟边，然后就分头干了起来。

陈明站在沟最深的地方，狠劲地抡着大锤，扶桩的是王部长和一个村民小伙子。“嘿、嘿、嘿，咚、咚、咚”的声音紧张而又有节奏地在雨中响着，显得是那么沉闷，又有些悲壮。

天傍黑的时候，十几个木桩子打完了。雨，也暂时小了许多，打完木桩，工程就等于是完成了一半。

齐书记看了看天，便让老徐带人回村取饭，趁着这会儿赶紧吃，吃完了好接着干。很快，老徐就带人抬来了几笸箩热气腾腾的肉包子，还有一大盆酱猪肉和几瓶白酒。

齐书记拿起一瓶酒对大伙儿说：“大伙儿在水中顶着雨拼了半天的命了，能喝的就喝点儿，去去寒。不过谁也不许喝多了，一会儿还得接着干呢。啊，请陈乡长说几句。”

陈明摆了摆手，说：“什么也不说了，大伙儿吃吧，喝吧。”

大伙儿用牙咬开了瓶子盖，抓起一把酱猪肉，你一口他一口地喝开了，吃开了……

凌晨三点，木桥架完了。齐书记对正要回家的人们说：“都别睡得太死，说不定枕头还没落稳呢，拦水坝就决开了。”

大伙儿走后，陈明和齐书记等人又看了看木桥，而后又来到了青龙湖。此时，村副书记正带着几名小伙子在警惕地值班。齐书记告诉他们说："报警一定要及时，并且要绝对保证你们几个人的生命安全。"而后，又和陈明等人回到村子巡视了一遍，问清了各家各户确实做好了充分的准备工作后，这才和几个人同时松了一口气。此时，天已经蒙蒙亮了。

雨，又开始大了起来。

五点零七分，正在齐书记等人又要去青龙湖看看情况时，青龙湖方向猛地传来了几声双筒猎枪的报警声。紧接着，大喇叭就向全村下达了赶快过桥的命令。齐书记、陈明等人即刻冲出了村委会的大院。

整个村子已经热闹起来了，人们纷纷从家中跑了出来，一齐向新架的木桥涌去。有人回头望了望青龙湖的方向，见并没有什么动静，便放慢了脚步很是不满地叨唠起来。

老徐看着那些并不着急的人，气得大声骂道："真他娘的是不进棺材不落泪啊。等拦水坝哗啦一垮，哭，你们他娘的都来不及了……"老徐急得眼珠子都快冒出来了，可仍是有不少人不着急，慢慢腾腾的。

陈明一看这阵势也急了，忙对齐书记说："您去组织前面的人过桥，我去催催他们。"说着跑到那些慢慢走的人面前，说："乡亲们，快跑吧。既然湖上值班的人向我们发出了警报，说明大坝已经开始危险了。再说，他们也不能等决了口子再发警报啊？那样，不但我们来不及跑了，他们几个不是更危险了吗？乡亲们，趁着大坝还没有决开，赶快过桥吧。”

尽管这些人不好跟陈明说什么，可从不慌不忙的行动上看，这些人还是没有把危险放在心上。直到村副书记等人急火火的从青龙湖上跑下来告诉陈明，说拦水坝已经裂开好几个人口子时，这些人才急着一齐向木桥跑去。气得老徐冲这些人骂道：“龟孙子们，别他娘的跑啊。”

木桥离村子也就五百米，最先出村子的人已经有不少人过了桥。有的正往小山包上爬，有的已经在小山包的树下支起了遮雨的东西。没有过桥的人见后面的人一下子着忙起来，便都呼地挤上了桥。一时间，木桥上出现了混乱，过桥的速度明显的慢了下来。在后面扶老携幼的陈明一见，忙对背着一个老太太的老徐说：“快到前面去，要让大家冷静下来，一切要听从齐书记的指挥。”

老徐放下了老太太，很快跑到了桥边，冲乱作一团的人们喊道：“都别乱，听齐书记的指挥，让老人、妇女和孩子先过。二狗子，老猫，你们他娘的一个大老爷们急他娘的什么呀？啊？……”人们根本不听这一套，仍是乱哄哄地往桥上挤。有一个孩子差一点儿被挤下去，被一位妇女一把拉住了。

“别乱。我看哪个大老爷们再不管不顾，我就拿铁锹劈了他。”老徐仿佛要疯，顺手从一个壮汉手里夺过了一把铁锹，凶神一般站在了桥头。老徐这一手还真把人们给镇住了，都按着齐书记的指挥很有秩序地过桥。很快，全村人就过去了多一半。

就在齐书记等人稍稍要松一口气的时候，只听青龙湖方向猛地传来了一声惊天动地的轰响。声响过后，便似有千军万马从青龙湖方向席卷而来。随着声响望去，便见青龙湖位置犹如天河开了口子般冒起一团水幕，像一头巨兽咆哮着向朝凤村猛扑过来。

陈明等人一见，心即刻就提到了嗓子眼。而就在这时，随着一阵哭喊声，村子方向又跑来了十几个人。陈明一见立即对齐书记说：“齐书记，您和老徐赶快带这些人过桥，我和王部长去接他们。”说着就和王部长冲那些人跑去。

几位村干部也跟着跑了过去。当这些人在陈明他们的搀扶下跌跌撞撞地跑到桥边时，急流般的水已经没过了这些人的腰。最可怕的是，木桥被沟里的急流一冲，已经开始嘎嘎作响，人走在上面也开始摇晃起来。而此时的人们却都冷静了下来，包括桥对面的人，谁也不喊不叫了，全是一脸的严肃与恐惧。仿佛一声大叫就会把桥给惊倒。

当洪水已经没过了人腰时，木桥开始大幅度地晃动起来。这时，只剩下十多个人还没有上桥的人群中猛地窜出一个二十多岁的小伙子，拼着命就往桥上挤。站在桥边的齐书记一见，伸手就是一记耳光，骂道：“混蛋。”小伙子捂着脸望了齐书记一眼，没吭一声又站在了一边。

就在陈明最后一个爬上木桥时，一根起着决定作用的木桩开始往下滑。木桥，也开始倾斜。就在这千钧一发之际，只见齐书记一下子跳入了水中，用肩膀死死顶住了倾斜的木桥。

“爹。”刚才挨了一记耳光的小伙子大喊一声，疯了般就要往水里跳。被老徐一把给拉住了。

“齐书记，危险。”陈明大喊一声就要往水里跳。

“笨蛋。”齐书记冲陈明狠狠地骂道。

陈明停住了。

“陈乡长，快跟大伙儿过桥。快，再耽误谁都过不去了。我……我坚持不了多一会儿。快……快呀。”齐书记咬着牙说。

“可是您……”

“快过吧。小陈啊，我知道我的病，就是跟你们一起过了桥，我也活不了几天了。快……快过吧。小陈儿啊，青龙乡需要你，好好干啊……”齐书记最后几句话几乎是拼着命喊出来的。

到了这种程度，陈明等人也只好含泪过了桥。他们的脚刚刚踏上对岸，轰隆一声，齐书记和木桥就随着洪水急流而去了。

“齐书记——”

“爹——”

人们同时呼喊起来。

几天后，使全村人躲过了一场灾难的小山包的一棵松树下修起了一座新坟。正是上午，阳光亮亮地照在坟上、树上和好大一群人的身上。全村人来了，乡里的领导们来了，县委书记和县长来了。按着乡俗，人们一个个给躺在坟里的齐书记磕了头。

陈明给齐书记磕完头站了起来对马县长说：“马县长，我有话要对您说。”说着要拉马县长到旁边去。

马县长没有动，说：“不用说了，就咱俩知道的话，等于是没说。”马县长指着全村人对陈明说：“你看，这场洪水是过去了。可是，这些父老乡亲们，可都在等着你带领他们重建家园呢。你的担子，不轻啊。”

“放心吧马县长，有齐书记的英魂在保佑着我们，家园，一定会建设得更好。”陈明坚定地说。

“会好的，一切都会更好起来的。”

外国鸡

他要把这些鸭子和鸭蛋

高出原价几倍的价钱卖给小村人，

而且还要让小村人高兴，

让小村人心甘情愿。

记不清到底是哪个年代的事了，总觉得有趣，便追记了下来。

那是个人们还不知道什么叫电的年代。不知道电的年代，人们的耳朵就像塞进了棉球，眼前就像蒙上了一层雾，外面的世界再怎么精彩也就知道得很少很少了。思维，更是简单得不能再简单了。

这是个偏僻的小村。小村虽偏僻，但是很美，依山傍水的加上风调雨顺，小村人的日子倒也过得吃喝不愁。尽管几乎与世隔绝，可人人都过得心满意足，日落日出平平安安的酷似陶渊明笔下的世外桃源。

小村人和外界的村人一样，除去种田种菜再种些果树外，也养一些家畜。鸡啊、猪啊、驴啊、马啊、羊啊、兔啊、猫啊、狗啊，都有。可就一样没有——鸭子。村中有河塘，村边也有河塘，都是四季满满的一塘水，都是清澈得能看见水底游来游去的鱼。守着河塘，可就是没有人养过鸭子。不但祖祖辈辈没人养过鸭子，也从来没有人听说过鸭子，带翅膀的，一直养的都是院里的鸡和房上的鸽子。要么就是天上飞的鸟。

这是夏天的一个上午，一个赶着毛驴车的小伙子慢悠悠地走进了村子。毛驴车上几个大筐，一筐是鸭蛋，其他筐里全是一身雪白的大个儿鸭子。不清楚这小伙子是怎么知道的这个小村的人从来没有见过鸭子，就带来了这么多的鸭子和鸭蛋来卖。他要把这些鸭子和鸭蛋高出原价几倍的价钱卖给小村人，而且还要让小村人高兴，让小村人心甘情愿。

小伙子看中了村中的河塘，就把驴车停在了河塘边的一棵柳树下，不喊不叫不吆喝，像姜太公钓鱼。

很快，一位三十多岁的大嫂向小伙子走了过来，还没走到跟前就冲小伙子喊道：“喂，大兄弟，卖啥的？”

小伙子很是礼貌地说：“大嫂，卖鸡的。”

这位大嫂走到了小伙子的面前，往筐里一看，表情即刻就起了天大的变化，惊诧地说：“这……这鸡咋长了这个怪样子？”

小伙子微微一笑，对她说道：“大嫂，这是外国鸡，您没有见过吧？”

“外国鸡？”大嫂紧紧盯着鸭子说，“别说没有见过了，从来就没听说过。”

小伙子听这位大嫂一说，心里更有谱了，便更进一步地试探着问道：“您没见过，您村里上了岁数的人肯定见过。”

大嫂说："我们村里岁数最大的麻爷，今年都九十多岁了，年轻的时候还去过镇里一次呢，算是全村唯一见过世面的人了。可是，从来也没听他说过外国鸡是啥样子。大兄弟，你的这些外国鸡都是从哪儿淘换来的啊？"

"我们那个地方，家家都养这种外国鸡。"

"你们那个地方，离这儿好远吧？"

"不远，也就百十来里地吧。"

"这么远？那你得多早就出来了？"

"天没亮就出来了。早出来，凉快。"

这时候，已经陆陆续续地围上了好多人，都是用一双看怪物的眼睛看着这些鸭子，都是一副十分惊诧的表情。

一个五十多的男人煞有介事地围着这些鸭子和鸭蛋转了好几圈，这才显得很是警惕地问小伙子："小伙子，你带的这些怪物，啊？鸡不鸡鸟不鸟的，到底是啥玩意儿啊？"

小伙子仍是很礼貌地说："大叔，这是鸡，是外国鸡。"

"外国鸡？"男人摸着下巴咧了咧嘴，说，"外国鸡咋跟俺们村里养的鸡不一样啊？你看这嘴，啊，又扁又长。还有这个头，啊，比俺家养的鸡不知要大多少。怪物，我看是怪物嘛，啊？"

"大叔。"小伙子十分诚恳地对他说，"外国人，您一定听说过吧？"

男人啊啊了两声，赶紧说："听说过，听说过。"

"那您见过外国人吗？"

"没有。"男人不好意思地说，"长这么大了，俺连村子都没出去过，啊。俺到哪儿看外国人去啊？”

“那您一定听说过，外国人都是大鼻子，对吧？”

“对，对。俺听村里的麻爷说过，外国人都是大鼻子。”男人说到这儿赶紧对周围的人说，“你们都听麻爷说过吧？”

村人就都点头。

男人显得很是自豪地说：“俺村的麻爷，啊，今年都九十多岁了。年轻的时候，他去过镇里一趟，啊，啥没见过？”

“这就对了嘛。”小伙子说，“外国人为什么是大鼻子呢？”

“为啥？”男人问。

“为啥？”小伙子被问住了。可他眼珠一转，即刻说道，“这么跟您说吧大叔，外国人为啥是大鼻子，那是蛤蟆不长毛——天生这路种。”

男人笑了，村人也跟着笑了。

小伙子接着说：“外国人是大鼻子，外国鸡是大扁嘴，就不新鲜了吧？”

男人连连点头，村人也跟着连连点头。

这时，几只鸭子不知为什么一阵“嘎嘎”地叫，叫得村人都是一愣。

男人望了望鸭子，说：“小伙子，这外国鸡，咋这叫声也跟俺们的鸡叫的不一样啊？听着咋就这么别扭呢？”

“大叔。”小伙子说，“外国话您听着别扭吧？”

男人根本就没有听过外国话，可他还是点了点头。

“这就对了嘛。”小伙子说，“外国人说话咱们听着别扭，外国鸡的叫声咱们听着不一样别扭吗？”

那位大嫂接上了话茬儿：“对呀。那咱们鸡的叫声，他大鼻子的外国人同样听着别扭，俺说的对不对啊大兄弟？”

小伙子冲这位大嫂伸了伸大拇指，说：“对啊，还是这位大嫂聪明。”

这位大嫂就有些得意地指着那筐鸭蛋说：“所以，人家外国鸡下的蛋，就比咱们的鸡下的蛋大。”

那个男人即刻瞪了这位大嫂一眼，说：“你咋就能证明，这蛋就是这外国鸡下的呢？”说着就看了小伙子一眼。

小伙子笑了一下，二话没说，从筐里提出了一只鸭子，对旁边一位提着一个空筐不知准备干什么去的小青年说：“这位兄弟，借用你的筐一会儿。”

“干啥？”小青年不解地问。

“我把这只鸡放在你的筐里，看看它一会儿下的蛋和这些蛋一样不一样。它下的这只蛋，就归你了。”

小青年还在犹豫，那个男人就说话了：“二牛，你别那么小气好不好？”

二牛就把筐放在了地上，说：“用吧。”

小伙子就把鸭子放在了筐里，说：“放心，过不了一袋烟的工夫，它就给你下一个蛋。这么大的蛋，足够你喝二两酒的。”

二牛嘿嘿地笑了一声。

就在这个时候，人们又有了新的发现。还是那位大嫂，一脸惊奇地说：“你们快看，这外国鸡的爪子咋长成这个样子啊？”说着就用自己的手边比画着边说：“咱们养的鸡的爪子，都跟咱们的手一样分着，这外国鸡的爪子，咋像小扇子似的连着啊？”

众人的目光都随着这位大嫂的目光一起对准了小伙子。尤其是那个男人，目光更是充满了惊奇。

此时的小伙子，心里更是有了能彻底征服这些人的百分之百的把握，于是就显得很是不屑一顾地说：“这有什么新鲜的？我告诉你们吧，那些个大鼻子的外国人，脚趾都是连着的。”

“啊？”众人都张大了嘴巴。

那个男人急忙问道：“那为啥？”

小伙子说：“外国人住在什么地方你们知道吗？”

众人摇头。

小伙子说：“告诉你们吧，外国人，都住在大海边上。他们吃的，主要都是海里的鱼虾。你们想啊，要想抓住海里的鱼虾，不下到水里行吗？”

众人又都摇头。

“既然要下到海里，就得会游泳。祖祖辈辈的，时间一长，他们的脚趾就进化得连在一起了。目的，就是为了在水里抓鱼虾时游得快。”

又是那位大嫂抢先说道：“大兄弟，照你这么一说，这外国鸡长了这么一对爪子，也是为了能在水里抓鱼虾了？”

“太对了。”小伙子又冲这位大嫂伸了几下大拇指，说：“大嫂啊，我是看出来了，您是这些人中最最聪明的一个。”

这位大嫂更是得意地冲众人笑了笑。

那个男人不乐意了，先是瞪了那位大嫂几眼，接着就对小伙子说："谁都知道，自古以来，鸡是从来不会凫水的，更别说能在水里逮鱼虾吃了。"男人说到这儿板起了脸，说，"小伙子，你不会是在骗俺们吧？目的，是想让俺们买你的外国鸡？"

小伙子笑了，说："大叔，俗话说得好，是骡子是马，拉出来遛遛不就知道了？这外国鸡到底是不是像我刚才说的那样，请大家过目。"小伙子说着提出一只鸭子，顺手就扔进了旁边的河塘。众人的目光，便就一起对准了河里的鸭子。众人的脸上，也就显出了各不相同的表情。

鸭子到了水里，自然是欢喜得不行。它先是抖着翅膀"嘎嘎"叫了几声，继而便拍着翅膀快活地游了起来。那溅起的一串串的水花，竟映照出了一圈圈淡淡的彩虹，是那么耀眼夺目。

人们都看呆了。

那位大嫂看了，不禁脱口而出："俺的娘哎，这外国鸡可真是神了。"

而那个男人，也不由得伸出了大拇指，说："这外国鸡，真的会凫水啊！"

小伙子得意地一笑，说："大叔，这算什么？您就往下看吧，绝的，还在后头呐。"小伙子的话音未落，只见鸭子把头一低，一个猛子就扎进了水中。鸭子不见了，水面上留下了一圈圈的涟漪。

众人都闭住了呼吸，双眼不敢眨一下地紧紧盯着水面。

有人小声地对那位大嫂说："不会淹死吧？"

那位大嫂没理她，只是轻轻地踢了她一脚。

就在这时，只见从水面的别处，鸭子一头钻出了水面，嘴里叼着一条二寸多长的鱼。它晃了晃脑袋，伸了伸脖子，鱼就被它吞进了肚子。而后，它就在水面上悠然自得地游了起来，还不时地冲着人们“嘎嘎”地叫几声。那样子，既是像在向人们证明着什么，又像是在炫耀着自己。

半天，人们才发出了一阵欢呼声。

那位大嫂忙对小伙子说：“大兄弟，你这外国鸡和这鸡蛋，咋卖？”一副急不可耐的样子。

这位大嫂一开头，众人便都争先恐后地要买小伙子的鸭子和鸭蛋了。

那个男人一声大吼，制止住了乱哄哄的场面，一脸疑惑地指着二牛筐里的那只鸭子对小伙子说：“这鸡蛋，咋还下不出来？”

众人这才想了起来，又都把目光对准了二牛筐里的这只鸭子。

这只鸭子心领神会，随着两声“嘎嘎”的叫声，不负众望地一欠屁股，一个鸭蛋就从屁股里滚了出来，和筐里的那些鸭蛋没什么两样。

众人彻底地折服了，那个男人也露出了满意的笑脸。然而，这个男人眼珠猛地一转，狡诈地冲小伙子一笑，说：“你的这些外国鸡和这些鸡蛋，俺们是要买的，而且这些是远远不够的。”

小伙子马上说：“这没关系。大叔，只要你们需要，我可以一趟一趟地往你们这儿送，一直送到你们满足为止。”

男人说：“不过，俺们得要麻爷说话。他认可了，俺们才能认可。毕竟，他是俺们村里唯一见过世面的人。”说着对二牛说，“去，赶快把你太爷爷叫来。”

“哎。”二牛高声应了一声，伸手抓起筐里的鸭蛋，一脸喜色地拔腿就向村西跑去。

男人又对周围的人说："想买这外国鸡的，没带钱的赶快回去拿钱，没带筐的赶快回去拿筐。一会儿麻爷来了，只要他一发话，咱们就开始买。"

众人听后，就有不少人回家取钱去了。剩下的几个人，还在犹豫不决地相互嘀咕着。

趁着等麻爷来的这段工夫，男人问小伙子："小伙子，大叔有句话，不知道该问不该问？"

小伙子微微一笑，说："没事，有什么话，您尽管问。"

"好。那俺就问你，你的这些外国鸡，都是从啥地方弄来的？总不会，你跟外国人有啥关系吧？"

小伙子眼珠一转，神秘地说："实话跟您说吧大叔，我有个三姑，十年前嫁给了一个商人。这商人整天介东奔西跑的，您应该知道吧？"

"知道，知道。商人嘛，要想赚钱，就得满世界跑。"

"四年前，那个商人，对了，就是我三姑父，为了一宗大买卖，您猜跑哪儿去了？"

"猜不着。"

"告诉您吧，那个……对了，我三姑父，跟一个外国人，跑到外国去了。"

"啥？"男人惊愕地说，"跑外国去了？那……那他会说外国话吗？"

"他是不会说外国话，可那外国人会说咱们中国话。"

“那……那他跑到外国，做啥大买卖去了？”

“这个嘛。”小伙子嘿嘿一笑，说，“不好意思了大叔，这个，我就不方便说了。您，可别见外啊。”

“没啥，不能强人所难嘛。”男人接着说，“这么说，这外国鸡，就是你三姑父从外国带回来的了？”

“对。”小伙子说，“当时，我三姑父就带回来两只，一只公的，一只母的，目的，是送给我玩的。后来，我爹见这外国鸡不但比咱们的鸡个头大，下的蛋也大，更关键的是好养活，往河塘里一放，小鱼小虾的一吃就饱了。比起养活咱们自己的鸡，合算多了。于是，就开始繁殖这种外国鸡。鸡下蛋，蛋孵鸡。鸡再下蛋，蛋再孵鸡的，几年下来，我们村家家都养起了这外国鸡。我呢，就做起了卖外国鸡的买卖。”

男人连连点头，又问：“对了，你三姑父回来后，没说那外国的一些情况吗？”

“当然得说了。这么着吧，您想知道什么，您就问，我全都告诉您。”

男人想了想，说：“那外国人，就整天吃鱼吃虾的，不吃粮食吗？”

小伙子眼珠又是一转，说：“粮食？那地方哪长粮食啊？听我三姑父说，那地方有一种树，树上结一种叫……叫……对了，叫笨头的东西。”

“笨头？笨头是啥玩意儿？”

“就跟咱们的玉米差不多，反正就是粮食。除去吃鱼虾，他们就吃这笨头。”

“真是外国，啥都怪，粮食长在树上。”

“新鲜吧？”

“新鲜。而且省事，不用年年种了。”

“那是，就像咱们的枣树一样，年年开花结果。”

“还有，他们穿的衣服跟咱们一样吗？”

“不一样。听我三姑父说，人家那地方一年四季都是夏天。热，比咱们这地方热多了。”小伙子说到这儿嘿嘿一笑，小声地说，“告诉您吧大叔，外国人，基本都不穿衣服。”

“啊？”男人也小声地说，“女人也不穿？”

“对。听我三姑父说，那地方的女人，只在这地方挂这么大一小块儿布。”小伙子在腿根部比画了一下。

男人咽了一口口水，说：“那……那不全露着了？”

“一览无余啊。您要见了，保您大饱眼福。”

男人嘿嘿笑了两声，说：“她们也不嫌寒碜？”

“寒碜惯了，一样。”

男人又问：“那……”

小伙子一通云山雾罩，把这个男人侃得是晕晕乎乎都快找不着北了。而这个男人，却觉得今天算是大开了眼界，就一个劲儿地冲小伙子伸大拇指……

被称为麻爷的来了。在二牛的搀扶下，颤颤抖抖地来到了小伙子的面前。小伙子一见就乐了，心说就您这七死八活老眼昏花的样子，就是给您拉一匹骆驼过来，您也敢说是大个的山羊。可小伙子却不敢轻视这位麻爷，他清楚，尽管这老头儿老成这个样子了，可他一句话就能让自己发了大财。相反，同样是老头儿的一句话，就能让自己卖不出去一只鸭子还会让自己陷入尴尬的困境。于是，小伙子决定来个先发制人，把老头儿拉到自己这边来，就一步上前对老头儿说："您好啊，老爷爷。"

"好。好。"老头儿微笑着点了一下头，而后就把目光投向了筐里的鸭子。

小伙子敏锐地感觉到，老头儿耳朵好使，可眼睛不行。心里有了底后，就紧接着说："老爷爷，听说您年轻的时候去过镇上？"

老头儿一听这话，脸上就露出了得意的表情，说："去过。"

小伙子冲老头儿伸着大拇指，说："了不起，了不起啊。"

老头儿笑了，笑得更加得意。

小伙子紧跟着又说："那，您可是见过大世面的人了。"

"那是。"

"听说，当年您在镇上，还见过外国人呢？"

老头儿愣了一下，但紧接着就点了一下头。

"都说那外国人是大鼻子？"

"对，都是大鼻子。"老头儿说着还比画了一下。

"外国那些个鸡啊……猫的，也是大鼻子？"

"对，都是大鼻子。"

"那您仔细看看。"小伙子指着筐里的鸭子说，"当年您在镇上看的外国鸡，跟这鸡是不是一个样子？"

老头儿点了一下头，说："俺刚才看过了，跟当年俺在镇上看的外国鸡，一模一样。俺二牛说得没错儿，这外国鸡啊，就是比咱们的鸡个头大，下的蛋也大，还会凫水。"

一切顺利。小伙子兴奋地拉住了老头儿的手，无比感激地说：“老爷爷，今天我要送您一只外国鸡，让您回家杀了下酒。”说着提起一只鸭子捆好就递给了老头儿，说，“老爷爷，这是我爷爷给我定下的规矩，到了一个新村子卖鸡，就送给村中岁数最大的老人一只。您是村中岁数最大的，得到这只鸡是当之无愧的，是理所当然的。”小伙子说到这儿对周围的人说，“大伙儿说是不是啊？”

“是。”众人异口同声地喊道。

这时，那个男人对老头儿说：“麻爷，您看这外国鸡，咱们是不是该买啊？”

“废话。”老头儿像下命令似的对大伙儿说，“买。从此以后，咱们就养这外国鸡了。家里的鸡，全部宰了吃肉。”

众人一片欢呼。

老头儿乐呵呵地提着鸭子，在二牛的搀扶下回家了。临走时对那个小伙子说：“小伙子，给俺留十只鸡，二十个鸡蛋，一会儿让二牛来买。”

小伙子爽快地说：“放心吧老爷爷，我全给您留着。”

很快，小伙子的鸭子和鸭蛋就被抢购一空。一只鸭子，卖了平时五倍的钱。一个鸭蛋，卖了平时七倍的钱。

还有多一半的人没有买到鸭子和鸭蛋，小伙子就应了大家的要求，第二天还来。

小伙子不负众望，一连往这个小村跑了十来趟，直到家家户户满足为止。

从此以后，祖祖辈辈养的鸡，很快就在这个小村里消失了，取而代之的，就是这些普普通通的鸭子。

多年以后，走出小村在外做买卖的二牛回到了村子，头一件事就是向全村人宣布，说："咱们养了这么多年的外国鸡，其实就是咱们中国的鸭子，咱们都让那年的那个小伙子给骗了。"

村人不信，说："你小子是不是疯了？这是不是外国鸡和鸭子俺们不管，反正它下的蛋比咱们的鸡下的蛋大就足够了，更关键的是它还会凫水。"

二牛还想说，就被他爹一巴掌给打了回去，并恶狠狠地骂道："兔崽子，你这是满嘴喷粪。要是你太爷爷还活着的话，非得打断你的腿。"

难敌『称呼』潮

胡大爷这句话说得很有意思，

既幽默又讽刺，

很是能让人发笑。

可我却笑不起来，

总是有一种嗓子卡了东西的感觉。

随着时代的发展、社会的进步，在事物不断变化的同时，好多的称呼也发生了根本的变化。这是时代的需要，也是社会发展的必然现象。俗话说得好：再好的米里也有沙子，再晴朗的天也会出现几块乌云。就拿这称呼来说吧，明明就是糖拌西红柿，非要改叫“雪罩火焰山”；明明就是屠宰场，非要改叫“天堂之路服务社”；明明只养了一只宠物公狗，也敢叫“火星繁殖集团”。最可气的是，我们村的二膘子，买了三辆旧摩的，雇了三个外地人给他拉黑活儿，也牛气哄哄地挂起了招牌：“飙风客运责任有限公司”。可气吧？更可气的是，有的人只不过当上个副科长，你再叫他名字他就不乐意了，叫他科长还不能带那个副字。我觉得这种现象挺有意思，就想就此写篇讽刺文章。

打开电脑还没容我敲两行字，山子给我来了电话，非要约我到县城那个比较高档的饭店去喝酒。我问他还约了什么人，他说就我一个，我才应了他。

山子是我从小学一直到高中的同班又同村的同学，大学毕业后一直在某个小机关工作。此人一贯不务正业，和我一样总是好写一些经常挨有关领导骂的文章，又不会也不愿意溜须拍马讨领导高兴，所以工作二十多年了才于近日混了个副科长。

按时来到饭店，山子已经在此等候了。见我来了，头一句话就说："石头，今天我请你来这饭店喝酒，你是不是觉着太阳从西边出来了？"

我笑着点了点头，说："不怕你不高兴，自从你当上了那个狗屁的副科长以后，你的眼睛可就往上长了。甭说对别人，就是对我这个从小和你一起光屁股玩泥长大的发小，你不也是癞蛤蟆撞上长虫皮——躲得越远越好吗？所以我就想，你呀，肯请我来这儿喝酒，一定是撞上什么腻味的事了，你才舍得出这血。往小了说，你是马屁没拍好拍头儿的脸上了，挨了一脚，窝了一肚子火，找我诉诉苦。往大了说，你是哪件事办砸了，找我讨讨高招儿怎么才能糊弄过去。好事嘛，是你这副科长往上提了半级，跟我显摆显摆。坏事嘛，是你泡小姐的事让你老婆知道了，想请我在嫂子那儿抹抹稀泥。对不对？"我俩见面就逗。

山子一听就不乐意了，翻着白眼对我说："嘿！叫你这么一说，我简直是大伯子背兄弟媳妇过河——一点儿好没有了。我说石头啊，你就不会往高一层的境界想一想？说白了，你就不会想到我研究出什么来了？比如说……"

“打住。研究？就你？我还不了解？整天琢磨着不是谁还欠你一顿酒啊，就是打听谁的丈夫这几天不在家啦，要么就是计算着哪位领导的老爹老妈该过生日了，要么……”

“行了行了。”山了拦住了我的话，说，“你呀，敲锣边儿的话少说，鸿门宴的酒少喝，站缸沿的事少干，别人的老婆少摸。好好点你的菜。今天我要好好跟你喝几杯，好好跟你聊聊我最新的研究成果，让你知道知道我马王爷到底长了几只眼，也省得你整天看不起我。”山子一招手叫来了服务小姐，一指菜单对我说，“点，挑你爱吃的，点。”

我摆了摆手，对山子说：“客随主便，还是你点吧。反正是你做东，你点什么我吃什么。酒嘛，要是听我的，就来一瓶二锅头，每人半斤，什么时候喝完什么时候为止，怎么样？”

山子把嘴一咧，很是看不起地对我说：“半斤，那还能叫作喝酒吗？”

“嘿！小牛儿撅尾巴——来劲了是不是？那你说，喝多少才算喝酒？”我不服地对他说。

“喝多少？告诉你吧石头，我们喝酒，从来都是以半斤起步。半斤以后就没谱了，也许一斤，也许一斤半。较起劲来，二斤三斤也是它，这么跟你说吧，什么时候喝得管媳妇叫丈母娘了，管小姨子叫老婆了，什么时候才算完。”

我吓了一跳，不由得低喊道：“我的天哪，这哪是喝酒啊，这是玩命啊！”

山子哈哈一笑，说：“瞧把你给吓得。放心吧兄弟，咱哥俩是不会那么喝的，何况我还有好多话要对你说呢。好，我点就我点。

小姐，记着啊，凉菜：芥末鸭掌、小葱拌豆腐、麻辣田螺。热菜：一条酸菜鱼、铁板腰花，像咱们这岁数的，多吃点儿腰花好。再来个红焖羊肉，怎么样？”

“行了。比不了你们吃公款，扔多少也不心疼。今儿个是你自己掏钱，省两块是两块。”

山子冲服务小姐一摆手，说：“行了，快点儿啊。”接着又调侃地对我说：“你们写小说的是不是都这毛病啊？怎么说话写文章都爱带刺儿啊？也难怪当头的都不喜欢你们这种人，就连我有时候看着你都别扭。”

我笑了两声说：“那也是你当上那个狗屁的副科长以后才有的感觉。”

“嘿！说你咳嗽你就喘上了。你……”

正好服务小姐把凉菜和酒端上来了，我便趁机拦住了山子的话，说：“打住，菜上了，酒也来了，咱们先喝酒。就用这啤酒杯，每人一个，一杯半斤，省得打架。”

我把一瓶二锅头分别倒入了两个啤酒杯，又说：“这杯归我，这杯给你。今天是你请我，整两句吧。”

山子乐了，说：“你这么一说整两句，倒把我要说的主题给提前勾出来了。”

我把嘴一咧，说：“喝酒就说喝酒，还弄什么主题？我看你真是好有一比啊。”

“比什么？”山子的两只小豆眼儿紧紧地看着我问。

“好比那：高粱穗儿插花瓶——根本算不上花，癞蛤蟆玩双杠——根本摸不着杆，野兔子跳大神——根本成不了仙，看厕所的称经理——根本不是官。”

山子不满意地说：“瞧这一套一套的。我说，你爷爷是不是卖过盆啊？”

我笑了笑说：“我爷爷没卖过盆，我爷爷锔过盆。甭转，说，什么主题？”

“什么主题？刚才，你不说‘说’两句，非要说‘整’两句，将‘说’字换成‘整’字，这就是我要说的主题。眼下我正在研究的理论性文章，题目就叫《称呼的蜕变》。”

“蜕变？我只知道你把情报告诉了敌人那叫叛变。”

“你还叛徒呢。”

我一本正经地说：“说实话，你这《称呼的蜕变》，我还真不知道是什么意思。”

“来，先喝口酒，边喝我边跟你说。喝。”山子深深地喝了一口，说道。

“喝。”我也深深地喝了一口。

山子吃了一口菜，故意摆出一副很深奥的样子对我说：“怎么跟你说呢？这么跟你说吧。我问你，眼下，你在你妻子的心目中，对你这个丈夫的称呼，是不是还有效？”

“是不是还有效？我不懂你这是什么意思？”

“换句话说，眼下，你妻子是不是还管你叫丈夫？”

我不爱听了，很不满地对他说：“这不是废话吗？告诉你吧，我妻子和我结婚这么多年了，不论什么时候什么场合，凡是需要把我介绍给别人的，不是说这是我丈夫，就是说这是我爱人。怎么，是不是请我喝顿酒，想让我妻子管你叫丈夫呀？”

“你这叫抬杠。蜕变两个字，知道是什么意思吗？”

我喝了一口酒，吃了一口菜，不紧不慢地对他说：“你听着，蜕变一词是这么解释的：泛指人或事物发生质变。《新华词典》上面写得清清楚楚。”

“对。”山子也喝了一口酒，说，“现在我正在研究的《称呼的蜕变》，说的就是眼下好多的称呼就是发生了质变。就说妻子对丈夫的称呼吧，就发生了质变。”

我觉得山子说的这几句话对我要写的那篇文章很有帮助，就决定开始装傻，说：“怎么讲？”

“以前不是称丈夫就是称爱人。向别人介绍也都这么说：这是我丈夫某某某，这是我爱人某某某。现在变了。”

“变什么了？”

“这是我老公。”

“这没错啊。眼下年轻的妻子，大都管自己的丈夫叫老公，这是现代夫妻之间一种亲昵的表现，也是时代潮流的一种体现。就连我的妻子，有时候也老公老公的这么叫我。怎么了？”

“怎么了？我听着别扭。”山子说完这话狠狠地吃了一大口芥末鸭掌，因为吃得太多，辣得眼泪都出来了。

我边乐边对他说：“那是你的观念太老。跟不上形势，赶不上时髦，追不上流行，够不上新潮。”

山子擦了擦眼泪说：“再怎么新潮，再怎么亲昵，也不能管自己的丈夫叫老公啊？老公是什么玩意儿？老公是过去的太监。你老婆管你叫老公，那你儿子是哪儿来的？”

“哪儿挨哪儿啊这是？你这纯粹是夜壶打喷嚏——满嘴喷尿。喝酒，喝酒。把这杯喝下去再胡说八道啊，免得旁边那几个喝酒的揍你。告诉你吧，眼下叫的老公，跟过去的太监，本质完全不同，两码事。喝酒，喝酒。”

“喝。”

山子喝了一口酒，接着对我说：“两码事？那好。可是，就说这小葱拌豆腐吧。明明就是小葱拌豆腐，可旁边那‘宫廷大酒楼’非得叫雪山青松，你说气人不气人？”

“雪山青松比小葱拌豆腐听着新潮、时髦、现代感强。”我故意气他。

“得了吧你。”山子很气愤地说，“强不强的我是一点儿也没感觉出来，可吃着还是小葱拌豆腐的味道。你说，这是不是诚心气人哪？”

“那是你自找。它就是叫青蛙洗澡，碍你哪根筋疼了？管它叫什么呢，是小葱拌豆腐不就结了？要我说，你这是拉屎揪耳朵——多此一举。”

“什么呀，我气的并不是它叫什么，我气的是同样是小葱拌豆腐，可这价钱却比这儿贵三倍。”

我乐了，说：“甭说，肯定是你自己花的钱。”

“多新鲜呀，”山子喝了一口酒，又愤愤地说，“更可气的是，吃完饭我刚要去结账，我儿子把我拦住了，他让我在这儿等着，他说他去买丹（单）。”

“那是你儿子要花钱，孝顺。你要是为这个生气，可就是你的不对了。”

“孝顺？少跟我来这套，早干什么来的？看我吃饱了才去买丹，我还吃得下去吗？再说了，他也应该先问问这丹我爱吃不爱吃啊？是灵丹呢还是仙丹呢？啊，看我吃饱了，弄几个小素丸子糊弄我啊？我……”

我赶紧拦住了山子的话，说：“行了，别在这儿丢人现眼了，还灵丹仙丹呢！买单，就是结账。真是吃公款吃惯了还有人结账，连买单就是结账都不知道？我都跟着你脸红。行了行了，喝你的酒吧。就这水平，还研究呢？别腰里挂只死耗子——假充打猎的了。”

山子不服地说：“买单就是结账？那买双呢？”

我不满地对他说：“你这叫抬杠。”

山子哈哈一笑，说：“抬杠？你要认为我在抬杠，就对喽。”

山子一下严肃起来，说：“告诉你吧，这就是我要研究的主题，就是称呼的蜕变给人们的生活和工作带来的不便与危害，而真正的危害并不是这些，是那些关于官职称呼的蜕变给人们带来的不便与危害。”

我也很严肃地说：“有这么严重吗？”

“有吗？”山子正要接着往下说，服务小姐把酸菜鱼端上来了。山子用筷子一指，说，“来，尝尝做得怎么样。”说着就夹了一块鱼放进了嘴里，吧唧了两下嘴，说，“行，够味儿。来，吃啊。”

山子见我吃了一块挺满意地点了点头，接着又说：“你刚才说有这么严重吗？告诉你吧，有，有的还是我亲身经历的。就因为这个，我才研究这个问题。”

“亲身经历？那我得好好听听。”说完这话我点上了一支烟。

山子也点上了一支烟，说：“这是上个星期日的早上在我家发生的事。星期日了，孩子又不在家，我就想睡个懒觉。你嫂子呢，一早就和几个伙伴扭秧歌去了，家里就我一个人，不正是睡懒觉的机会吗？嘿！我睡得正香呢，电话铃把我给吵醒了，睁眼一看，刚七点半多一点儿，你说气人不气人？”

“气人你也得接呀，你知道到底是谁打来的，要是有什么要紧事呢？”

“是啊，我怕耽误事，就赶紧抓起了电话，喂了一声，对方就搭话了，是个女的，声音倒是挺甜的，可她说的头一句话就把我给气坏了。”

“说什么了？”

“您好，请问遗嘱在吗？”

“遗嘱？谁的遗嘱啊？”

“是啊。当时我就愣了，心说我们家二十多年没死人了，怎么开口就要遗嘱啊？再说了，我父母都活得好好的呢，而且我父亲就哥儿一个，就是我爷爷奶奶死的时候有什么遗嘱，也早给我父亲了，也轮不到别人跟我要啊。大早上的弄这事，添堵嘛这不是？”

我笑了笑，说：“有句话说出来你可别生气啊，会不会你爷爷在外面有个私生的儿子啊？”

山子立马就瞪起了双眼，愤愤地对我说：“你爷爷才在外面胡搞呢。”

我笑着对山子说："别生气，开个玩笑，再说你爷爷都死这么多年了，说什么也没关系。对了，肯定是对方打错了。"

"这还像句人话。"山子喝了一口酒，说，"我说了一句打错了，就把电话撂了。"

"接着睡。"

"还睡什么呀？我撂下电话迷迷糊糊的刚要睡着，电话铃就又响了。"

"那就接吧。"

"是啊。我抓起电话一听，还是那女的，还是那句话：'您好，请问遗嘱在吗？'"

我喝了一口酒，说："要我说呀，弄不好这里头真的有事，你应该仔细问问人家，到底是怎么回事。别耽误了，说不定这里头真有什么故事呢。"

"有屁故事。"山子不满地对我说，"我知道你正在写长篇小说呢，像这些张家长李家短了，三只蛤蟆五只眼了，瘸腿的公鸡蹦得远了的嘎古事，你特别上心。芝麻粒大的事，到了你手里就了不得了。故事？你爷爷还有故事呢。这是成心捣乱，这是电话骚扰。气得我狠狠地说道：'打错了。''叭'地就把电话撂了。你说气人不气人？"

"是够气人的。"

"更气人的还在后头哪。我钻进被窝还没有两分钟，电话铃就又响了。"

"爱响不响，干脆你就甭理它了。"

"我也是这么想的，可是不行啊。我外甥在外地上大学，平时根本没工夫，只有星期日这天才有工夫给我打个电话。真要是他打来的，你不接，耽误事嘛这不是？”

“那就接吧。”

“是啊。我抓起电话一听。”

“你外甥来的？”

山子愤愤地说：“什么呀，还是那女的，还是那句话：‘您好，请问遗嘱在吗？’”

我再一次笑了，而且是特坏的那种。

山子明白我的意思，翻了我一眼说：“你甭弄这坏乐，有什么屁你就放。”

我说：“你呀，别再说打错了，真得好好问问她。我敢保证，这里面肯定有事。”

山子恼火地说：“我没那工夫。气得我狠狠地给了她一句：‘有病啊你？’”

“你别急啊。”

“能不急吗我？大礼拜天的要是有人没完没了地跟你要遗嘱，你能不急？”

“要说也是，放着我，我也早急了。那么，你给了对方这么一句，对方说什么了？”

“嗐！对方一听我说了这么一句，态度也立马变得很不友好起来，倔倔地说：‘你那儿到底是不是宜主任家？’我一听这话，当时就傻了。”

“宜主任家？哪儿挨哪儿啊这是？”

山子唉了一声说："你忘了，你嫂子不是姓宜吗？在乡计划生育办公室当副主任。"

"那干吗非要说宜主在不在啊？早说找宜主任不就没这麻烦了吗？仙鹤打架——绕脖子嘛这不是？"

"谁说不是啊。正在我不知如何是好时，你嫂子扭秧歌回来了，我就赶紧把电话递给了她。等她接完电话我把刚才的事跟她一说，她就乐了。她这么一乐，我的火更大了，说你乐什么乐？今儿个我这懒觉没睡好不说，更烦的是没完没了地跟我要遗嘱。到底怎么回事，你得给我说清楚了。"

我觉着这事挺有意思，就急忙问他："到底怎么回事？"

服务小姐端上了铁板腰花。山子夹了一块放进嘴里，嚼了两下立即吐了出来，咧着嘴对我说："什么味啊这是？你尝尝，怎么又臊又臭啊？"

我夹了一块放进嘴里一嚼，也立即吐了出来，说："味是不对。臊点儿还说得过去，可这臭就不对了。"我冲着旁边一位服务小姐喊道："哎，小姐，小姐你过来。"

小姐走了过来，十分客气地对我和山子说："先生，有什么需要我服务的吗？"

山子板着脸对小姐说："把你们老板叫来。"

小姐仍是十分客气地对山子说："怎么了先生？如果您有什么不满意的地方，能先跟我说说吗？只要我能解决的，我就尽快给您解决。"

山子说："也好。那你就尝尝这铁板腰花是什么味。"

小姐端起盘子闻了闻，十分抱歉地对我和山子说："对不起了两位先生，味是不太对。这是我们的错，请二位先生原谅。我这就给您二位去换，而且按着我们饭店的规定，这道菜免费了。二位稍等，马上就给二位换来。"

服务小姐走后，我问山子："接着说你那电话的事，到底是怎么回事啊？"

山子"嗐"了一声说："你嫂子说呀，眼下好多的行政部门和机关单位，人们对副职的领导都这么称呼。"

"怎么称呼？"我故意问道。

"就是把那个副字去掉。像你嫂子她们的计划生育办公室，正主任，就直接称呼主任。而其他的三位副主任，一个姓水的，就叫水主。"

我笑了，说："干脆叫水煮鱼得了。"

山子接着说："一个姓宫的，就叫宫主。"

"公主？男的女的？"

"是男的，都五十多岁了。谁见了都宫主宫主的叫，他还觉着挺美呢。"

"什么玩意儿啊这是？简直是八十岁的老太太穿超短裙——不知道什么叫丑了。"

山子也乐了，说："偏偏你嫂子姓宜，就成了遗嘱了。"

我说："不这么叫不行吗？"

山子说："不是行不行的问题，而是大气候的问题。眼下人们都很浮躁，都很虚荣，好多人都对什么什么长的、什么什么理的特别看重。就拿我们村的二膘子来说吧，你也知道，买了三辆旧摩的，雇了三个外地小伙子给他拉黑活儿，他不愣是印了一大堆名片，见着谁都一本正经地递上一张吗？那名片上不就那么鲜鲜亮亮地印着他的名字，后面的官职是：飙风客运责任有限公司总经理吗？连这么一个主儿都对职务这么看重，更甭说在官场上混的人了。别看一个副职都红了眼的争，真要争上了你在叫人家副什么什么的，人家还真不乐意听。甭别人，就你嫂子，有时候我说她，你不就一个乡级的计划生育办公室的副主任吗，干吗整天牛哄哄的呀？她就不爱听了，就跟我瞪眼了，说你少给我带那个副字，我不爱听。嘿，后来我这么一观察啊，你猜怎么着，敢情好多的副职领导，确实不愿听那个副字。而人们对副职的领导，大都这么称呼。”

我故意装傻地说：“那人们都怎么称呼你呀？”

山子说：“也这么称呼。”

“怎么称呼？”

山子不满地对我说：“你是傻啊还是怎么着？我说了半天，合着都对牛弹琴了？你……这么跟你说吧，比如说厅级领导，你怎么称呼人家？”

“这还不好办，厅长就叫厅长呗。”

“还有五个副的呢，你怎么称呼？”

“这更好办了，赵副厅长、钱副厅长、孙副厅长、李副……”

山子做了一个停的动作，说：“停。”

我继续装傻，说：“怎么了？不对是怎么着？”

山子喝了一口酒，看不起我地说：“就你这么称呼人家，你的事就是能办，也得吹灯。”

我不服地说：“为什么呀？”

“为什么？什么赵副厅长钱副厅长的，人家最不爱听的就是那个副字。”

“副字怎么了？当年周恩来任副主席的时候，人们不都周副主席周副主席地叫吗？听着多亲切啊。怎么，现在任个小小的副科长就不爱听那个副字了？那么多的副职中央首长都不计较这个，怎么官儿越小这毛病倒越大呢？不这么称呼怎么称呼？非得把那个副字去了，直接赵厅长、钱厅长、孙厅长地叫？”

山子连连摆手，说：“更不行。你这么叫，那几个副厅长倒是满意了，可正厅长不乐意了。要是我，我也不干呀，啊，都厅长厅长地叫着，那谁还知道我是一把手啊？也就是说，我这一把手还往哪儿摆啊，啊？”

“嘿！这也不行那也不行的，怎么才能行呢？”

山子夹了一块红焖羊肉，挺潇洒地扔进了嘴里，边嚼边说：“只能这么称呼：赵厅、钱厅、孙厅、李厅。这么一来大家都高兴。大家都高兴了，你的日子才能好过。不然的话，赵厅背后给你一脚，钱厅暗地掐你一把，孙厅冷不防给你使个绊子，李厅偷偷捅你一刀。你说，你这日子还怎么过？”

“没法过了我。没别的，我自己就得上吊去。哎呀，照你这么一说，凡是副职的领导都得这么叫？”

山子使劲点了两下头，肯定地说：“为了山寨的安全，你只能这样。”

“我要是偏不这样呢？”我故意逗他。

山子十分认真地说："甭说你非要较这劲了，就是你一不留神没把这称呼问题把握好，灾难就会落到你头上。"

"没这么严重吧？"

"没有？"山子端起了酒杯，说，"来，喝了这口酒我慢慢跟你说。"山子狠狠地喝了一大口酒，又一连吃了好几口菜，刚要对我说，服务小姐把重新做的铁板腰花端上来了，很是客气地对我俩说："二位先生好，请您尝尝这次做得怎么样。"

山子夹了一块放进了嘴里，很是夸张地吧唧了几下嘴，又轻轻地点了两下头，这才微笑着对服务小姐说："嗯，这回还差不多。行。小姐，今儿个我们哥俩高兴，就不说什么了，往后呢，还真得注意。今天也就遇上我们哥俩了，要是遇到死较真儿的，那麻烦可就大了。行了，忙你的去吧。"

服务小姐十分礼貌地对我俩说："谢谢二位先生了，今后我们一定加强管理，并希望二位先生常来。"小姐说完这话，款款地走开了。

我用手指点了山子几下，说："贫不贫啊你？怎么一见到漂亮小姐话就那么多呀？"

山子不说话，只是嘿嘿地乐。

我说："你这一乐都是坏乐。"

"喝你的酒吧。来，再来一口。"山子和我又喝了一口酒，说，"我有个表弟，在一个局机关工作。具体是什么局咱就不说了，这么多吃饭喝酒的，还是不说为好，免得招惹是非。我表弟在局办公室当主任，主要负责接待上级领导工作。"

“这工作好啊，不是有这么几句顺口溜吗：办公室主任是管家，吃喝的大权手里拿，东游西逛陪领导，白吃白喝加白拿，弄好了还能往上爬。”

“得了吧你。往上爬？我表弟就是因为这称呼问题没把握好，上个月，他的办公室主任被拿下来了。”

“怎么回事？”

山子点上了一支烟，狠吸了两口，说：“上个月，他们单位上级部门的一位新上任的吴局长，到他们单位检察工作，作为局办公室主任的他，接待工作自然是非他莫属了。”

我也点上了一支烟，说：“这有什么呀？就这活儿，对于你表弟来说，还不是黄鼠狼抓小鸡——手拿把攥吗？”

山子“嗐”了一声说：“攥什么哟！头一句话，就惹吴局长和他们的局长不乐意了。”

“说什么了他？”

“因为吴局长是刚刚上任的，也就不认识他们局的几位主要领导。我表哥呢，就有了一项向吴局长介绍他们局几位主要领导的任务。”

“那有什么呀，几位领导的名字全在他心里装着哪，合着眼也说不错啊。”

“是啊。吴局长一到，也不知道我那表哥是犯迷瞪了还是活该他倒霉，指着他们局的局长就对吴局长说：‘吴局长，这是我们傅局长。’”

我说：“正局长没在家？”

山子一拍桌子，说：“什么呀，他们的正局长姓傅。”

“嘿！哪儿那么巧。”

“巧的还在后头哪。当时，吴局长的脸就拉下来了，十分不满地对我表弟说：‘怎么，你们正局长干什么去了？’”

“这就不乐意了。”

“吴局长的话音刚落，旁边的一位大胖子立马往前迈了两步，腰一哈，头一低，恭恭敬敬地说：吴局长您好，我就是郑局长。”

“怎么回事？”

“胖子是副局长，姓郑。”

“好嘛，猴吃麻花——满拧了。再说了，你表弟干了那么多年的办公室主任，整天围着领导转，对如何称呼的这个问题应该是清清楚楚的啊。”

“是啊。其实我表弟对几位领导的称呼一直都是特别谨慎的，平时无论见了谁都能恰到好处地将称呼问题处理好的，不知那天他是怎么了，就把这称呼问题给弄砸了。等吴局长弄明白后，冲我表弟微微一笑，说了一句他永远也忘不了的话。”

“说什么了？”

“有这样干工作的吗，啊？马马虎虎的，啊？谁先谁后，你总该清楚吧，啊？啊。你这个同志，啊，得好好锻炼锻炼啦，啊。”

“一句一个啊，什么毛病呀这是？”

“就因为这几句话，第二天，我表弟就被调到一个科里成科员了。”

“这真是人要倒霉呀，放个屁都砸脚后跟，喝口凉水都塞牙啊！看来，这称呼问题把握不好，还真的是能给人带来灾难。”

“对。”山子十分严肃地说，“这就是我要研究这个课题的主要因素。我认为，这种现象是现代文明中的一种悲哀，是阻碍社会进步的一股逆流。”

我一拍桌子，赞许地对山子一伸大拇指，说：“行啊你，还真是说得蛮有道理的啊！看来，我还真得对你刮目相看了。好，就冲这一点，我得敬你一杯。来，深深的，喝它一口。喝。”

“喝。”山子放下酒杯接着说，“表面上看，只不过是简简单单的怎么称呼的问题，实际上，是某些人对权力的一种显示与欲望。而这种显示与欲望，往往就在无形中给我们带来了或大或小的灾难。”

我显得很兴奋地说：“你能再举个例子吗？”

山子说：“好，那我就再给你说一个。你嫂子她们村里有个胡大爷，今年六十五岁。上个星期的一天，胡大爷去一个什么院办事。胡……”

我拦住了山子的话，说：“能说出具体是什么院吗？”

山子摆了摆手。说：“为了山寨的安全，我看就免了吧。咱们只说事，怎么样？”

我想也是，就说：“也好，省得喝口凉水塞牙、放个屁砸了脚后跟、坐在炕头上车轧脚、大冬天的让蚊子踢着。”

“可胡大爷就大冬天的让蚊子踢着了。”

“说。”

“那天早上，胡大爷坐了近一个小时的公交车来到了县城，左打听右打听，好不容易找到了这个院。按着传达室的人说的，胡大爷来到了三楼办公室。一位三十多岁的女同志看了胡大爷的介绍信后很客气地对胡大爷说：‘大爷，您这事啊，得到钱院那儿去盖个章。’”

“这回我知道了，钱院，就是钱副院长。那意思是说，胡大爷要办的事，归钱副院长管，对不对？”

“对呀。可是胡大爷哪知道这些杈杈巴巴的事啊？在村里时，见着村主任村支书什么的，他都是二狗子三驴子什么的直呼小名儿的，也没听谁叫过张村李村什么的啊，所以，胡大爷就把钱院理解为前院了。”

“好嘛，就跟赵本山在小品里说的，树上骑个猴，让范伟理解为树上七个猴一样。”

“是啊。胡大爷从三楼下到一楼，站在楼门口喘了喘气往前一看，前面确实还有一座楼。当胡大爷看清那楼足有八层时，心里顿时就是一颤，心说这办公室别是在五楼啊！”

“含糊了。”

“再怎么含糊也得去啊。胡大爷来到一楼的传达室把情况一说，传达室的人往上一指，说办公室在六楼。”

“好嘛，整整增加了一倍。可这没关系啊，五层以上的楼就该有电梯了。”

“是有电梯，可胡大爷不知道啊。再说你就是告诉他有电梯，他也不坐。他说那玩意儿不把牢，跟打水的辘轳似的，吊绳一断，还不把人给摔散了啊。”

“哪儿跟哪儿啊这是？”

山子“哎”了一声说：“怪难为胡大爷的啊，吭哧吭哧爬上了六楼，还是瞎跑了。办公室的人看完介绍信后很客气地对胡大爷说，真对不起了大爷，您啊，得到李院那儿看看。”

“就是李副院长那儿，可胡大爷这六层楼算是白爬了。”

“关键的是胡大爷又把李院领会成里院儿了。”

听到这儿我的气都直往上拱，愤愤地说：“什么事啊这叫？就因为这么一个副字，多少无辜的人就得跟着倒霉。”

山子说：“可不是吗？胡大爷一听这六层楼又白爬了，腿一打软，汗就冒出来了，心说：‘夜里我没做倒霉的梦啊。’没办法，胡大爷从六楼又一层一层地下到了一楼，站在一楼门口，他边擦汗边往里看，里院还真有一座楼。让胡大爷高兴的是，那是一座二层小楼。”

“得回是二层小楼，要是十二层，胡大爷还不立马晕过去啊？关键的是这二层小楼能不能把问题解决了，别在跑完这二层小楼后真的再来个十二层？那可就把胡大爷给坑到家了。”

山子一拍大腿，说：“这话还真让你给说着了。胡大爷来到这二层小楼连话都懒得说了，把介绍信往上一递就坐在一把椅子上等着发落了。接待胡大爷的是个姑娘，姑娘看完介绍信冲胡大爷微微一笑，说对不起了大爷，您这事啊，应该归庞院那儿管。”

“啊？”我差一点儿被一口酒呛着，咳嗽了半天才缓过劲来，红着眼愤愤地说，“又把老爷子支使到旁边的院子了？他们要是有十个八个的副院长，老爷子得让他们给折腾散了。”

“胡大爷的火也早顶到脑门了，要不是看在是位姑娘的分上，他老人家早就翻脸了。老爷子强忍着将火气压了下去，抓起介绍信，二话没说，气哼哼地就走出了这二层小楼。汗，是顺着后脊梁沟往下流了。”

“我看呀，什么时候胡大爷的汗‘唰唰’地往外喷了，这事才能够办成。”

山子吃了一块酸菜鱼，狠狠地将鱼刺吐在了地上，说：“胡大爷站在楼门口一边喘息一边骂：‘什么事呀这叫？就这芝麻粒儿大的小事，就让我来回地爬楼梯玩？要是西瓜那么大的事，还不得让我爬珠穆朗玛峰啊？得回我的身子骨儿还算硬朗，不然我就散在这儿了，哪儿的事啊这是？’胡大爷一边骂一边往旁边看，透过花墙的圆门往里那么一看，妈哟一声就坐地上了。”

“怎么了？”我忙问。

山子说：“旁边那楼足有十五层啊！”

“哎哟，看来老爷子的命真的要交代在这儿了。”

“胡大爷坐在那儿发了半天愣，左想右想，前思后虑，最后还是鼓足了勇气开始爬楼。还算凑合，胡大爷只爬了七层，就来到了办公室。一个小伙子看完胡大爷的介绍信，很和气地对胡大爷刚把话说完，胡大爷就急了。”

“小伙子对胡大爷说什么了？”

“大爷，真对不起您了，您这事啊，只能到尚院那儿去办。”

“没法不急，离上苑一百多里地哪。”

“这回胡大爷是真急了，一边擦汗一边冲小伙子就嚷开了：‘好啊，你们这是拿我这个乡下老头子开涮呀？小半天儿了，我没干别的，尽爬楼了。从后院打发到前院，从前院打发到里院，又从里院打发到了旁院。好不容易到了你这儿吧，没想你比他们都狠，一下子就把我打发到了上苑。上苑离这儿一百多里地哪，打车的钱你给是怎么着？什么事啊这叫？’听胡大爷这么一通儿地发脾气，小伙子明白是怎么回事了，他不但没恼反倒乐了。”

“老爷子都快让你们给气疯了，还乐呢？”

“小伙子赶紧给胡大爷倒了一杯水，一边向胡大爷赔不是一边向胡大爷解释，说尚院不是上苑镇的那个上苑，是我们的尚副院长。钱院，就是钱副院长。李院，就是李副院长。胡大爷嘿嘿一笑接上了话茬儿，说旁院就是庞副院长，对不对？小伙子见胡大爷乐了，心才算踏实下来。等胡大爷的火气渐渐退下了之后，小伙子又亲自带着胡大爷往尚副院长办公的地方走去。胡大爷来到这座楼的楼门前一看，原来正是自己头一次进的那楼。来到二楼尚副院长的办公室，没用两分钟，胡大爷的事就办完了。”

“折腾了大半天，这胡大爷办的到底是什么事啊？”

山子嗐了一声，说：“购买二两高产新品种的香菜籽儿。”

“啊？二两香菜籽儿，差点儿没把胡大爷的命给要了啊！”

“望着手中的二两香菜籽儿，胡大爷又乐了。乐着乐着胡大爷冲尚副院长说了一句话。”

“说什么了？”

“尚副院长啊，你们这儿的副院长没有姓依的啊！”

“胡大爷这话是什么意思？”

“尚副院长也不明白是什么意思，就问胡大爷。你猜胡大爷是怎么说的？”

“怎么说的？”

“你们这儿要是有姓依的，说不定，现在我正在医院里排队挂号哪！”

胡大爷这句话说得很有意思，既幽默又讽刺，很是能让人发笑。可我却笑不起来，总是有一种嗓子卡了东西的感觉。吐，又吐不上来。咽，又咽不下去。

你从哪里来

短篇小说

你是谁？

你从哪里来？你要到哪里去？

一

天是黄的，地是红的，太阳是蓝的。

我徒步走在一条路上。

这是一条土路，一条没有名字的土路，一条不知道来自何处也不知道伸向何处的土路，弯弯曲曲高低不平、坎坎坷坷望不见尽头的土路。

路上的行人很多，有男有女，有老有少，都是朝着一个方向走，你拥我挤的，都是一副急匆匆的样子，像是到前面去白得什么东西一样。成人都背着包袱，沉甸甸的不知道里面装的都是什么。有的孩子也背着包袱，同样沉甸甸的不知道里面装的是什么。尽管如此，可就是没有人愿意把包袱甩掉，要么是一副很情愿的样子，要么是很无奈的样子。

我不知道自己为什么要走上这条路，更不知道怎么就走上了这条路，只知道我的父母在前面急匆匆地走着，我就急匆匆地在后面紧跟。我不时地问父母："我们这是去哪儿？这是去干什么？"父母的回答很干脆，不知道。他们说他们的父母就在前面，是跟着他们的父母走的，也问过这样的话，也是回答得这么干脆，不知道。

我还问过我的父母我们是从哪里来的，父母同样回答得很干脆，不知道。他们说他们也问过他们的父母这样的话，他们的父母也是这么回答的，很干脆，不知道。我问他们背上的包袱里面装的是什么，他们还是那句很干脆的话，不知道。

不知道？为什么总是不知道？我很茫然。

那时我还很小，两手空空，就这么跟着我的父母往前走。路边有树、有草、有花、有石头……它们不会走路，就那么老老实实地在原地待着，永远地在原地待着。可它们并没有被急匆匆地人们所感动所诱惑，反而都是一脸不解地望着从它们面前一闪而过的人们。它们那悠然自得的神态和无忧无虑的表情很是让人羡慕，很是让人向往，可却没有一个人效仿。

路边还有各种动物，天上还有很多飞鸟，它们和人们一样，也是急匆匆地往前走着。与人们不同的是，它们身上没有包袱，也就都显得轻轻松松、快快乐乐。但是，它们总是躲避着人们，总是与人们保持着一定的距离，明显的对人们保持着警惕。

路上经常有人突然消失，突然消失的人有男有女有老有少，走着走着就突然不见了，像一股烟一样说没就没了。我问父母，他们怎么就突然不见了？他们去了什么地方？他们还回不回来？父母说，谁也不知道那些人怎么就突然不见了，更不知道那些人去了什么地方。但有一点他们说得十分肯定，那就是那些突然失踪的人是不会再回来了，永远不会再回来了。听到这些话，我心里又是一阵茫然。

那些人到底去了什么地方？那个谁也不知道的地方到底是什么样子？是好还是坏？我从记事的那天起就总是想着这个问题，并对那个神秘的地方产生了某种恐惧与好奇。

我就这么跟着父母走啊走啊，走着走着我的爷爷和奶奶就先后不见了。我问父母，爷爷奶奶他们为什么要消失？父母很是坦然地说，没有为什么，人都会消失的，或早或晚，总会消失的，包括我们自己。听父母这么一说，我对这个问题更加产生了恐惧与好奇，一些稀奇古怪的想法就经常占据我的脑海，像神话小说《西游记》中描写的那样在我眼前闪来闪去。

我就这么充满幻想地跟着父母走，走着走着，父母就给我的背上放上了一个包袱，我觉得好沉好沉，就想把包袱甩下来，却被父母一声断喝给止住了，并且严肃地对我说："你能背上这个包袱是你的福分，我们小的时候想背都背不上，所以我们只好一直背着这个沉重的包袱赶路。"我说："我这么小就背着这么沉的包袱赶路是不是太残酷了？"父母仍是很严肃地说："你现在能背上这个包袱，是为了你将来能背上轻松的包袱而准备的。你看看周围的人，虽说都是背着包袱，是不是有的轻松有的沉重？"我这才发现，在匆匆赶路的人群中，每个人身上的包袱确实不一样，有的轻松，有的沉重。因为每个人包袱的轻重不同，每个人的表情与步伐就有了明显的区别。

这时候，父母又语重心长地对我说，都是人，都是在赶路，可得到的待遇却千姿百态啊！我说：“这不是太不公平了吗？”父母微微一笑，说：“只要是踏上了这条路的人，就得分三六九等，不管你得到了几等，不管你乐意不乐意，你也得往前走。但有一条你要记住，要想让自己身上的包袱轻松，就得靠自己的努力，能不能达到理想，就看怎么给你安排了。”我说：“由谁来安排？”父母回答得很干脆，不知道。

又是不知道！

当我无奈地背上这个包袱后，我才知道这个包袱是用来装知识的，据说装的知识越多越好。什么是知识？为什么要学习知识？为什么知识装得越多越好？小小的我一无所知。

二

随着年龄的不断增长，我背上的这个包袱也越来越重，也就逐渐地明白了什么是知识，也就明白了知识对一个人的重要性。但是，对于知识的浩瀚无边和变幻莫测却让我越来越感到束手无策而无能为力，尤其是从0到9这10个阿拉伯数字，时常把我给逼得神魂颠倒六神无主。更可恶的是，这10个阿拉伯数字的组合无时无刻不在掌握着我的命运，时常让我为它们而受皮肉之苦。我没有成为别人的奴隶，却早早地成了这10个阿拉伯数字的奴隶。

尽管我十分痛恨这10个数字，可我还是得想方设法把这10个数字玩转。因为我已经明白，在这条不知伸向何处的路上匆匆行走的每一个人，都逃脱不开这10个数字的纠缠。这10个数字就像一个魔鬼，总是以各种形式左右着你，使你从上到下从里到外都被这10个数字所统治着，直到你哪一天突然消失，也是这10个数字的组合为你画上的句号。尽管好多人都痛恨这10个数字，痛恨这10个数字在自己身上组合的种种不公，可这些人却疯狂地在为这10个数字的组合而不择手段甚至丧心病狂。包括我自己，也已经为这10个阿拉伯数字的组合而发疯而发狂了。不这样不行，我更明白，知识的数字组合得好与坏，是直接关系到自己身上任何数字组合好与坏的关键。好在我已经清楚，清楚我就要迈出这个名为“学校”的大门，也就是说，挣脱这种10个数字组合的日子已经离我为期不远了。然而，当我正要为自己就要获得的解放而欢呼时，我看见一个更大的校门挡在了我的面前。无比沮丧的我问身边的一个同窗，为什么我们还要受知识这数字的折磨？我们到底什么时候才能摆脱这枯燥的知识的数字组合的纠缠？同窗回答得很干脆，不知道。又是不知道。这个讨厌的不知道啊！我只能无可奈何地耸了耸肩。

就在我正为还要受知识的数字组合的折磨而情绪低落时，那个叫爱情的东西悄然地缠上了我。其实，我早就知道了爱情这两个字，也向往过也追求过，只是一直没有真正体验到这两个字是什么滋味。现在，当爱情真正缠上我时，我才真正体验到了爱情是那么甜蜜那么让人神魂颠倒。同样是神魂颠倒，可这个神魂颠倒要比那个被知识的数字组合而逼得神魂颠倒有十足的吸引力，也就感到身上的包袱不那么重了，路也平坦了，走起来就轻松了许多。

就在我坠入爱河而陶醉时，父母向我敲响了警钟，说我不该在这个时候与爱情有关，要我慎重再慎重。我问为什么？这次，父母没有回答。

我不顾父母的劝阻，继续沉浸在爱情的幸福之中，而且对那些个知识的数字组合也不以为然了。此时的我只有一个感觉，爱情真好。可是，我逐渐地感觉到，爱情也是需要数字的，而且这个数字要从我的父母身上往下割。我清楚，这个印在一张花纸上的数字是用父母的血汗换来的，在这个数字上我只是做减法而不做加法，是于理不通的。可是我没有办法，那个叫爱情的魔鬼已经迷住了我，或者说那位被称为姑娘的人已经彻底地把我给迷住了。好在父母还算通情达理，尽管不十分情愿，可也一直在满足着我的要求。多少年后我才真正理解了那句话：可怜天下父母心。

我一时被爱情冲昏了头脑，在不断消耗花纸上的数字的同时迎来了那个让好多人疯狂甚至让好多人为此而在这条路上消失的名曰“高考”的日子。糟糕的是，因为我忽视了知识上的数字组合而一度沉迷于爱情上的数字组合，那个叫作“大学”的校门便毫不留情地对我紧紧地关闭了。更让我伤心和不解的是，甜蜜的爱情也随之离我远去。

我像一头撞在了树上的猪，天旋地转，头昏脑涨得辨不出了东南西北，只是感到脚下的路变成了蓝色，天变成了红色，太阳变成了黄色。总之一句话，一切的一切，都在瞬间掉了个儿。

我想哭，可却哭不出来。我想笑，却笑不起来。生平第一次，我深深感受到了什么叫绝望，什么叫前途渺茫……望着身旁匆匆往前赶路连看都不看我一眼的人们，我本想停下来的脚步又本能地跟着我的父母继续往前走。这个时候我才发现，一直冷眼看着我的父母的脸上终于有了笑意，并语重心长地对我说，这就对了，人，不管遇到什么样的沟沟坎坎都不要停下来，都要大步地往前走才对。尽管谁都不知道我们到底要去什么地方以及要去的地方是什么样子，我们都要一直走下去，直到哪一天突然消失。这是规律，这是天意，这是任何人也改变不了也摆脱不掉的规律和天意。或好或坏，命里注定。父母的话让我似懂非懂让我举棋不定，但有一点让我终于下了决心，那就是不顾父母的坚决反对，我义无反顾地甩掉了身上的包袱，愤愤地说，去你的知识数字组合吧，拜拜了从0到9，而后就跟着父母大步往前走去。我的身上，即刻轻松得就令我冲着黄黄的太阳喊了起来。身旁的人都把目光对准了我，神态各异的仿佛是在看一个精神病患者，就有不少人与我拉开了距离。我不屑一顾地继续喊着，心情自然好了许多，脚下的步伐也明显地加快了。

三

我跟着我的父母走了没有多远，父母便一脸郑重地对我说，你已经不小了，肩上，该压些分量了。说着，我刚刚卸掉包袱的背上又压上了新的包袱。我清楚，此时我背上的包袱跟父母背上的包袱是一样的，是从此也甩不掉的且越来越重的直到自己突然在这条路上消失也弄不明白里面到底装的是什么样东西的包袱。我想卸下来，可怎么也卸不下来。我就想到了孙悟空头上的紧箍咒，看来只有修成正果后，才能被那位慈眉善目的菩萨给取下来。可是，怎么才能修成正果？我望着太阳徐徐落下的方向，一脸的迷茫与惆怅。

人是很容易被俘虏的，更容易当奴隶，尤其是在那张印有数字的花纸面前，怕是很少有人能誓死不投降的。都说铜臭，可好多好多的人却都像屎壳郎逐屎那样在拼命地追逐着那张花纸，千方百计不择手段地甘当花纸的奴隶。为了这张花纸，亲人可以反目，兄弟可以成仇，朋友可以翻脸，好人可以变坏，可对恩人负义，可对邪恶低头。阳间如此，阴间也不例外。不然的话，为什么在这条路上行走的人要不厌其烦地给那些已经消失很久的人烧那些红红绿绿的印有数字的冥币？想必，在阴间，手里没有印有数字的花纸也是寸步难行的。这一点，我倒是早就看出来了。

“生活”一词，《新华词典》（2001年修订版）是这样解释的：①人或生物为生存和发展而进行的各种活动。如此的解释，从理论上讲我是明白的，而从实践上讲，我还是不明白。不明白的是，动物能把生活弄得轻轻松松无忧无虑，可人为什么要把生活弄成这么复杂、这么烦琐，还要弄成这么沉重的包袱背在身上，在这条路上行走还要急匆匆地？难道就不能让这包袱轻轻松松的或是干脆把它甩掉？行不行？我这样问父母，父母回答得依然干脆，两个字：不行。我说为什么不行？这次回答的是三个字：不知道。当我再一次追问这个问题时，父母竟然恼怒地对我说，你要想轻轻松松无忧无虑的，那只有一个办法，即刻从这条路上消失。

我说我不愿意从这条路上消失。父母笑了，问我为什么？我说从这条路上消失后就永远也回不来了，就永远也见不到你们了，就永远也见不到这么多的人了，就永远也见不到路边的树了，就永远也见不到天上飞的小鸟了。更关键的是，我不知道消失在什么地方，不知道消失的那个地方是什么样子，更怕消失的地方会背上更重的包袱。父母又笑了，说那就好，那就好好地珍惜能够走上的这条路吧，哪怕明天突然消失，也要过好今天。多少年来人都是这么走过来的，谁也改变不了。既然谁都不知道自己是从什么地方来的，管他到什么地方去呢，管它背上的包袱有多重，管它什么时候突然消失，像这条路上的所有人一样，只管往前走就是了。

父母的这番话让我无言以对，或者说我暂时还找不出合适的语言与父母理论，也就只好暂时默认了，也就只好背着包袱跟在父母的后面继续往前走了。但是，我的脚步却不像他们那样急匆匆地，明显的带有不情愿的成分。对于我的表现，父母没有责备，没有督促。我听到他们在说，我们刚刚背着包袱往前走的时候不也是这个样子吗？就像拉车的马，拉着拉着就习惯了就认命了也就心甘情愿了。人为财死，鸟为食亡。谁也跳不出这个怪圈。

习惯？认命？怪圈？我一遍一遍地在脑海里琢磨着这几个字。

四

为了能够在这条路上继续走下去，为了能够让自己身上的包袱变得轻松，更为了人固有的一个字：争，我像路上的所有人一样，开始为那种印有数字的花纸奔波了。与其说是心甘情愿，不如说是无可奈何。但有一点是真的，那就是非常迫切，迫切希望自己拥有好多好多那种印有数字的花纸。我知道并且亲身体验过，拥有好多好多这样的花纸是每个人的梦想，甚至是每个人一生奋斗的目标。花纸的数字越多，在这条路上享受的项目也就越多，就可以在这条路上称王称霸甚至可以指挥一切，背上的包袱自然就会轻松起来。然而，要想得到花纸要想得到好多好多的花纸，谈何容易？

我像所有的年轻人一样暂时离开了父母，给那种印有数字的极具诱惑力的花纸去做奴隶了。虽说我和我的父母还是走在同一条路上，可我觉得自己却像那在空中高高飘荡的风筝，尽管被一条无形的线牵着，却得不到父母的呵护了。好在我怀有美好的梦想，好在我的眼前已经映现出了一道美丽的风景，哪怕那美好的风景是海市蜃楼也只能义无反顾地奔其而去了。因为我已经明白，除此之外，别无他路可行。更何况人人如此。

给印有数字的花纸做上了奴隶后我才清楚，虽说都是花纸的奴隶，可有高低之分有贵贱之分，而且越是高贵越轻松得到的花纸越多，越是低贱越劳苦得到的花纸越少。

就是在这个时候，我才清醒地认识到，那个被称为知识的东西对于每个人来说是多么重要多么重要，也就悔恨自己当初没有把包袱用知识装满，悔恨自己当初没有听从父母的劝告。晚了，一切都晚了！要想在这条路上像某些人那样轻轻松松地得到那些花纸是万万不可能的了，就如一位同我一样靠劳苦来得到花纸的女孩对我说的那样，这是命，这就是我们的命，是很难改变的，或者说是谁也改变不了的。那个女孩叫珊。

人是很容易适应环境的，换句话说只要被绑上，谁都经受得住挨打。就是在这种现实面前，我渐渐地适应了为得到更多的花纸所受的劳苦，为了花纸数字的增加，我下定决心一直走下去。

不知过了多长时间，母亲给我传来了话，说是父亲病危，让我赶紧回到他们的身边。我一听脸就白了，病危，就意味着我的父亲将要像我的爷爷和奶奶那样，从此消失再也回不来了。当时，我就蹲在了地上失声痛哭，哭得天昏地暗一塌糊涂，要不是那个叫珊的女孩提醒了我，怕是我就这么一直哭下去了。此时的珊，已经成了我实际意义上的女人，成了能为我解除疲劳解除郁闷和满足生理需要的女人，成了我离开父母后能够在这条路上坚定地走下去的女人。一句话，珊的灵魂和肉体已经与我的灵魂和肉体牢牢地融在了一起。

在珊的陪伴下，经过太阳两次的升与落，我终于回到了父母的身边。已经奄奄一息的父亲望着我和珊微微笑着点了一下头，断断续续地说要我和珊好好陪着母亲，而后就十分满足地扬长而去。父亲背上的包袱，顺理成章地就落在了我的背上，尽管很沉，但我还是勇敢地背了起来。为了我的母亲，为了我的珊，这个包袱就是再怎么沉我也要一直背下去。

五

我父亲在这条路上消失后不久，珊就正式成了我们家的一员，与我一同陪着母亲继续在这条路上走下去。开始，她们婆媳间的关系还算融洽，有时候还亲密得如同母女，这就让我打心里感到很是甜蜜，就觉得背上的包袱再怎么沉重也是幸福的。对于幸福而言，每个人都有每个人的标准与追求，可谓是因人而异，千姿百态。而我的标准与追求，莫过于母亲与妻子的情同手足亲密无间了。我想这是每个男人对于幸福的标准与追求。否则，你就是腰缠万贯又有何用？然而，任何事情都会随着时间的推移和客观情况而转变的，婆媳关系同样如此，或变好或变坏。时间不长，母亲就对我有了意见，很是不满地说我与她的距离远了与珊的距离近了，我不忍心伤害母亲，就赶紧向她靠了靠。母亲得到了满足，可珊又不乐意了，说我离她远了离母亲近了。我也不想伤害珊的心，就赶紧向珊靠了靠。珊得到了安慰，可我的母亲又不干了，于是我又赶紧靠向母亲。珊又不乐意了，我又赶紧靠向了珊。如此的反反复复不但没有解决实质性的问题，反而导致了她们婆媳间正面冲突的发生。她们像打篮球那样都想把我牢牢地控制在她们各自的手里，又像两军在抢夺一块阵地那样相互攻击，全然不顾了我本该是属于她们婆媳两个人的，全然忘了她们友谊第一和谐相处才是安定、发展的纲领。

我站在她们之间无所适从，一边是给了我生命的母亲，一边是给了我幸福的妻子，我该怎么办？我问过好多人，他们回答得都很干脆，不知道。

又是不知道。为什么这世上会有这么多的不知道？

从此，我就像一块海绵夹在了母亲和妻子的中间，左边挨一脚，右边挨一拳地忍受着亲人赐予我的痛苦，像掉进了火坑一般在苦苦地煎熬着每一天。背上的包袱，自然就沉重得不能再沉重。终于有一天，在她们婆媳俩又一次的战争过后，我猛然想起了我的父亲，想起了我的爷爷和奶奶，想起了在这条路上突然消失的所有认识的人，想到了他们在消失前将包袱卸掉时的那轻轻松松的样子。于是，我毅然决然地爬上了路边那棵高高的大树，我要卸掉身上那沉重的包袱，像一只小鸟那样张开双臂去飞翔，去寻找我的父亲、爷爷、奶奶和我认识的所有人。

树下即刻围上了一大群人，他们像哄小孩子那样在千方百计地哄我下来，有人还在地上铺上了厚厚的软东西。而我的母亲和珊，则发疯般地冲着高高在上的我连哭带叫加哀求，口口声声向我保证，保证她们婆媳俩从此和平共处确保安定团结。人大凡都是这样，拥有时不知道珍惜，要失去时才觉得珍贵。我清楚，此时的我母亲与珊就是如此。

鬼知道她们说的是不是真话，鬼知道她们是不是真的明白了一切，鬼知道等我下来后她们之间的战争会不会更加的疯狂，与其再受战争创伤，不如就此远走高飞。于是，我慢慢地张开了双臂……就在这时，我的父亲出现在了我的眼前，他一脸愤怒地冲我一挥手，我张开的双臂就无力地收了回来，而后又像中了什么魔法一般慢慢地从树上爬了下来。

在众人的欢呼声中，我的母亲和珊紧紧地抱着我失声痛哭，都是一副失而复得的惊喜状。我一声断喝止住了她们的哭声，郑重地告诉她们，要不是我的父亲出面阻拦，我就跟他一起走了。母亲和珊赶紧对着西边磕头，感谢父亲在关键时刻保佑了我。我借题发挥地警告她们婆媳俩，说我父亲说了，往后你们要是再敢发生婆媳战争，就把我叫到他的身边去永远不再回来。母亲和珊一听这话，又赶紧给我父亲磕头，连连保证从此两人情同手足亲如母女。我的目的达到了，就赶紧搀起了母亲和珊，一家人高高兴兴的又上路了。

自打爬树事件过后，我的母亲和珊真的像她们说的那样亲如母女了，尤其是我儿子出生后，她们婆媳俩的关系更加亲密无间。望着和和美美如此温馨的一家，我感到背上的包袱竟然轻松了许多，脚下的路也变成了黄色，天也变成了蓝色，太阳也变成了红色。

六

轻松的日子总是过得很快，母亲也早已在这条路上消失。

眨眼的工夫，我儿子的儿子都要娶妻生子了。

这时候我才真正地明白，明白人的一生其实就是一场梦，正所谓“人生在世，草木一秋”。明白一生的好与坏、幸福与否，其实都是自己找的。回头看看自己所走过的路，总会明白哪些事做得对哪些事做得错。而真正明白了这一切的时候，也正是该在这条路上消失的时候。我想对我的儿孙讲明这个道理，琢磨再三还是对自己说声算了，因为现实已经证明，人，不到该明白的时候明白，并非好事。顺其自然，这话在理。

这天夜里，我梦见了我的父母，梦见了我的父母在微笑着冲我招手……醒来后我的脑海一片空白，梦境与现实混在了一起，怎么也分不出哪个是真哪个是假，连我自己是谁都理不出头绪。

我拿起了镜子，对着镜子问里面的那个与我长得一模一样的人：“你是谁？你从哪里来？你要到哪里去？”

镜子里面的那个人回答得很干脆，不知道。

阿牛

短篇
小说

对于阿牛的鼓乐班如此红火，

他的父母已经开始从原来的担忧变成了欣喜，

见到阿牛交上来的大把的钱，

喜笑颜开的老两口心中充满了希望。

阿牛自小就与别的孩子不一样。别的男孩子不是喜欢舞枪弄棒，就是下河洗澡摸鱼。而他，却喜欢弄个笛子吹，吹起来吱吱喵喵的总像是踩在了猫尾巴上。上了中学，就跟一位老师学上了吹唢呐。在学校吹，放学回家还要带上老师的那把唢呐在家里吹。开始是没有准调儿的，哩哩哇哇的像什么在哭，让人一听就浑身起鸡皮疙瘩。他爸爸老牛就骂："学什么不好，非得学这个？知道的是你在学吹唢呐，不知道的准以为家里谁死了呢……"父母一致反对。

家里不让吹，阿牛就到村后的大沟边吹，吹得街坊四邻家家都烦，吹得村里的狗叫起来都带着哭腔。阿牛却不管不顾，照样吹得如醉如痴，且一直吹上了高中。这个时候，阿牛已经把唢呐吹出了模样吹出了门道，也就更加吹得废寝忘食了。结果，就因为吹唢呐而使得高考时都心不在焉以致名落孙山。大学没考上的阿牛没有觉得丢人，高高兴兴地夹着一把唢呐回村了。父母并没有过分责备他，而且耐心地劝他扔掉唢呐并鼓励他好好复读一年来年再考。他却把手一摆，倔强地说："我这辈子就在家务农了。"一副宁死不屈的劲头。

家人余怒未消，他却吹开了唢呐，是《百鸟朝凤》。确实吹得好，让人听得如身临其境且如见百鸟栩栩如生。尽管如此，老牛还是无比感叹地说："吹得再好，能吹出钱来？"

阿牛不理他爸爸，继续吹，且吹得如此忘情。

村里的年轻人很少有在家里种地的，不是买辆车拉货，就是合伙跑买卖，要不就是学一门子手艺，反正都是想法子挣钱。可阿牛却是一门心思跟他爸爸种地，而且是脚踏实地专心致志。只是唢呐时时都不离手，抽空就吹。实在把他爸爸给吹烦了，又骂："年纪轻轻的不说走出去学门子手艺，整天伺候这几亩地，能有什么出息？要不就吹那破玩意儿，能吹出五间大瓦房来？"

等老爸骂完了，阿牛才不急不恼地说："大瓦房算个球？鸡刨猪拱，各走一路。爸，您就等着瞧好儿吧。"

"瞧好儿？瞧你爹的蛋吧！"老牛无奈地连连摇头。

老妈也急，也劝，但仍是无济于事。

这一天，阿牛在全乡的各个村子贴出了广告，大标题是：阿牛鼓乐班招生启事。具体内容是：

为满足婚丧消费者的需要，阿牛鼓乐班正式成立，现面向社会公开招聘器乐演奏、声乐演唱、说唱表演、舞蹈表演等各类演员。

具体条件如下：

一、凡有一定……

广告贴出来以后，阿牛就在家里等上了。

老牛胆小怕事，一见儿子要弄这个，一是怕弄出事来，二是怕瞎折腾一场闹个竹篮子打水。怎么说阿牛又不听，只好唉声叹气顺其自然了，心里却愤愤地自语道："就凭你一个乳臭未干的毛头小伙子，谁会跟你瞎折腾啊？就算你把鼓乐班成立起来了，怕也没人买你的账。小子，到时候，我看你怎么收场？"

让老牛不解的是，就在阿牛贴出广告的第二天，就有人提着各种乐器接二连三地找上门。有男有女，有老有少，还有十七八岁的漂亮姑娘。一时间，阿牛家就热闹起来了，唱的跳的，说的演的，锣声鼓声唢呐声，犹如一台大戏即将开始，招来了不少看热闹的街坊四邻。阿牛家，顿时成了全村人的焦点。

几天后，经过阿牛的精心挑选，二十来人的鼓乐班就组建成了。有打鼓的，有敲锣的，有打镲的，有敲钹的。唢呐、二胡、笛子、小号、打击乐，样样俱全。而且演员个个都是全活儿，放下笛子就拉二胡，放下二胡就吹小号。有两个年轻漂亮的姑娘，要个头有个头，要身条有身条，既能唱通俗歌曲，又能演奏几种乐器，还能跳现代舞蹈。俩小伙子，一个红头发，一个溜光锃亮的一根儿头发也没有，拿手绝活是摇滚，还会几手简单的杂技。有俩中年人，又说相声又唱快板，还能演双簧，一举一动都能让你笑破肚皮。阿牛给每个人发了一部手机，说是没活儿的时候各干各的，有活儿一个电话就得来。至于说工钱吗，按规定提成。大伙儿一拍即合，连呼万岁，那俩小伙子，当即跳起了摇滚舞，惹得村里几个一直看热闹的小青年是好一阵喝彩。

有人冲老牛伸出了大拇指，说："你儿子行啊，看来他这大财，是发定了。"

老牛苦笑着说："发不发财的我倒不稀罕，别把我赔进去，我就知足了！"

阿牛带着这些人在家里排练了三天，这天的一大早，就派人四处贴出了鼓乐班开张的广告，服务项目写得详详细细，并在广告的后面写上了当日的晚五点在自家门口举行鼓乐班开张义演的通知。

离五点还差二十分钟，阿牛就叫人敲响了开场锣鼓。锣鼓一响，随着村里的男女老少前来观看，不少外村的人也接二连三的赶了来，人人一脸的兴奋，就像当年村里放电影。

等人来得差不多了，一身银灰色西装的阿牛才以一副大老板的派头慢慢走到了众人的面前。他先是冲演奏的演员们一挥手，演奏便恰到好处地戛然而止。接着，他又冲周围的人们深深地鞠了一个躬，而后说道："各位父老乡亲们，大家好。从现在开始，阿牛鼓乐班正式开张了。"话音刚落，便是鞭炮齐鸣，锣鼓喧天。响毕，阿牛就像电视节目主持人那样向人们做开了广告。语言生动幽默，内容详细清楚。阿牛的一番演说，即刻赢得了一片掌声和赞许声。有的老人当即就对身边的儿女说："等我死了，就请阿牛给我好好的热闹一场，也算我这辈子没有白活了。"

义演开始。先是阿牛的唢呐独奏。一曲《打枣儿》，让人们听得如醉如痴。而一曲《百鸟朝凤》，又让人们仿佛一下子走进了鸟儿的乐园。曲终半天，人群中才响起雷鸣般的掌声。一位养了多年画眉鸟的老头儿对另一位养鸟的老头儿说："听完阿牛的《百鸟朝凤》，摔死鸟的心我都有啊！"

接着是那两位漂亮姑娘的独唱和小合唱。《常回家看看》唱得如此动情；《走西口》唱得人人落泪；《老鼠爱大米》唱得诙谐幽默……学谁像谁，点什么歌唱什么歌，而且边歌边舞，媚味儿十足。那两个小伙子还适时地来段伴舞，一会儿踢踏，一会儿摇滚，一会儿拉丁，更是引来年轻人一阵阵的欢呼和口哨。就连在暗处偷偷看的老牛，也情不自禁地拍起了巴掌。

说相声的也不逊色。学侯宝林的《醉酒》，学马季的《打电话》，内容差不多，可词儿却基本都改了，都是眼下最流行的。说荤不荤，说素不素，反正是把人逗得都笑出了眼泪。快板打得也是一绝。一段《劫行车》，让你合眼一听就是李润杰。而一段儿《奇袭白虎团》，又会让你即刻想到梁厚民。

一个多小时的义演，人人都亮出了自己的绝活儿，个个都充分发挥，使得这场义演相当成功而达到了阿牛的预想效果。用他的话说，这场义演的成功，为今后的发展打下了良好的基础。在村口的饭馆里，待演员们都给老牛敬完酒后，阿牛兴奋地对老牛说："爸，往后，您和我妈就等着在家里数钱吧。"

老牛不大信任地说："但愿如此吧。"

该着阿牛走运，饭没吃完，邻村的一个五十多岁的秃头胖男人就找上了门，挺急地对阿牛说："我老爸死了，正好今晚接三，你们能去吗？"

"能。我们马上就能动身。"阿牛的话说得很铁。

“谢谢，太谢谢你了小兄弟。”秃胖子充满了感激地说，“老爷子临死前就说了，要是能给他老人家糊套纸活，再请鼓乐班的热闹热闹，他这辈子就没有白活。纸活倒是请人给糊了，虽说糊得不怎么样，可也算是了却了老爷子的一半心啊。要不是半个小时前在我们村口看见了你们贴的广告，老爷子的遗愿就缺了一大块呀！这下好了，老爷子在九泉之下能心满意足了。”

阿牛微微一笑，说：“既然您这么孝顺，又这么爽快，我就让您见笑了。大叔，咱们是不是先把价钱说说啊？”

“好。”秃胖子十分爽快地说，“多少钱都没关系，只听你一句话。”

“爽快。”阿牛接着又问道：“大叔，请问一句，您是不是需要全活儿？”

“当然是全活儿了。不怕花钱，只图争脸。到底多少钱，你就说吧。”

“全活儿四千五百块，管吃管喝。”

“行。”秃胖子二话没说，当即就要把钱付给阿牛。

阿牛摆了摆手，说：“先干活儿，后收钱，这是规矩。”

秃胖子又问：“不过我想问问，这全活儿，都包括什么呀？”

“念经、超度、演唱、哭丧……”

“停。”秃胖子打断了阿牛的话，说，“别的我都明白，就是这哭丧，是怎么回事啊？”

阿牛说：“就是有人假扮死者的儿子，从……这么跟您说吧，就是有人代替您，从演唱的地点，一直哭唱到死者的灵堂前。”

“都哭唱些什么？”

“当然是一些儿女对老人怀念之情一类的。”

“真哭真唱？”

“对。向您保证，保准能把在场的人都给哭唱得痛哭流涕。”

“好啊。”秃胖子接着问道，“哭到灵堂前呢？”

“哭到灵前，就给死者磕个响头，高声叫一声爸爸，说句爸爸您一路走好。”

秃胖子一脸的兴奋，但还是有些不大相信地说：“真的高声叫一声爸爸？”

“真的。不过得给哭丧的加小费。”阿牛说得十分坚决。

“行。加多少？”

“最低二百，多了不限。”

“行，只要是真像你说的这样，我掏五百。不过我还得问一句，念经时穿不穿和尚服？”

“穿。”

“好。小兄弟，那，我们这就走？”

阿牛微微一笑，说：“大叔，按着老辈传下的规矩，您得叫人来车接我们，这叫请。若是我们自己去，那叫赶，对您家不好。”

“行。”秃胖子说，“既然是老规矩，我们就得遵守。”接着就打通了手机，说：“大哥，事定下来了，人马上就到。对，一切如意。是……是，人家也是这么说的，对。那就让强子赶快来吧，二十来人，好。”秃胖子关了手机，说：“我大哥也说了，不能让你们自己去，得接。”

阿牛的一班人除去两个女的外，很快都换上了和尚服。老牛望着满院子的假和尚，又望了一眼手持禅杖身披袈裟已经变成活脱脱一个唐僧的阿牛，苦笑了一下对老伴说："你看看、你看看，咱家成寺院了！"

老牛的老伴也叹了口气，说："别的我不怕，时间一长，就怕咱的儿子真的当了和尚啊！"

"我看这倒不会。"

"不会？你不想想，阿牛从小就喜欢吹和尚吹的那玩意儿，现在倒好，整个儿一个唐僧了。就他这神神鬼鬼的，往后这媳妇都难说啊！"

老牛就劝老伴，说："这心你就不用操了。眼下这年轻人，兴许有的姑娘就喜欢咱阿牛这出呢。你没看那两个漂亮的姑娘，不是也跟咱阿牛掺和到一块了吗？说不定……"

"得了吧你。"老伴儿打断了老牛的话，怏怏地回了里屋。

这时，接阿牛他们的车来了。大伙儿嘻嘻哈哈地钻进汽车后，一路欢笑地缓缓而去。望着走远的汽车，老牛眼里充满了不解与茫然，心里在说，眼下这人，都怎么了？

阿牛他们很快就来到了秃胖子的家，马不停蹄赶紧就拉好了场子，水没顾得上喝一口就敲开了锣鼓，是《丰收锣鼓》。锣鼓一响，村人就络绎不绝地来到了秃胖子的家，不大一会儿，就围了个里外三层。望着这群假和尚，人人的脸上都充满了好奇与兴奋，就有人在小声地相互嘀咕着什么。一位胖老太太对一位瘦老太太说："他大妈，看这样子，老一套又回来了？"

"可不是嘛。"瘦老太太煞有介事地说，"听说有的地方娶媳妇又兴八抬大轿了，女的坐轿子，男的骑高头大马，可好看了。"

胖老太太说："坐轿子那事咱们是甭想了，要是死了以后能这么热闹热闹倒是真的。唉！"胖老太太很是遗憾地说，"我老头子要是晚死一个月，就能摊上这个了。"

"这还不好办？等你老头子六十天，让你儿子把他们请来，不是一样吗？"

"这倒是。到时候，我一定要让我儿子把他们给请来热闹热闹，让我老头子高兴高兴。"

望着这么多围观的人，秃胖子乐了，一脸的荣光与满足。而阿牛的脸上，则是一副成功在即的喜悦。

秃胖子看看人来得差不多了，就给阿牛打了个开始的手势。女演员兼主持人一番极富煽情的悼念内容的开场白后，阿牛就带着这些假和尚开始集体念经，咿咿呀呀的谁也没有听出来到底念的是什么，倒是念得人人心里一个劲地打冷战。念经结束，演出正式开始。按着节目单的顺序，节目一个比一个精彩，一个比一个逗人。不管歌曲还是器乐演奏，不管是相声还是快板，内容都跟悼念没有半点儿关系。不但看热闹的村人很快就忘了这是死人了，就连死者的儿女们，也都忘了是自己的亲爹死了，还一个劲地带头鼓掌叫好。当一段相声演完时，秃胖子竟忘情地一连高喊了好几声好，一蹦老高地就把头上的白孝帽子摘了下来，用力一甩就把孝帽子甩上了空中，最后落在了一个老头儿的头上，气得老头儿跳着脚地骂。

整场节目演得相当成功，高潮一个接着一个，掌声一阵接着一阵。那效果，真比某些电视台的晚会还地道。轮到压轴儿节目——哭丧了。只见阿牛脱下了袈裟，换上了白孝服，双手握着三根点燃的香火，腰一哈，头一低，慢步向停放死者的屋子走去。嘴里连哭带唱，是电影《少年犯》中的插曲调儿，词儿却改了不少："爸爸，爸爸，儿今天叫一声爸，止不住，泪如雨下，一辈子，您为儿操劳，鞠躬尽瘁，不辞辛苦，爸爸呀……"全是悼念的词，唱的是悲悲切切五脏欲裂。别说是死者的亲人了，就是与死者毫无关系的人，也被阿牛哭唱得泪流满面、悲痛欲绝。阿牛如此精湛的表演，真的就让人觉得就是他阿牛的亲爸爸死了。若是阿牛的亲爸爸老牛在场，准得一脚把他踢得学蛤蟆叫……阿牛终于哭唱到了死者的棺前，哭唱得更加悲切更加让人流泪，可就是不跪下也不高声喊爸爸。这种局面一直延续了足有五分钟，秃胖子的一个朋友才如梦方醒，赶紧低声地对秃胖子说："赶快给钱啊，再不给钱，他就不管老爷子叫爸爸了，指不定叫什么难听的呢。"

秃胖子这才明白过来，赶紧将五百块钱塞进了阿牛的手中，阿牛这才"咚"的一声给死者跪了下来，高声喊道："爸爸。"接着就给死者磕了三个响头，紧接着就悲痛地高声喊道，"爸爸，您老人家一路走好啊！"他这一喊不要紧，满屋子的人"哇"的一声都哭出了声……

阿牛旗开得胜，马到成功。鼓乐班名声大振，即刻传遍四乡八邻。好多老人犹如重获青春般地高兴，都为死后能热热闹闹地走向阴间而欣慰。

而这些老人们的儿女，虽说心里都觉得这是封建迷信，是一种毫无意义的浪费钱财，可都碍于脸面，也就相互攀比起来。在处理老人的丧事上，都以是否请了鼓乐班而作为一种孝与不孝的标准，以花钱多少为孝的质量的高低。于是，你花了四千五，我就花五千。你花了五千，我就花六千。至于说老人生前儿女们是如何对待的，一些人已经开始不在乎了，在乎的，就是老人死后的事了。而有不少老人自己，也竟拿这个作为衡量儿女孝与不孝的准绳了。

这倒成全了阿牛，不但死了人找他，娶媳妇聘闺女也找他，盖房打井也找他，买卖开张还找他。总之一句话，阿牛的鼓乐班是大火而特火了起来。为了客户的需要，阿牛再一次招兵买马。他先是请人制作了一顶八人抬的大花轿，还养了一匹枣红色的高头大马，古装衣服一应俱全。紧接着，他又招聘了两名能工巧匠，专门糊纸活。只要客户需要，汽车、别墅、保镖、飞机、大炮，都能糊，而且糊得惟妙惟肖、栩栩如生，让活人看了都能产生某种嫉妒。从此以后，阿牛很少有闲的工夫了，白天挣活人的钱，晚上就挣死人的钱。他见钞票滚滚而来，一时兴起，就自己挥毫写了一副对联贴在了他家的街门上。

上联是：挣活人的钱扬眉吐气

下联是：拿死人的钱儿女乐意

横批是：皆大欢喜

对于阿牛的鼓乐班如此红火，他的父母已经开始从原来的担忧变成了欣喜，见到阿牛交上来的大把的钱，喜笑颜开的老两口心中充满了希望。

几年下来，阿牛就发了。这正应了阿牛当初对他爸爸说的话：大瓦房算个球？如今，阿牛一家已经盖起了三层小楼。一切都可老两口的心，就一样总是让老两口心神不定，那就是阿牛的婚事。为这个，老牛经常忧虑地对老伴说：“你说咱那阿牛，那俩漂亮姑娘都跟他好得要穿一条裤子了，可是，总不能两个人他都要吧？”

老伴叹了一口气，说：“眼下这年轻人，谁管得了啊！”

阿牛如此发达，很是让村人刮目相看且羡慕得不行。见着老牛，都冲他伸大拇指，无比赞叹地说：“老牛啊，你真是养了个有能耐的儿子啊！”

每每此时老牛都是微微一笑，不予否认，只是有些苦涩地说：“就是满世界管死人叫爸爸，我总觉得别扭……”

— *End* —